折口信夫の晩年

岡野弘彦

慶應義塾大学出版会

折口信夫の晩年

一

昭和二十年の秋深くなってからである。折口先生から歌の指導を受けている短歌結社鳥船社の歌会が、国学院大学の院友会館で開かれた。それは、戦後二度目の鳥船社の歌会のはずである。

私はこのときはじめて歌会というものに出席して、鳥船社の一人に加えてもらった。引っ込み思案な私に入会をすすめてくれたのは、同級生の千勝三喜男君である。彼は二年前、大学予科入学と同時に、「鳥船」に入っていた。

会が始まる前、会館の裏のあき地で庭木の枯れ葉を集め、火を焚いて、先生にあげるための茶をわかした。当時、夕方の二、三十分に限って、螢火のようにともるガスの火など、気やすく借りるわけにはいかなかった。

真っ黒にすすけた薬罐に湯のたぎりだす頃、あたりはすっかり暗くなっていた。

燃え残りの火を踏みにじる足裏に、大きすぎる復員靴は、ずるずると、変に頼りない踏み心地であった。それは、ほんの四、五か月前、霞ヶ浦をめぐる松山の中をあちこち野宿して移動しながら、朝夕、飯盒の飯をたきあげて後の火を踏み消すたびに、足裏に感じていた触感である。

軍隊で感染して、全身の皮膚にひろがってしまっていた疥癬を、復員後二月あまりかけて直して、この歌会の半月ほど前に、私は上京して来ていたのである。

お茶をいっぱい満たした、先生専用の湯呑を持って、二階の会場に入っていった。

教場のようにがらんとした部屋には先生を真ん中にして、その両脇に石上堅氏、米津千之氏、そして二十人ほどの鳥船社の同人が両側に分れて席についている。天井の高い所に、裸電球が一つぶら下っていて、そのうす暗い光の下で向きあっている人々の顔は、暗く頬が削《そ》げて、沈痛な表情であった。

先生の顔も、昼間の教場で見るときよりは一層、疲労の色が目だってみえた。

会のはじめに、その日新しく加入した二、三人の者が自己紹介をして、歌を二首ずつ読みあげた。私はその前年、学徒動員で豊川海軍工廠にいたとき作った旧作を読んだ。同人の人たちの批評があってのち、先生は、

「生きていて、こうして早く帰って来ることのできたことを、幸福だと思わなければいけない。……」

といわれた。

歌を書くための半紙がなかったのだろうか。あるいは、電灯があまり暗すぎたためだったろうか。同人の人々の歌も紙に書くことをしないで、作者が二度読みあげて、そのまま批評に入った。

歌を読む声は、多くは低いつぶやきのようであり、批評のことばは、途切れたかと思うと、又つづいた。同人の批評に区切りがついた後、言い出される先生のことばだけが、声は低いのだが非常に明晰に、末座の私の耳にもとどいてくる。それがまた一層、部屋の空気を厳しいものにした。

夜が更けるにつれて、ガラスの割れたままになっている窓から吹き込む風が激しくなって、まるで野外の、哀切に満ちた宗教儀礼の場に臨んでいるような気がした。自分が今まで漠然と考えていた歌の会の雰囲気とは、あまりに違いすぎているという疑問を感じていた。そんな私に、千勝君は、先生の御養子の春洋さんが硫黄島で戦死し、藤井貞文さんや伊馬鵜平さんら、主だった先輩の生死のほどもまだわからない鳥船社が、以前のような活気を取りもどすのには、も少し暇がかかるだろうということを聞かせてくれた。

歌会が終って後、階をくだり、玄関の壁に身をささえて靴をはかれる先生の、足もとの不安定さが異様であった。米津さんたちを従えて、暗い戸外へ去ってゆかれる後姿の、がっしりとした肩はばに、耐えていられるものの重さをありありと感じ取ることができた。

部屋の片づけを終って、私たちも帰途についた。氷川神社の森とむかいあって、国学院の講堂が、月の冴えた空を黒々と限っていた。その暗い壁面に沿って歩いていると、ちょうど二年前、この講堂で行なわれた出陣学徒壮行会の光景が、いま眼の前に繰りひろげられているもののように鮮やかによみがえってきた。

その日私は、出陣する人々を送る側の一人であった。しかし、あのとき、制服の肩をひしひしと寄せ合って講堂に居並んだ学生の心は、送られる者も送る者も一つであった。出でて行く日を、数日の後に控えている者と、二月後、三月後の未知の日に控えている者との違いだけである。かずかずの激励のことばが送られた後、最後に折口先生の作られた壮行歌を、旅行中の先生に代って高崎正秀教授が朗読された。

学問の道

国学の学徒の部隊《イクサ》
たゝかひに　今し出で立つ。

国学の学徒は、若く
いさぎよき心興奮《ホコリ》に、
白き頬　知識に照り
清きまみ　学に輝く。

いくさびと　皆かく若き
見つゝ　我《ワレ》　涕流れぬ。

……………………

学徒兵を送るためのその長歌が、「学問の道」という題であることが、まず私たちの心にすがすがしい緊張感を感じさせた。詩が中程まで読みすすめられてゆくうちに、講堂をうずめる学生の間に、感動を押えかねた声にならぬうめきのような声がおこり、最後の反歌が読み終えられてのちも、その切迫した声のざわめきはしばらくやまなかった。

汝《ナ》が千人《チタリ》　いくさに起《タ》たば、
学問は　こゝに廃《スタ》れむ。
汝《イマシ》らの千人の　一人
ひとりだに生きてしあらば、
国学は　やがて興らむ。

ますら雄のわかるゝ時は、
いさぎよく　わかるといふぞ。
汝《ナレ》が手を　我に与へよ。
我《ワレ》が手を　きしと　汝《ナ》はとれ。

国学の学徒は強し。
いでさらば、今は訣れむ

反　歌

手の本をすてゝたゝかふ身にしみて　恋《コホ》しかるらし。学問の道

この詩には、当時の私たちの心の底に沁みわたってくるような温かさがあった。小学生になった

頃から、ひたすらな戦いへの傾斜の中で育ってきた私たちの世代であった。戦いの場に出てゆくことにいまさら何のためらいも感じはしなかったけれども、同時に、せっかく志したばかりの学問の世界へのあこがれを押えることはできなかった。新聞や教場で見聞する学徒兵壮行のことばの多くは、その学問へのあこがれをまず捨て去って、切迫した祖国の難を守るために、いさぎよく死地に身を置くべきことを、繰り返しさとしていた。そういう激越なことばかりを聞かされていると、静かな覚悟を胸に秘めた上で、なおわれわれ若者の心の底ににじみ出してくるひそかな悲哀の思いを、この大人たちは一度でも考えてみたことがあるのだろうか、という気がしきりにしてくるのだった。折口先生の詩は、思っていても口に出すことを許されない、当時の私たちの哀しみの思いに、深く触れてくるものを持っていた。先生がこの詩のなかで、学問のためには、千人のうちのせめて一人だけでも、命を保って帰れという、このつつましやかな歎きのことばを言われるのにも、当時としてはかなり勇気と自信の要ることであったはずだ。

壮行会の翌日、われわれの教場へずかずかと入り込んで来た数人の上級生がいきなり、

「昨日の折口教授の詩は惰弱である。」

と、激しい口調で非難の演説をはじめたとき、私たちはそういうことのあるのを予期していた平静さで、その荒っぽい演説を聞くことができた。彼らが壇を下りるとき、拍手はほとんどおこらなかった。多くの若者の思いはみな同じであったのだ。

書道の先生、羽田春埜氏の美しい仮名書きの手で浄書せられたこの詩の縮写写真を、われわれは一枚ずつ学校からもらって出征した。そういう計らいをしてくれる大学に、私はある信頼感を持つことができた。

戦後三月を経た今、教場にもどって来た者はまだきわめてまばらである。ソ・満国境で死んだといい、特攻隊で散ったという友人の情報が、学生の間で、しきりにささやかれていた。廃墟のようになった渋谷の坂を下りながら、命あって再び教場に帰り、あの詩をわれわれに与えてくれた先生の講義を聞くことのできる身のよろこびを思わずにはいられなかった。

翌二十一年になると、歌会が開かれるたびに、新しく復員して来た人々の顔が加わった。一月には池田弥三郎氏が宮古島から、三月には伊馬さんが中支から帰って来られた。自由ヶ丘に下宿していた私は、一駅隣の緑ヶ丘の伊馬さんのお宅へときどきうかがうようになった。伊馬さんが鵜平という戦前からの筆名を、先生のすすめで春部と改められたのも、その頃のことだ。万葉集の、「今さらに雪ふらめやもかぎろひの燃ゆる春べとなりにしものを」によった命名である。

伊馬さんの家の玄関には、赤い土の鈴が吊ってあって、その下に、

とざしつつ眠ることありはろばろのまらうどならば鈴ふりたまへ

と書いた木の札がさがっていた。

最初に訪ねたとき、私はその鈴を振ってみたが、素焼の土の鈴は、ほとんど響きらしい響きを立てなかった。よく見ると、鈴のそばにはちゃんと呼びりんの白い押しボタンが取りつけてあった。実用はそちらの方で、ということだったのだろう。しかし、その鈴と歌には、訪ねる者の心にまずやわらぎを与える効果があった。

当時の伊馬さんは、いつ行ってみても、日当りのよい縁側に机をすえて、背中に陽をあびながら、原稿紙にむかっていられた。紺色のコールテンの上衣は、前の方は真新しいのに、肩から背にかけ

ては、すっかり色が褪せてしまっていた。

学校の講義に出てくる学生の顔も、次第に多くなってきた。しかし、教場の風景は殺伐としたものであった。戦場や軍隊で身につけた荒々しさと、敗戦の虚無感をまだ拭い去ることのできない若者が、削げた頬に鋭い不信の眼を光らせ、半長靴で床板を踏みならして歩いていた。

後に発表された先生の詩「日本の恋」のなかに次のような一章がある。

青年の神経は　蝙蝠のやうにうら枯れ
青年の容貌は　穿山甲の如く這ふ
　生き難い島の日を　生き戻り
青年の血液は、唯一疋のおほ蜥蜴だ――。
悲しむにも　怒りを以て表情する――。

こうした、暗い学生の心に、何とかして早くやわらぎを与えようと思われたのであろう。十一月の国学院の大学祭には、先生が「芹川行幸」と「川の殿」という二つの戯曲を作られて、郷土研究会の会員が講堂で上演した。「芹川行幸」は西角井正慶・高崎正秀両教授が主演で、伊馬さんが演出、慶應側から池田弥三郎氏や戸板康二氏も出演し、先生自身も鳳輦の中の仁和のみかどの声を聞かされた。「川の殿」の方は学生が主演で、乏しい物資を集めて来て、さまざまな河童の扮装や、舞台の装置を作るのに苦心した。

上演の二、三日前の日であった。稽古のために右往左往していてほんの数分、研究室が空になったあいだに、そこに掛けてあった先生のオーバーが盗まれてしまった。その日の当番に当っていて、研究室の鍵をあずかっていた私は途方に暮れた。米津さんたちと手分けして警察にとどけたり、道玄坂の古着屋を幾度びか探したりしたが、見つけることはできなかった。そののちの先生は、春洋さんの残してゆかれた陸軍の将校外套を重そうに着てこられるようになった。きっと身近の人に対してはお小言があったのだろうと思うが、私などの耳にはとどいてこなかった。それだけに、一層、長い将校外套の裾を、さばきかねるようにして足どり重く歩かれる後姿を見るのは、つらかった。

そんな私をいたわってくださったのだろうか、あるとき廊下で振り返って、

「岡野はまるでお白粉でもつけているみたいに、いつも白い顔をしているんだね。体は元気なのかね。」

などといわれた。

この年の大学祭に、先生は学生のためにもう一つ、「国大音頭」の歌詞を作られた。それを先生にお願いしたのは、その年の文化部の委員をしていた学生、千勝三喜男・金子良の両君であったはずだ。

どこもかしこも灰だらけ
廃墟の中にくっきりと
立った姿に泣けてくる
あゝ　国学は亡びず
　サノエ〱　サノエッササ

ではじまる、四章の歌詞であった。歌詞はできたが、正式に作曲を頼むあてがなかった。先生の研究室に集まる学生が、いろんな歌のふしで歌っているうちに、鈴木正彦助手が、「炭坑節」で唄うのがいちばんふさわしいと言い出した。皆で唄ってみると、なんとなく妥当感があるような気がしてきて、結局、先生にも許しを得て、「炭坑節」で唄うことになった。

踊りの手は、たしか、花柳一輔という師匠に振付けしてもらった。十人ほど、門下の娘さんをつれてきて、まだ、空襲の傷跡のなまなましく残っている講堂の屋上で、われわれに教えてくれた。踊りの輪をつくって、振り袖の女性から踊りを習っていると、戦いの中で怱忙と過ぎた少年の日に、心ならずも見残した遠い夢の楽しさを、いまやっと少しずつ取りもどしているような気がしてくるのだった。

その翌々年の「国学院新聞」に、先生はこの歌について、「戦争以来若い者、殊に学生がすべての喜びを失ひ、それが一番私には悲しいことでありました。何とか皆に楽しませたいと思ってゐた時に、『国大音頭』を作って貰ひたいとのことで、喜んで作りましたが、まだ完全とは思ってゐませんでした。……」と書いていられる。

「国大音頭」は、われわれが卒業してしまった後は、踊ることがなくなり、やがて、唄うのもあまり聞かなくなってしまった。――どこもかしこも灰だらけ――の廃墟の印象が薄れるとともに、だんだん、この歌のもつ切実さもわからなくなってしまったのであろう。

やはり同じ頃、先生の詩、「やまと恋」を、当時国学院に置かれていた、女子教養部の学生に朗読させて、聴かせてもらった記憶がある。何かの研究会か講演会の後だったと思う。

をみな子よ――。恋を思はね。
美しく　清く装ひて
誇りかに　道は行くとも、
　倭恋　日の本の恋　妨ぐる誰あらましや――。

いま活字で読んでいると、少し面映ゆくなるような、甘く華麗なことばも、あの頃の殺風景な教場で、珍しく和服をつけた女性の口から朗読せられると、しんと心に沁み込んでくるような悲しさがあった。

おそらく、女子教養部の主事であった、今井福治郎氏と相談の上での、先生の演出であったろうと思う。

戦後二、三年の先生の詩のいくつかにうかがわれる、こうした華麗で甘美な内容は、うちしおれ、すさんだ青年の胸に、沁み徹《とお》るものを与えたいという、当時の先生の気持ちと、ふかいかかわりのあることだったろうと思う。

先生のお宅にいる人は、その頃つぎつぎと代った。私は伊馬さんの指示を受けて、大井出石《いずるし》町のお宅へ、ときどき手伝いに行くようになった。

二十一年の秋、先生の家にいた人は、田村秀子さんという、若い女性であった。薪を割ったり、庭を掃いたりして後、田村さんの部屋になっている玄関脇の六畳の縁側でお茶をもらって一休みし

ているとき、ふっと見ると、壁に四角な紙が貼ってあって、

でこよ、でりかしいをたもて

と書いてあった。田村さん自身が書いたものらしかった。

顔立ちもふっくらとして、もの腰のしずかなこの女性が、こんな静かな家にいて、「デリカシイを保て」と自らを戒めなければならぬのは、どういうことなのだろうか、と私は思った。

その田村さんも間もなくいなくなった。四角な紙だけが、しばらく壁の上に貼ったまま残されていた。

矢野花子さんが京都から来て、出石の家に落ちつかれるようになったのは、その年の暮れであった。矢野さんは「婦人公論」の短歌欄に投稿して、早くから先生に歌の指導を受けてきた人で、絵や字も上手だった。年がちょうど私の母と同年で、しずかな関西弁が私にはなつかしかった。

二十二年の二月十一日は先生の誕生日だというので、千勝三喜男君と二人で、風呂の薪を作りに行った。

先生は風呂がお好きだった。ガスが使えなくなり、薪も乏しくなってからは、不要な雑誌を焚いて半日ほどもかかって風呂をわかした。一度わかすと先生は、「せっかくの風呂だから」といって、二度も三度も入られた。

この日私たちは、伐り倒された庭の椎の古木の、丸いまま縁の下に積んであったのを引き出して来て、薪を作った。地面にじかに長い間積まれていた椎の木は、水気を含んでいて、割りにくかった。

四時頃、伊馬さんが買物籠をさげて夕食の買物に出て行かれた。矢野さんは風邪をこじらせて寝

ていることで、六畳の間は戸を閉ざしたままである。葱と肉の包みをさげて帰って来られた伊馬さんの、紺絣の着物姿は、いかにも若々しくて、まだわれわれと同じ学生のような気がした。しかし実際は、連続ドラマ「向う三軒両隣り」などの作者として、多忙な日を過していられたはずである。

しばらくして、台所から、伊馬さんの米をとぎ、葱を切る音が聞えて来た。伊馬さんの手の甲が霜焼けで赤くふくれているのは、きっとこの先生の家での炊事のためだなと、私は思った。

夕方、帰るときに先生から短冊をいただいた。歌は、

けふひと日　庭にひゞきし斧の音―。しづかになりて　夕いたれり

紀元節に　たのしげもなく家居りて、おきなはびとに見せむ書《フミ》　かく

と、書かれていた。先生は、どちらの歌を誰にともいわないで、「取合いして喧嘩するんじゃないよ」といって、伊馬さんと顔を見合わせて笑っていられた。

私たちは「後で分けることにします」といって、おいとました。私は「斧の音」の歌のほうをもらった。

二

二十二年の二月から三月にかけては、ほとんど週に一回ずつ、先生のお宅へ行った。鬱蒼と庭をおおった椎の古木の枝をおろしたり、書庫の通路にうず高く積みあげられた雑誌を分類したり、仕事はいくらでもあった。ときには、急に思い立たれた先生に連れられて、歌舞伎を見に行ったりもした。

春休みになって、明日は帰省するという日、挨拶に行くと、暇があるならちょっと手伝ってほしいといって、古い雑誌に乗った随筆を原稿紙に清書する用を頼まれた。清書し終って持って行くと、先生は机の上いっぱいに布の切れ端をひろげて、手帳の表紙に色どりよく貼りつけていられた。指先の動きはお世辞にも器用とはいえないのだが、鋏を使ったり、糊を塗りつけたり、いかにも余念なく楽しそうであった。小型の予定帳の表紙が貼りあがったところで、お茶をいただいた。

その日の先生は、きっと心がなごんでいたのであろう。私の郷里、伊勢の地名などをあれこれと尋ねては、百科大辞典の付録の地図帳の上にその場所をいちいち指でたどっていられた。そんな話の末に、先生は少し改まった口ぶりで、

「うちも矢野のおばさんが来てくれて落ちついたのだが、僕の仕事を手伝ってくれるまでは手がまわらない。伊馬は自分の家庭を持っているし、このごろは特にいそがしくしている。どうだろう、君が家に来てくれるといいのだが。こんど帰ったら、お父さんや河井の伯父さんと、よう相談して来てほしい。」

といわれた。

そんなことを、唐突に思いつかれたわけではあるまい。先生の心の中で、いろんな経緯を経てのち言い出されたことにちがいないのだが、先生の話し方は、伊勢の話から、自然に心に浮かんで来たような言い方であった。私ができるだけ重苦しく受け取らないように、という配慮であったろう。帰りぎわに、ちょうど魚屋が持って来た鰤の切身を、「夕はんにおあがり」といって一切れもらって下宿に帰った。

これは後になって矢野さんから聞いたのだが、その頃先生が、

「岡野が家へ来ることになるかもしれないが、ひとつ気がかりなのは、あれは大食漢ではないだろうか。」

とたずねられたそうである。戦後のことで、まだアルミの弁当箱などなかったから、私は木の塗り物の、容量は少ないのに一見、小型の重箱のように大きく見える弁当箱を使っていた。出石へ行くときには、それに、配給の粉で作った団子やふかしパンを入れていった。その弁当箱の大きさが、先生を心配させたのであった。当時、家へ新しい者を入れるというときには、そういうこともおろそかにできないことだったのである。

先生のいわれた河井というのは私の伯父で、伊勢の神宮皇学館を出て、昭和のはじめ、能登一ノ宮の気多神社宮司をしていたから、気多神社の古い社家の春洋さんの実家をたずねて行かれた先生を存じあげていたのである。

私が昭和十八年に国学院に入って、「伊勢物語」と「作歌」を藤井春洋という先生に習っている、と伯父に知らせてやると、早速、葉書に、

藤井春洋能登一の宮の社家の出なりよく親しみて教はりたまへ

これはしたり伊勢の生れの君がしも能登の藤井に伊勢を習ふか

という戯れ歌をしたためて、「この葉書を、藤井先生にお見せなさい」と書いてよこしてくれた。

春洋さんは、教場で出席をとるとき、「・・君」といわず「・・さん」と呼ばれた。その頃の先生には、士官学校の教官と兼任の人も幾人かあって、返事が小さいと、何度もやり直しをさせられることもあった。その中で、春洋さんのものやわらかな呼び方は、ちょっと異風であった。しかし、講義に入ると、青白い顔をうつむきがちにして、けっして無駄口をきかない話しぶりで、一年生の

私などにはちょっと近づきにくいような厳しいところがあった。

　私は伯父からの葉書をノートにはさんで、教場へは持っていったものの、どうしても春洋さんにお見せすることができなくて、二、三週間たつうちに、夏休みになってしまった。

　二学期になって来てみると、春洋さんは応召されていて、再びお目にかかることができなくなっていた。

　戦後たびたび、折口先生のお宅へ行くようになってから、何度めかに春洋さんの写真の飾られている先生の居間で、そのことを折口先生に話した。

「恥ずかしがりやが、四年もたって、やっと言づてを果したことになるね。」

といって、笑われた。

　先生から、「家へ来ないか」といわれてみると、私のことなど御存じなかったはずの春洋さんにつながる縁が、こんな形で後までつづいているような気がしてならなかった。

　春休みの間に伯父のところへ相談に行き、父ともよく話し合って、先生のお宅へゆく決心をして、四月二十一日の朝、上京してきた。

　九時頃、出石へうかがうと、

「今日からでもいいから、移っておいで。」

ということで、その日の夕方、先生のお宅へ移った。

　その夜は雨風が激しく、幾度か停電した。先生は起きているのをあきらめて、早めに二階の寝室に入られた。私も階下の居間の隣の六畳に床を敷いた。灯を消して、眠り難い眼を閉じていると、どこからともなく物の饐《す》えた臭いがただよってくる。時がたつにつれて、その臭いはいよいよ濃く、夜の部屋の闇を満たしてくるのである。そのうちに突如、「ポン」とシャンパンを抜いたような音と共に、液体の噴きこぼれる気配がする。思いきって立って行って、先生の居間の灯をつけてみると、床の間に、果物の箱や籠が積みあげられていて、下積みのものは、すでに果物の形もわからぬ程に崩れている。そばに二、三本の一升瓶が立っていて、薄青く濁って醱酵した液体が入っている。そのうちの一本が、栓を吹きあげてこぼれたのであった。

翌朝、「あの傷んだ果物はもう捨ててしまってはどうでしょう」と言うと、先生は複雑な表情を浮かべたまま、口をつぐんでいられた。

次第に先生の生活に馴れるにつれてわかってきたことだが、先生は果物や野菜はあまり好きではなかった。しかし、人から贈られたものは、自分が食べられぬからといって、他人に分け与えたりはなさらなかった。一升瓶の中で醱酵しているものは、傷んできた果物を自分で長い時間かけて刻んだりすりおろしたりして作られた、手製の果実酒だった。先生の食物に対する執意や、贈り主に対する感謝は、いつもそういう形で示された。

部屋に立ちこめてくる饐えた物の臭いに馴れてゆきながら、私はこの家の隅々にまでゆきわたっている先生の生活に対する執意と秩序の微妙さや厳しさを、これからどのように理解してゆけばいいのかと、思い迷う夜が多かった。

それから一週間ほどたってからであった。先生が、二階の寝室になっている六畳の間に私を呼んで、押入れにしまってある大きな茶箱を示された。蓋を取ってみると、中には白米がいっぱいつまっていた。

およそ四斗ほどもあるその米は、戦争末期から敗戦直後にかけて、出石の家の台所をあずかっていた若い女性、乾《いぬい》民子さんが、何度も何度も買い出しに行って、貯えたものだった。

その乾さんも、突然、黙って先生の家を出ていった。

「ある日、すっかり暗くなってから、疲れきって学校から帰ってくると、玄関に錠がかかっていて、いくら呼んでも乾が出てこないんだよ。おかしいなと思って、郵便受をさぐってみると、鍵と、夕食のためのメリケン粉の団子が三つ、皿にのせて置いてあった。あのときは困ったね。ほんとにどうしようかと思った。結局、石川富士雄君に頼んで、あそこのお爺さんとお婆さんに来てもらったんだが……」

米櫃を前にして淡々と話していられるのだが、真っ暗な玄関先で、団子の皿を手にして途方にくれて立ちつくしていられる疲れきった先生の姿が、いま眼の前で現実に話していられる先生の姿とかさなりあって、ゆらゆらとゆらめきたってくるような、妖しい切迫感があった。

「乾も、あんなにして家を出ていったけれど、春洋のいなくなった後の、いちばん苦しい時期、私の生活を守ってくれた。買い出して来てくれた米は、手をつけないで、貯え貯えして、これだけの量になった。これだけあれば、不測の事がおこっても、何か月かは家の者が命を保ってゆけるだろう。」

といわれた。

米の中には虫のつかぬように、多量の硼砂がまぜてあった。しかも、二年も三年もたっているのだから、艶もなく灰色に黒ずんでいて、これが食べられるのだろうか、という気がした。

この年の十一月に発表された「白玉集」と題する連作の中に、次のような歌がある。

白玉《シラタマ》のごとくたふとし。み仏に　とぼしき飯《イヒ》を　盛りて　奉《マツ》れば

山の木に花咲く見れば、米のいひ　三月四月も　喰はずなりけむ
ものおもひなく　我は遊べど、鳥の如　夜目ぞ衰ふ。米を喰はねば
米の音　あな微妙《イミ》じよと　死にゆきし　昔咄しも、笑へざりけり

白米を白萩《しらはぎ》さまと尊び、瀕死の者の耳もとで、筒に入れたわずかな米を揺って聞かせてまじないにしたという、昔の日本の農民の貧しい苦しみを、戦後の日本人の多くは再び現実に体験していたのである。闇買いをしない清廉な法官や学者の、栄養失調による死が世に伝えられたのも、その頃であった。

先生にとって、四斗の米は、食べられるかどうかなどということを超えた、心の拠りどころであり、護符のようなものであったのだろう。

そして、その米を示されたことは、先生の家の一員となった者への、家入りの式のようなものだったろうと思う。

茶箱の中の米は、その後も、一度も手をつけることなく、先生が亡くなられて、出石の家をあけわたすまで、寝室の押入れの中にしまわれていた。

間もなく、出石の家では、私は先生から「おっさん」とよばれるようになった。格別の理由があったわけではない。矢野さんが「おばさん」であり、私が「おっさん」であった。

先生の門弟の中には、「おっさん」とよばれる人が前からあって、私はその三代目にあたるらしい。確かその初代は、今宮中学での教え子、林福雄氏で、いつか林氏が出石へ来られたとき、

「今日は初代と三代めの対面だね。」

と先生がいわれたことがある。

先生の家の生活は、けっしてじめじめとした陰気なものではなかった。だが先生自身が、貪婪な生活の享楽者であったから、きわめて自由でのびやかでありながら、家の隅々、こまかなしきたりにいたるまで、強烈な個性を持つ先生の心の秩序がゆきわたっていた。

伊馬さんは自宅にいられることが多くなり、先生の用はほとんど私の役割になった。出石の家に張りめぐらされている生活律の一つ一つを自分独りで理解し先生の心にかなうように処理してゆくことは、なかなか容易ではなかった。はじめの半年くらいの間は、とまどったり、抵抗を感じたりすることばかり多かった。

私自身も、かなり我儘で、我《が》の強い面を持っている。そうたやすく、先生の生活に入って行けるわけはない。そういう折々の私の感情は、また、すぐに先生に見すかされて、さき回りされてしまう。

「おっさんはいま、ふくれているな。一体、なにが気にいらないのかね。」

説明のしようもないから黙って坐っていると、

「そら、ますますふくれてきたよ。」

ちょうど、昔話にあるように、人の心の中を読みとる妖怪に、先へ先へと、心の底を見すかされてゆく木樵のような、やるせないいらだたしさである。

ええ、それならもう、おおっぴらにふくれてしまえ、と思う。するとまた、

「春洋も、家へ来てしばらくは、そんな顔をしてよくふくれたね。とうとう行李をかつぎ出して、もう出て行くといったことも何度かあった。ほんとに出て行って、金《きん》(鈴木金太郎氏)が、大森の

駅から連れもどしたこともある。結局はもどってくるのに、何をあんなに怒ったのかしらん。」と、わざと他人ごとのような顔で、さき回りして、私の行動を押えてしまわれる。たいていは、伊馬さんが留守で先生と二人きりのときだから、私は引っ込みがつかなくなってしまう。

そんなときは、庭へとび出していって、椎の古木にのぼって、鉈をふりまわして茂りすぎている枝を叩き切ったり、裏庭の雑草を鎌で薙ぎ倒したりしていると、だんだんと心が鎮まってきた。

雨の中で、二時間も三時間も、椎の木にのぼったままでいることもあった。

頃合を見て、先生は居間から出てきて、

「お茶を入れたよ。」

と声をかけられる。

それでも強情を張って、そ知らぬ顔をしていると、先生は二階へ上ってきて、菓子を入れた紙袋に長い紐をつけ、手すりから吊りおろして、魚を釣るときのように、ちょい、ちょいと、紐を引いたり伸ばしたりして、

「これ、いらないのかね。おいしいお菓子だよ。」

などといって、笑っていられる。

先生にこんなにまでさせて、俺は何を怒っているのかしらんと、泣き笑いの思いが、心の底からにじみ出してくるのであった。

先生はちょっとした軽妙さで、生活に楽しいはずみをつける術《すべ》をよく知っていられた。町を歩いていて、エノケンの顔を描いた看板が出ていると、

「この人の親類はだれ。」

ときかれる。ははあ、と思って、黙っていると、

「それがわからないような人は、もう芝居に連れて行かない。」

といって、すたすたと歩いてゆかれる。あわてて後を追っかけて、「伊馬さんでしょう」というと、
無理に真面目な顔になって、

「あれ、おっさんは杏伯（伊馬さんのあだ名）が、エノケンそっくりだといったな。いいつけてやろう。きっと怒るぞ。」

などといわれる。

お茶のときに、幾つもの茶筒を机の上に並べておいて、「赤か緑か」ときかれる。紅茶か、緑茶か、ということだろうと思うから、「赤」と答えると、

「赤の他人には、なんにもあげられない。」

といっておいて、実は茶羊羹と赤い練羊羹を出してきて、赤いほうを切ってくださったりする。

なぞなぞ、地口などの言語遊戯が巧みであった。しかし、人にむかって、皮肉めいたもの言いをすることは大嫌いで、言わなければならぬことはずばりと言われた。

「下手な皮肉は、気のぬけたわさびみたいなもので、相手に軽蔑されるし、よく利いた皮肉は、相手に反感をおこさせるだけだ。歌でも、皮肉が露骨に見える歌は、その作者が軽蔑される。」

出石へ行って間もない頃、先生と散歩しているときにいわれたことばである。その頃の私に、いましめておかなければいけない何かを感じて、こう言われたのであろう。

珍しい物をもらうとき、犬の啼き真似をさせられることがあった。伊馬さんも私も、「ワン」といいなさいといわれれば、すぐ「ワン」といえた。矢野さんだけは、どうしてもそれをいさぎよし

としなかった。しまいには、矢野さんはぷりぷりして、自分の部屋にとじこもってしまう。先生も、
「女は心のゆとりがなくて、だめだ。」
と、しらけたような顔になってしまわれる。

他愛ないことである。しかし、どこの家庭の家族のあいだにも、他人がのぞけば奇妙に見えるような、その家族だけに通用する心の通わせ方があるにちがいない。

先生の育たれた、大阪の町家の生活、殊に、女の尊属を幾人ももっていられた、幼い頃の家の団欒の姿が、先生の心にずっと生きていたのではあるまいか。そして、先生が家の者に犬の啼き真似を要求されるとき、ほがらかに見えて、実は心の底に、もやもやと、ふさぎの虫が顔を出しはじめていたのではなかったろうか。

どうかすると、そのふさぎの虫が、先生の心を重苦しいまでにおおいつくしてしまうことがあった。強い風が吹いて、家のガラス戸ががたがたと揺れる日、からっ風が、ざらざらと埃を家の中まで運んでくる日などに、それが多かった。それは、原因のはっきりした怒りとは違って、何の理由もなく、先生の心に這いよってくる欝々の情であって、先生自身もわれわれも、ひっそりと、心の霧の晴れるのを待っているより仕方がなかった。

三

先生の蔵書は、いま、折口博士記念文庫として、国学院の図書館の一画に保存されている。雑誌を含めて、一万冊ほどになる。もっとも、出石の家をひきはらうとき、短歌雑誌や文芸雑誌の多くは、幾日もかけて庭で焼却してしまった。後に全集を編集するときになって、その思い切りのよさ

がしきりに悔まれたことであった。

出石の家では、それらの蔵書は、玄関を上ったつきあたりの十畳あまりの書庫にびっしりと収められ、あふれたものは、廊下や一階の部屋のあちこちに書棚を設けて、積みあげられていた。この十畳の板の間は、昭和三年に出石に移ってしばらくの間は、がらんとした空き部屋で、たずねてくる学生たちの控えの間として使われていたそうである。だから先生の蔵書のほとんどは、出石に移ってのち、買いためてゆかれたものといえよう。

一階の居間の先生の座のうしろには、幅一メートル五十、高さ二メートルほどの六段に区切った書棚があって、辞書を主とした百冊あまりの本が収められていた。ときにはその中の何冊かが入れ替えられることもあり、ある時期に特殊な目的で読まれた本が、書庫に返されずにそのまま残ってしまうこともあったが、この百冊が、まず、先生の座右の書といってよいであろう。先生の歿後、池田弥三郎氏が撮られた写真によって、その書名を記しておく。

いちばん上段に、大言海・日本文学大辞典・大日本国語辞典・万葉集年表（土屋文明編）・仏教大辞典。

二段め。源氏物語湖月抄（活字本）・源氏物語新解・元禄文学辞典・西洋人名辞典・国史大辞典・歳時習俗語彙・死者の書（自装本）・読史備要・源氏物語用語和歌索引・源氏物語精粋・古代感愛集（自装本）・全国方言辞典・民俗学辞典。

三段め。源氏物語新釈・源氏物語用語索引・尾州家河内本源氏物語解題・六国史・平安時代文学と白氏文集・能楽源流考・古代研究・角川版昭和文学全集「亀井勝一郎・中村光夫・福田恆存集」（この本などは、先生晩年の読書が、そのまま棚に残っていたのであろう）・古典の新研究・かぶき讃。

四段め。浮世絵辞典・雪国の民俗・定本万葉集・万葉集大辞典・万葉集総索引・姓氏家系大辞典・幸若舞曲集・三体字典・俚言集覧・雅言集覧・日本文学の発生序説。

五段め。支那学芸大辞典・国歌大観・続国歌大観・大日本地名辞典・日本分県地図帳・続々歌舞伎年代記・台記（史料大観の一冊）・天体力学の基礎。

並んでいる本のうちで、いちばんいたみの眼につくのは、『大日本地名辞典』と『続国歌大観』で、先生の手であちこちつくろってある。『国歌大観』も随分よく使われた本で、書き入れや訂正もあり、破損もひどかったが、写真では戦後の新版に入れ替えられている。

地方からの初対面の客とゆっくりと話されるときなど、客の姓を『姓氏家系大辞典』にあたり、その郷土を『大日本地名辞典』にあたり、さらに『分県地図帳』にあたって、話題をすすめてゆかれることが多かった。

『続々歌舞伎年代記』には、目じるしのための紙片が、いっぱいさしはさまれている。

『天体力学の基礎』は、今宮中学での教え子、萩原雄祐氏の著書で、萩原さんがその本を持って来られたとき、

「僕も、少しはこんな本を勉強することにしよう。」

といって書棚に置かれたが、読んでいられるのは、あまり見たことがない。あるとき、神田の本屋で啓蒙的な星座図を私が見ていると、先生がそばへ来て、

「そうそう、萩原が中学生の頃、星座の本を買ってやったことがあった。案外、そういうことが萩原の天文学に進むきっかけになっているのかもしれないね。君にもそれを買ってあげようか。」

といって、星座図を買ってもらったことがあった。

この棚には置かれていないが、先生愛用の書で忘れられないのは、植物図鑑である。村越三千男著『新植物図鑑』と、本田正次著『全植物辞典』の二冊で、後の方は色がついている。いずれもコンサイス判の手軽な本だが、すり切れてぼろぼろになった表紙は、先生の手で丹念につくろわれている。歌集『水の上』『遠やまひこ』に使われているカットは、『新植物図鑑』のウメガサソウの一部分を、先生の希望で用いたのだった。

図鑑は野を歩くときだけに持ってゆくのではなくて、書斎でひっそりとした余暇を楽しんでいるときにも、図鑑を取り出して、気随にあちこちのページを繰っていられた。

コンサイス判の一ページをさらに四つに分けた小さな区画のなかに、葉脈のはしり方、花弁のよじれ具合までが正確に描き出されている、野の花山の花の姿を見ているうちに、過ぎてきた旅のひとこまひとこまの記憶のよみがえってくるのを、楽しんでいるといったふうであった。

ときには思いたって、廊下の隅に並べてある、大部な『本草綱目』をひき出し、読みふけっていられることもあった。

そういえば、旅中の先生は、道ばたの草花をふっとつまみ取って、携えている本や手帳の間にはさんでおかれることが多かった。いまでも、先生の蔵書を開いていると、思いがけないページの間から、からからに乾いたタビラコやマツムシソウの押し花が、はらりと手の中に落ちてきて、なつかしい思いをさせられることがある。

さて、本棚の、坐ったままで手のとどく三段め四段めのあたりには、アラビア糊、ウオーターマンのセピアや緑のインク、インク消し、クレオソート丸の小瓶などが、幾つも、本の前に並べてある。

本棚のいちばん下の段には本はなくて、大小さまざまの三十ほどの茶筒が並んでいる。芽茶・玉茶・抹茶・玉露・ほうじ茶・蒙古の磚茶・中国の包種茶・各種の紅茶・コーヒー、それに乾燥卵（卵黄を粉末にした戦時中の保存食）や、せんべいなどが入れてある。

書棚の前の切り込み炬燵のやぐらの上に、黒くつやのでた松の厚板を置いて、それが机代りになっていた。いつもその上に置かれているのは、専用の大きな湯呑み、ゾリンゲンのペーパーナイフと鋏である。人と話しながら、手があいていると、この鋏を爪にあてていられる。だから先生の爪は、いつも深く切り込まれていた。

居間にはもう一つ、西北の隅に三角形の書棚があって、新刊書や、毎月の雑誌を並べておくことになっていた。この棚の本は交替がはげしいわけだが、矢内原忠雄氏のキリスト教に関する書物数冊は、三、四年の間、書庫に移さずに、ずっとここに置かれていた。

一日のうちに二、三度、この書棚から思いついた本を取りあげ、膝のあたりにはたはたと打ちつけて埃を払うしぐさをして、懐に入れてお手洗いに入ってゆかれる。先生のお手水《ちょうず》は長い。出てこられるまでの三、四十分の間に、「人間」や「展望」なら一冊、薄い雑誌なら二、三冊の、主要な部分には眼を通していられたようである。

そうして読みおわった面白いものは、洗面所への通りすがりに、私の机の上へ黙って、ぱたりと、置いてゆかれる。いわば先生の推薦図書なのだが、読まれる場所が場所だから、あまり部厚い専門書はない。出石へ行って最初の頃、雑誌のほかに私の机に置かれた単行本は、『延若芸談』、小島政二郎著『眼中の人』、創元選書の『泡鳴五部作』、大仏次郎著『乞食大将』などであった。

出石の家のお手洗いは、先生用と客人《まれびと》用、私ども家人用と別々になっていた。家人用のお手洗いの白壁は、ちょうど眼の高さのあたりが、黒く傷になっていた。おそらく春洋さんも伊馬さんも、知らず知らずのうちに先生にならって、お手洗いでの読書の習慣がついてしまって、この壁に本の背をもたせかけていられたのだったろう。私など、先生の習慣を真似ようなどと思ったこともない。ただ、この誰にも邪魔されることのないしずかな場所での読書だけは、先生につられていつの間にか連鎖反応のようになって、やがて私の習癖の一つとなってしまっている。

二十二年には、『古代感愛集』『死者の書』『日本雑歌集』『短歌啓蒙』『日本文学の発生　序説』『迢空歌選』と、六冊もの先生の著書が新刊・再刊された。そういうときには、扉に「弘彦分」「弘彦本」、または「弘彦に」と書いて本をくださった。こういう書き方で、いちばんやさしいのは「春洋にあげます」ということばである。私には、そういうふうに書いてもらった本はない。

先生の探偵小説好き――まだ推理小説とはいわなかった。探偵小説、探偵もの、といわないと先生の感じが出ない――については、幾つかの思い出がある。

敗戦後間もないある日のことだった。渋谷の国学院の前の坂を、英文学の菊池武一教授と先生とが、夢中で何か話しながら下ってゆかれる。きっと東西の文学についての深遠な会話が交されているのだろうと思って、そっと後から近づいて耳をそばだてていると、シャーロック・ホームズということばがたびたび聞えてくる。何のことはない。ホームズ探偵の話に夢中になっていられるのだった。菊池教授の訳された岩波文庫の『シャーロック・ホームズの冒険』は中学のときに愛読していた。お二人の会話を盗み聞きしながら、なるほど大学というところは随分楽しいところなのだなあ、と私はすっかり嬉しくなっていた。大袈裟なようだが、戦いは終ったのだという実感があった。お二人の下ってゆかれる廃墟のような渋谷の丘の向うに、夕映えの小さな富士山が、くっきりと浮かんでいたのを覚えている。

先生の家へ来てみると、外国の探偵小説が沢山あった。「詩学」へ詩を発表されると、原稿料はいいから、同じ社から出している「宝石」を毎月送ってくれるようにと頼まれた。

箱根の山荘にいるときなどは、先生が探偵小説を私の部屋へ持って来て、「僕はこのページまで読んだら、犯人がちゃんとわかったよ。君もここまで読んでごらん。当てっこしよう。そこから先を読んだらずるいよ」といって、本を置いてゆかれる。指定のところまで読んで、苦心して推理を組み立てて、夕食の後などで話すと、いろいろ意地悪い質問をして、私の推理をめちゃめちゃに壊してしまわれる。「僕ら戦時中の学生は、感性だけを信じて生きてきたから、論理構成は弱いんです」と正直に兜をぬいでも、「だから、その論理の訓練をしてやってるんじゃないの」となかなかしつこいのだ。

あんまりじれったくてくやしいから、そっと結末のところを読んでみると、私の推理がぴたりと当っている。自信を得て翌晩またそ知らぬ顔で私の推理を述べたてると、先生はすぐ察して、「おっさんはずるい。しまいのところを見たんだ」。そこでこっちははじめて気がつく、「あっ、先生も見たんですね」と大笑いになってしまう。

芝居には毎月欠かさずに行かれるのに、映画はほとんど見ようとなさらない。その先生も、「ジキルとハイド」「毒薬と老嬢」「硫黄島の砂」の三つだけは御覧になった。先の二つは勿論、推理ものである。そして亡くなられる前、箱根で読まれた本はクロフツの『マギル卿最後の旅』であった。

ラジオも「話の泉」と「二十の扉」だけは興味をもっていられて、くつろいだときには、私たちに問いかけられることがあった。先生のヒントはいつも複雑すぎて、なかなか当らなかった。「オール読物」に毎号、何ページか載っている外国漫画も、楽しそうに見ていられた。私が会話や説明のことばの多いほど低級漫画で、絵だけのものが高級漫画だ、といったら、「うん、それはおっさんの卓見だ」とおっしゃった。

二十二、三年頃、銀座の夜店で買ったアメリカのソルジャー判の漫画の本――こういうものを買われるのは、ユーモア作家の伊馬さんの刺戟によることが多い――を見ていて、「おっさん、ちょっとこれを見てごらん」と呼ばれる。のぞいてみると、椰子の木の生えた小島に二、三人のアメリカ兵が上陸していて、その前に槍を持ち腰蓑をつけた土人が白旗をかかげて整列している。その列から一歩前に進み出て、色のやや白い、越中褌をつけた人物が、土人の列を指さしながら、「彼らが私を神というのだ」とアメリカ兵に訴えている。

「これを見てどう思う」とおっしゃる。日本人に対する痛烈この上もない諷刺で、どうにも答えようがない。見ていればいるほど、心に不気味なものが湧いてくる。先生の顔もだんだん真剣になっていった。「彼らはこういう形で、自分たちの士気をふるいたたせていたんだね。口先で神風が吹く、神風が吹くと言っていたのとは、大きな違いだね」といわれた。

その後何度か講演の中で、先生はこの漫画を引用して、日本人の文化について、厳しい反省を述べられた。この漫画は、先生の心に大きな衝撃を与えたのにちがいない。

先生の居間は毎日掃除をするから、本に埃の置くことはないが、書庫の埃にはいちばん苦労をした。潔癖な先生は、本の上にちょっとでも埃が見えると、手にとるのも気持ち悪そうにされた。本の上には、必ず埃が積もっているものと思い込んでいられるように見えた。

書庫にびっしりと並んでいる本、廊下にあふれ出て横積みにしてある本、はたいてもはたいても、埃は隣へ移動するだけである。家が古いために、天井裏には埃がたくさん積もっているとみえて、風の強い日は、書庫の天井板の隙間から、ざらざらとしたものの降ってくるのが眼に見えた。二、三日がかりで、庭の筵の上に本を運び出してきれいにしても、ひととおり終る頃には、はじめに手をつけた棚の本には、もう埃が置いている始末であった。

一時は、柳田先生のお宅の書棚の真似だといって、並んだ本の上に新聞紙を敷きのべて、直接埃のかからぬようにしたが、あまり効果はなかった。

私は書庫の本を、自分流に並べ変えて、入用の本は先生に言ってもらって、私が取りにゆくことにした。それでも、自分でどうしても書庫に入りたいと思われるときがある。そういうときは、先生は着物の左袖で眼から下をおおって、右手は袖を手袋代りにして、本をつまみあげていられた。それも日によって、ひどく気になる日と、気にならぬ日があるとみえて、ときには書庫の埃まみれの板の間にうずくまって、眼鏡のつるを片方だけ耳からはずし、そのつるの先端を平気で口にくわえて、夢中でこまかな字に読みふけっていられることもあった。

普段は、襖や障子のあけたてにも、取手にじかに手の触れるのを嫌って、着物の袖をグローブの代用のような形にして使われたから、冬物の袖などは、そこだけがすれて光っていた。電車の吊り皮を握るためには、いつもハンチングをぬいで、その外側の方を吊り皮にあてて持たれたし、梅雨の頃になってもわざわざ手袋を持っていられることもあった。混みあった電車やバスの中で、ふと、女の髪の毛が顔や手に触れたときの、先生のすさまじいばかりの嫌悪の表情は、今も忘れられない。汲取屋が入って来る気配がすると、敏感に聞きつけて、肱全体で眼から下をおおって、まるで冷たい風呂に我慢して浸っているような姿で、息をつめていられた。しかし、先生の鼻の粘膜は、以前、コカインを乱用されたときにすっかりいためられて、嗅覚はほとんど失われていたのだから、その先生の動作は、汲み取りの音によってよびおこされる、嗅覚の記憶に対する、反射行動とでもいうべきものであったろう。だから、汲取屋が、門の脇のくぐり戸を開けて出てゆく音がすると、途端にほっと体をゆるめて、息を吐いていられる。それが現実の臭気と無関係なのだと私にわかったのは、だいぶん時日がたってからであった。抹茶茶碗や茶筅まで、クレゾール液で消毒して、その臭いのぷんぷんしている茶を、平気で飲んでいられるようなことがたびかさなって、やっと、先生の嗅覚が失われていることが私にわかったのである。

そういう先生の敏感で潔癖な所作に馴れるまでは、それを見ているだけで、こちらの神経が疲れた。工場や軍隊での粗雑で無神経な生活を強いられた記憶のまだなまなましい私などは、先生のあまりの清潔好きに、はじめのうち、強い抵抗を感じることがあった。

先生が亡くなられて間もなくのこと、「鳥船」の同人の石上順氏から聞いた話である。石上さんは南方の島で辛うじて生き残って、信州の妻子のところへ復員する途中、衰弱した体をしばらく先生の家に寄せていられたことがあった。ある日、先生が、

「書庫の中で鼠が死んでいる。気持ちが悪くて入って行けないから、片づけておくれ。」

といわれた。

少し前まで、戦友のつぎつぎに死に絶えてゆく苛烈な場に身を置いていた石上さんにとって先生のことばは何となく、素直に従えないような、反撥を感じさせたのだろう。一週間の間、何度いわれても、素直に片づける気にならないまま、先生のところを辞してしまったのだという。

「あの頃の俺はどうかしていたんだな。それからのち先生の顔を見るたびに、そのときのひねくれた思いあがりが、悔しくてしようがなかった。」

石上さんはつくづくとそういわれた。しかし、私なども、そういう感情のくいちがいは、しばしば感じなければならないことであった。

潔癖な人ほど、自分勝手なところがあって、他人のしたことは気になっても自身のことについては、あまり気にならないものである。そして常に、自分勝手を正当化するための、不合理な理論がともなう。先生だとて、けっしてその例外ではなかった。

だが、半年、一年とたつにつれて、先生の痛烈にきびしい孤独の領域、いさぎよいほどの自愛の世界に私は眼を見張り、その張りつめた生き方を、私なりに理解できるようになっていった。

二階の寝室に入られた先生が、夜半にひどくうなされて、その声が私の部屋までとどいてくることがよくあった。ある夜、その声があまり長くつづくので、二階へ上っていって、先生を起こした。翌朝になって、

「ゆうべは、うなされていたらしいね。しかし、一度寝室に入ってしまったら、僕独りの世界なのだから、どんなことがあっても起こさないでおいてほしい。」

といわれたことがあった。

また、先生はどんなことがあっても、自分の肌につけているものを、他人の手に触れさせることがなかった。先生の肌のものを私が洗ったのは、体の自由が利かなくなった、箱根の最後の一週間だけである。

関西の男の習慣で、先生も布を腰に巻いていられた。それは落下傘用のやわらかくて丈夫な絹地

で、渋い緑色に染められていた。入浴の後などで、先生はそれを洗って、外に干すことをしないで、寝室に張り渡した綱に干しひろげておかれる。夜が更ければその下に床を敷くのである。冬の夜など、寝床の上に、冷たい雫がしたたり落ちるのではあるまいか、と案じられた。

頭の上にゆらめいている、自分の肌《はだえ》の布の下で、孤独の眠りにつかれる先生の姿を、その階下の部屋で、しずかに思い浮かべていると、何かものすさまじい思いがしてくるのだった。

そういう習慣は、一体いつから先生の身についたのであったろうか。いくら馴れしたしんでいる者にも、聞くことのできない事柄であった。

四

出石の家へ来て一月あまりたってから、先生につれられて、玉川上野毛の石川富士雄氏のお宅へ行った。石川氏は戦争中から戦後にかけて、国学院の教学・経営両面にわたって、きわめて精力的に敏腕をふるった人であり、また先生に対して深い傾倒を示した人でもあった。先生はあらかじめ電話をかけて、「岡野も顔見世につれてゆきます」といわれた。

私は予科の教室で二年間、石川さんの講義を受けていたし、お宅へも、それ以前に、すでに二、三度うかがっている。だから、「顔見世に」といわれたのは、出石の家の者となっての、挨拶につれてゆきます、ということであったのだろう。私にとって、石川さんという方は、最初の印象があまりにも強烈であった。

大学予科の入学試験のときだった。学科試験を終って、面接になった。私が神宮皇学館の普通科出身でありながら、皇学館大学に進まないで国学院を志望する理由について、配属将校からつぎつぎに質問が出た。「立派な先生方がいらっしゃいますから」というような型どおりの答えは用意していたのだが、すぐ、「あちらにも山田孝雄《よしお》博士がいられるではないか」と切り返され、たちまち私は返事に窮してしまった。

すると、十人近い試験官のいちばん上座にいる白髪の、眼の鋭い人が、突然、「この人がどうしても国学院の予科に入りたいという気持ちは、こういう場での説明を超えたものだと思いますよ、それがわかればいいじゃありませんか」と言った。面接はそれきりで終った。

一体、どういう経緯があったのか、私には今もってわからない。私にとってこの上もない有難い口添えである。昭和十八年のことだから、配属将校が、大学の中で絶大な力を持っていたときである。私にとってこの上もない有難い口添えであったけれど、不気味なほど、独断と威圧をこめた言い方のように感じられた。その人の眼の鋭さと、ふさふさとした白髪と、低く咽喉にからまるような声を圧《お》さえたもの言いは、いつまでも私の心に残った。

入学してみると、その人が予科部長兼教学部長の石川先生であった。そして、家へ遊びにいらっしゃいといわれてうかがった。試験の作文をほめてもらった。出題は折口先生だということであった。それが面接のときの口添えの一つの動機ではあったかもしれない。

石川氏と先生とのつきあいが、格別に深くなっていったのは、いつ頃からのことか、私にはよくわからない。年譜によると、昭和十七年の五月、奈良の女高師で開かれた日本諸学振興会国文学会で、先生が「古代日本文学に於ける南方要素」という題で講演されたのち、飛鳥・吉野・京都を回られた同行者のなかに、金田一京助先生・西角井正慶・高崎正秀・高原武臣氏らとともに、石川夫妻も加わっていられる。

この頃から、翌年の春洋さんの出征、それにつれての先生の身辺の人々の交替があいついで、石川夫妻が、先生の家の生活に関しても、頼りになる相談役という形になってゆかれたのであろう。そういう面では、石川氏の、ものごとの裏の裏まで眼のとどくような周到さと実行力のほかに、関西出身の夫人のこまやかな心くばりや、ものやわらかさが、随分、先生の心をなごやかにさせていたのだろう。

昭和十八、九年、金沢の連隊にいられる春洋さんにあてた先生の手紙には、石川夫妻の名がしきりに記されている。

さて、先生と大井町線の上野毛の駅から杉林の中の坂道を石川氏の家にむかって下りながら、先生は春洋さんを養子にするための戸籍上の手続きを取ったときのことについて話し出された。十八年の九月、春洋さんが二度めの召集を受けて金沢へ行かれてのち、石川氏が先生を家へ招いて、このあたりの畑の中の道を歩きながら、何時間もかけて、春洋さんを養子になさるようにと先生を説かれたのだという。

先生にしても、春洋さんにしても、それまで十七年間も、実の親子も及ばぬほどの親しさで一つの家に生活を共にしていられたのだから、いまさら、法律的な手続きなど、という気持ちが強かったろう。

殊に、先生はかねてから、自分の家は自分一代であとを絶ってしまいたいという考えをもっていられたらしい。春洋さんにしても、先生の養子になるなどいうことは、随分複雑なわずらわしさを予期しなければならぬことであったにちがいない。

その先生に、石川氏は執拗に説かれたのだという。「このあたりの同じ道を、石川君と何度、行きつもどりつしただろうね」と先生は感慨深げであった。

石川氏が説いた理由は、内地にいる人間の安全も予測しがたくなっている今、先生の身に万一のことがおこるかもしれない。先生の後を継ぐのは春洋さん以外にないことは明らかだが、形の上でもそれをはっきりと定めておかれることが必要なこと。また逆に、春洋さんの身にもしものことがあったら、一人の若者を十七年も手もとに置いて手塩にかけ、自分の思うとおりに教え育てておきながら、戸籍上の親子の形すら取っておかれなかったことを、先生はこの上もなく無念なことにお思いになるにちがいない、ということであったらしい。

「石川君のああいう点に関する判断力は、おそろしいようなところがある。僕はそれでやっと心がきまって、柳田先生と鈴木（金太郎氏）を保証人にたてて、手続きをとったのだ。石川君があれだけ情熱こめて説いてくれなかったら、僕にはどうしても決心がつかなかったろうね。」

といわれた。

十九年四月四日付の能登一ノ宮の藤井巽氏（春洋氏の実兄）宛の手紙（一九九八年版全集書簡二八六）には、

七日の夜、春洋にさへあへれば、翌八日、一の宮へお邪魔にあがり、いろ〳〵御相談もし、御願ひもしたいことがあります。何も急いでする事もありませんが、此頃の世の中ゆゑ、急変のせぬうちに、あなたにも十分考へて頂き、膝をつきあはせて、私も一往も二往も考へたい、と思ふのです。もう、私も身心とも疲れてゐますし、私が死んだ後、春洋に馬鹿な目を見せたくない。せめて其が、今まで、長く私のやうな者に仕へて来てくれた志に、酬いることになるのではないかと思ふのです。春洋にも、今度はじっくり相談しよう、と思うてます。

と記されている。こののち、先生が金沢に春洋さんを訪い、さらに能登一ノ宮に巽氏を訪ねて話し合われたことについては、その旅に同行された加藤守雄氏が、よく御存じである。

五月十七日付、巽氏宛の手紙（一九九八年版全集書簡二九〇）には、次のように書かれている。

手紙さしあげた後、守雄が区役所へまゐり、手続き聴きあはせて来てくれました。春洋にとつても、私にとつても、これほどありがたいことはありません。第一は柳田国男先生に願ふつもりです。第二は鈴木金太郎にさせる考へです。此も、証人二人いるさうです。それには、第一は柳田国男先生に願ふつもりです。第二は鈴木金太郎にさせる考へです。此も、春洋、私にとつては、此以上関係深い人はない訣なのですから。どうか、御承引願ひます。――柳田先生が、もすこし若ければ――今年七十――能登までわざ〳〵出向いて行つてもよいのだがと言うて居られましたが、何分お年の事故、御遠慮申しあげることにいたしました。

いかにも先生らしい、筋を立てた正しさと周到さが示されている。しかしその発端をつくったのは、石川氏の見通しと、説得力であったといえよう。

手続きが終って、「折口」の印を送られたのは、春洋さんの最後の赴任地、硫黄島であった。石川氏の予測していられた、もっとも不幸な状態が、現実となったのである。だが、法律の上でも父子の縁の結ばれていたことが、単なる世俗の上の約束ごとを超えた、はるかな心の拠りどころとして、それから後の先生に、どれだけ深い安らぎとなぐさめを与えたかは、はかり知れないものがある。

その点で、先生は、石川氏に深い感謝を持っていられたのだと思う。

石川氏の勘は、ときに過剰な形ではたらくことがあったように思う。突然に石川氏の奥さんから電話がかかってくる。

「いま、家主が若い者をつれて来て、立ち退きを迫っています。主人が、これではどんな予測しがたい状態がおこるかもしれない、若い男の人がいてくれると心強いのだが、と申します。岡野さんをお貸しいただけませんか。」

ということなので、そんなことにかけては滅法気の強い先生から、いろいろと言いふくめられたり、励まされたりして、こっちも少々殺気だったような気持ちになって上野毛へ馳せつけてみると、家の中は意外にしいんとしている。

なるほど、しばらくして石川氏の居間から、小肥りの家主らしい男が不機嫌な顔で出て来て、奥さんに挨拶もしないですうっと帰って行ったけれど、さきほどまでそんなに不穏な形勢であったとは、どうしても思えないのである。

そんなふうに、学校では実に颯爽としていられる石川氏の隠れた面を見たことも幾度かあった。ときには、その推理力が、家族に向けてまで発揮されることがあったらしい。先生はそういうことに関する相談を親身になって受けながら、一方では、

「石川君は、家の者にむかっても、探偵みたいな考え方をする人だね。」

といって、先生一流の推理小説風な筋立てを考えて、楽しんでいられるようなところもあった。

ある時期、石川氏が先生のための家を探すことに熱心で、先生と共にあちこち見てまわった。どの家も、元大臣が住んでいたとかいうような、車庫から運転士の家までついた大邸宅で、「私どもは、あちらの離れにいさせていただくことにしましょう」などといわれると、これほど先生と親しくしていられながら、先生の家の家計を、どんなに大きなものに考えていられるのだろうかと、不思議な気がしきりにするのであった。

先生が石川氏と親しくしていられることについて、さまざまな面から、いろいろにいう人があった。先生もそれはよく承知していられて、ある日の夕食の後に、

「石川君の性格の悪さも十分知っている。しかし、あんな悪い面を持った人が、僕と接するときだけはその片鱗も見せないで、自分のいい面だけを示してくれている。僕だってそれには、応えてあげなければならない。石川君にとっては、僕とつきあっているときだけが、たった一つ心を清くするときなのだ」と話された。

後に、先生の文箱を整理していると、石川氏夫妻が、春洋さんの武運を祈ってあちこちのお社で受けてこられたお守りが、幾つも出てきた。近江の還来《もどろき》神社へは、先生自身も、石川夫妻の案内で、戦時中に参詣していられるはずである。

戦後数年して、石川氏は国学院とも縁が切れ、その生活は次第に、わびしいものになっていたのだが、先生の死後、さらに急速に荒涼無慙の度を加えていかれたように思う。

しかしそういう話も、私の耳にいろんな方面から人づてに聞えてくるだけで、その最後まで、何度お逢いしても、石川氏がその心の荒涼を、あらわにむき出して私などに示されたことはなかった。先生の家にいた者に対する、せめてもの意地であったろう。

たった一つの、心を清くするものを失った、荒廃の姿であったといえようか。

五

先生の顔は、写真で見るかぎりでは、少年期から青年期にかけて、随分神経質そうに見える。顔色もおそらく青白い、富士額の美少年であったろうと思う。それが、四十代の中ごろから、にわか

にたくましさが出てくるようである。なかには、つやつやと脂ぎったようにすら感じられる写真もある。

戦後の二、三年は、頬は落ち、鼻稜がきわだって高く見える。昭和二十五、六年頃の顔は美しい。殊に二十六年の浜谷浩氏撮影の写真は、どれも美しい。

先生の顔のうちで、いちばん立派に見える部分は鼻であろう。鼻稜が秀でて長く、小鼻が適当にふくらんでどっしりとしている。右の眉根から鼻稜の上端にしたたるような青痣、小鼻の右脇にほくろ、左脇にしみがあって、一層鼻の立派さをきわだたせて見せた。

次には耳。輪弧が大きく、殊に耳朶の上半分が豊かであった。

眉はうすく、老人によく見られる長い眉毛などは一本もなかった。

口もとはよくしまっていて、唇は少し薄く、一文字に引きむすんでいられると怖かった。

眼は近視と乱視、それに老眼が加わって、眼鏡には神経質だった。たしか右の方だったろうか、眸にうすい翳のように見える傷があった。中学生の頃トラホームにかかって、手当が遅れたためだそうである。のどかに眼を細めていられると、上まぶたが少し垂れ気味になって、まぶたの表面にうす紫の毛細血管が浮き出して見えた。赤ん坊の肌のように、そこの皮膚がうすかった。

折口家にある先生のお父さんの写真を、最近、大阪の中村浩氏が複写して、送ってくださった。それを見ると、幕末の志士のような気迫のはげしさを感じさせる立派な顔である。実に顔が長く、鼻筋も長く通り、目が切れあがったように鋭い。

先生の豊かな鼻は、この父上ゆずりのものなのだ。先生の顔もやはり、異相というべき顔だろうが、それよりも、父上の顔に、もっとなまなましい意力と感情のはげしさを感じる。

ある日の夕食の後に、先生が聞かせてくださった話。

祖父の家は、代々、大和の飛鳥神社の社家の家だった。祖父の父という人は、毎朝、鍬をかついで山へ入っていって、用便をすませていたそうだ。村の人はそれを見て、「神主さんまた鍬かたげて山へ入って行きはる」と言い合ったという。祖父が折口の家へ養子に来るときには、親子の縁を切ってよこされた。他家へやるのだから、という義理からだろう。だから祖父は、その父の死んだときだけしか、飛鳥の家を訪ねなかった。

祖父は部落民にも親切で、明治十八年のコレラの流行のとき、部落民を見てやって、自分もそれに感染して亡くなった。

代々医を業としていたから、河内から養子に来た父も医者になった。この人は我儘いっぱいな人で、祖母なども遠慮して、祖父の死後は、心に思いながら、飛鳥を訪ねることもしなかった。

ただ一度、祖母が、内緒で飛鳥に行ったことがあった。もちろん、名のりもしなかったらしい。そのときは祖父の甥の代で、その妻らしい人が、若い女に「みさおよ、山回って来てや」と言っているのが聞えた。神社の衰微時代で、お賽銭を見まわりにやるひっそりした神主の家の妻の様子が、心に沁みたと、祖母が語ったのを、子供心にしみじみ聴いたことをおぼえている。僕が中学の卒業に落第した年、飛鳥を訪ねたのが、両家が表向きに、行き来しあうようになった最初なのだ。

父は、夏は一升瓶を井戸にさげておき、冬は一升入りの大かたくちを火にかけて、酒を呑んだ人だった。

先生はいびきをかかれなかった。幸いなことに私もいびきはかかない。旅行などで、同じ部屋に寝ると、「岡野は処女のように眠るね」とほめられた。

そういえば、出石にいた人は、伊馬さんも加藤さんも、いびきをかかない人ばかりである。

池田弥三郎さんが、先生の箸の持ち方が、少し変であったと書いていられる。たしかに、どの指がどう違っている、といえるほどはっきりと変っているわけではないが、何かぎごちなかった。幼いときから身についてしまった癖にちがいない。

だいたい先生は指先の扱いが不器用だった。紐を解いたり結んだりするのがいかにもじれったそうで、帯は両端の結びめがもつれて、堅い結び瘤になったままのを、ぐるぐると腰に巻きつけていられることが多かった。

中年の頃、もっぱら用いられた蝶ネクタイも、結ばないで、首にひっかけただけで用が足りるからであったろう。

先生が鬚を剃ると、顔にいくつも傷ができる。器用でないのと、皮膚が薄かったからである。だから、風呂桶から顔を出していてもらって、私が剃ることにした。剃り終ると、アルコールを手にうけて、ぴたぴたと叩いていられた。見るからに痛そうだった。

しばらくの間、私が毛抜きで、一本一本抜いたこともある。手の甲にそれを立て並べておいて、最後に、先生の顔の前につき出すと、「うへえ、気持ちが悪い」といって、逃げてゆかれた。

それも、鬚が薄かったから、できたことである。

歯みがき粉は、自分で調製したものを使われた。粉歯みがきを幾袋も買って来て、一リットル入りの広口のあき瓶に入れ、それに薄荷や樟脳、さらに薄めたリゾール液などを練り加えて、作っていられた。医者と生薬屋を兼ねた家に育った記憶へのなつかしさや自信がそうさせるのであったろうが、刺戟の激しい薬を自己流に使いすぎていられた。

一度、私がひそかに使わせてもらったら、まるで口の中が焼けるような辛さであった。煙草をあがらないのに先生の歯の裏は真っ黒になっていた。新しい入れ歯でも、二月くらいすると黒い色がついてしまった。お茶の好きなせいもあったろうが、私にはどうもあのはげしい歯みがき粉のせいであったような気がしてならない。

二十三年頃、近くの歯医者にかかって、上の歯は総入れ歯になってしまった。「あの医者は指が汚れていていやだ」とか、「手術道具は消毒しても、コップは前の患者の使ったままのを、平気で使わせるよ」とか、帰って来てからいろいろ小言をいわれたが、最後まで通いとおされた。今から考えると、随分頑丈な入れ歯で、さぞ具合が悪かったろうと思うのだが、先生は割合気にしないで、使っていられた。そういうところはまた、人一倍我慢強いところがあった。

さまざまな愛用薬のなかで、特に欠くことのできなかったのは、ロートエキスの錠剤である。お腹の具合にはいつも神経質で、下剤をのみ、また二、三日すると下痢止めの薬をのみ、そしてしばしば痛み止めのロートエキスを用いられた。食べ物による不摂生で胃腸を悪くされるというより、薬のために自ら傷めていられるような感じすらするときがあった。

先生には、薬品に対する特別の嗜好があった。子供の頃樟脳が好きで、薬の引出しから持ち出して来ては、齧ったなどという話も聞いた。ユーカリ油をマスクにたらして、息がつまりそうなのを平気でつけていられることもあった。飲物でも、ジンジャエールやプレンソーダ、コーヒーのブラック、酒なら生《き》のままのジンが好きだったのも、強い刺戟性のある物に対する嗜好からであろう。

私などが小さな怪我をすると、硝酸銀で焼いた方が化膿しなくていいといって、すぐつけてくださったし、風邪を引くとアミノピリンを一オンス瓶からざらざらと紙にこぼして、それに胃散を加えてもらった。のんで寝ると心臓がどきどきして、汗まみれになった。たしかによくきいたけれど、定量の三倍くらいはあったと思う。「多すぎはしませんか」などと疑わしそうにすると、「人の愛情を信じる素直さがない」といって叱られた。

散髪はいつも、大森の八景理髪店だった。ずっと、大森八景坂の下にあったが、のちに駅のそばに移ってきた。盆と暮には特に、職人に心づけを置かれた。

先生の散髪は、髪を染めるのだから、一時間半くらいはかかる。戦後はずっと、金ちゃんという青年が先生の係りだった。

「金ちゃんがまだ少年で、背がとどかないので、高い足駄をはいて、前の主人から刈り方を教えてもらっていたころから知っているよ。」

といっていられた。箱根や軽井沢に長く滞在しているときは、わざわざ金ちゃんを呼びよせた。

神経痛を直すために、漢方医にかかって灸や鍼の治療を受けるようになったのは、昭和二十五年からであった。どういういきさつがあったのか、よくおぼえていないが、四月三日に、早稲田の鶫月洋氏に案内してもらって、京王線の代田橋の診療所へときどき出張して来る漢方医のところへ行ったのがはじめである。文房具屋の二階が診療所になっていて、一時間近くかかって治療を受けた。帰りぎわに本郷の薬屋で調剤してもらうようにといって、「芍甘黄辛付湯」という漢方薬の処方をもらった。先生はその処方を見て、「烏頭《うず》が入っているんだな」などと、興味深そうであった。家へ帰ってから早速、『本草綱目』を引き出して来て、調べていられた。

利尿剤として「うわうるし」の煎薬をお呑みなさいとすすめたのも、この漢方医であった。

この漢方医のところへはその後も四、五度かよって、背中・腰・腹に三十か所ほどの灸点をおろしてもらって、毎日私がお灸をすえることにした。背中の方は見えないからいいのだが、腹の方は灸の跡が次第に黒いしみになってゆくのを見て、先生はだんだんいやになってきたらしい。

「親に何の傷もなく産んでもらった体に、おっさんからこんな傷をつけられてしまった」と風呂からあがって来て、腹をなでながら言ったり、お灸をすえていると、

「あつつ、熱い。今日は今までになく熱い。おっさんは何か僕を恨んでいることがあるんだろう。」

などといわれる。勿論、笑いながらの冗談で、私をからかっていられるのだが、多少の真実感がこもっていないこともない。後にはかかりつけの医者のすすめで、毎日、ビタミンの皮下注射を私がするようになったが、そのときでも、ほとんど毎日、

「痛い。昨日まではこんな痛さじゃなかった。」

とか、

「ああひどい。今日の痛さはひどい。きっと針が古いんだ。」

などと、いわれた。

医者に対してはきわめて丁重な態度で、我慢強い先生だが、家では我儘なのであった。

殊に灸となると、そう早い効果の出るものでもないし、私が「さあ、灸をすえましょう」といって、先生を肌脱ぎにしなければ、自分からすすんで言い出されることはないのだから、私もだんだん、気が重くなってしまって、一年足らずの間しかつづかなかった。そして、指圧術がそれに代る

ようになった。

しかしお灸の跡はずっと消えなかった。先生は亡くなられる年まで、箱根の山荘でゆっくりと湯からあがってこられた後などは、お腹を出して、

「おっさんに、こんな生まれもつかぬ片輪にされてしまった。」

と、私をいじめられることがあった。そういうときは、機嫌のよいときなのだが、私はいつも、先生が二十代の末に詠まれた

わが腹の　白くまどかにたわめるも　思ひすつべき若さにあらず

という歌を思い出した。自愛の情の非常に強い先生は、自分の腹に焼きついた灸点の跡を、無念な思いで、独り見つめていられたにちがいないのである。

六

出石の家の北側には、六十坪ほどの空地があって、背よりも高い雑草がしげっていた。まだ食糧の乏しかった二十三、四年頃、その一部分を掘りおこして野菜を作った。手をかける暇もなかったので、できはよくなかったが、南瓜だけは、雑草の上を這いまわって、沢山の実をつけた。蒸しパンの中に刻み込んで、変に甘ったるいのを、先生も我慢してあがられた。

また、春洋さんが菊作りに使ったという鉢が幾つか残っていたので、茄子の苗を買ってきて植えてみると、案外によくできた。つやつやとした実をつけたのを、南側の居間の前の庭に置いて、見て楽しまれた。

「三矢先生は菊作りが好きだった。肥料にするための馬糞を集めに、毎朝早く、手箒とごみ取りを

持って歩かれたらしい」などと話された。

北側の空地と道路との境には、二、三本の欅の巨木があった。ある日その梢を仰いでいると、きらっ、きらっと陽を受けて光るものがある。玉虫が欅の葉を食べに来ているのである。見ているうちに、子供の頃、この美しい虫を追いかけて歩いた興奮がよみがえってきて、じっとしていられなくなった。二抱えもある欅の木に、苦心してのぼった。矢野さんが知らせたらしく、先生も二階の裏側の窓から首を出して、じっと見ていられる。二十分ほど、梢をあちらへ移り、こちらへ移りして、やっと一匹手のなかに捕えて、木を下りた。

先生のところへ持ってゆくと、「君がせっかく苦労して取ったのだから、しまっておいて、こんど柳田先生のお宅へうかがうときに持っていってさしあげよう」といって、大事に綿にくるんで、しまわれた。

後で矢野さんに聞くと、先生は、「あんなに夢中になっているものを、止めようとしても止められるものではない。木の上にのぼっている者に、大きな声をかけるとかえって危い。じっと見ていておやり」といって黙って見ていられたそうである。

玉虫を柳田先生にあげようといわれたのは唐突なようだが、珍しいもの、美味しいものが手に入ると、すぐ、「これは柳田先生にさしあげよう」といわれた。だからそのときも、玉虫に対する子供のような私の興奮と同じような心おどりを、先生も感じていられたように思われて、私はうれしかった。

後に、両先生のおともをして伊勢に行ったとき、神宮の禰宜の杉谷さんが持っていられる貝の蒐集の中から、黄金色に輝く宝貝を見いだして、その美しさに眼を輝かし頰を赤らめて興奮していられる柳田先生を見て、私はまた玉虫のことを思い出した。

柳田先生の、宝貝と「海上の道」との関連にしても、折口先生の「妣《はは》の国」の発見にしても、理由もなく、無性に心をゆるがしてくる感動の源を、一個人の心にたまたまきざした単なる旅愁や気まぐれな興奮だとかたづけてしまわないで、その感動の根ざしの深さを、こまかく、息長くたぐってゆくところから、その発端が開かれているにちがいない。玉虫をわざわざ柳田先生のところへ持ってゆかれたのも、お二人の間に、何か特別に通いあう問題があったのかもしれない。その後も法隆寺で玉虫の厨子を見たり、沖縄へいって中城《なかぐすく》の古城址の榎に集まってきた、おびただしい玉虫を見たりするたびに、私はこの美しい虫に対する感動を共にしてくださった先生のことを思った。

先生の前では、美しいものにどれだけ興奮しても、叱られることはなかった。感動すべきものに感動しないでいると、「君は心おどりが足りない」といって叱られた。

その頃はまだ、東京の空も美しかった。朝戸をあけてみて、空がむなしいほど、蒼く晴れ透っている日は、「今日は北京の空ですよ」と、床の中の先生に知らせるのが、合言葉のようになっていた。


秋の空晴れて澄む日は、いにしへの宮女の歎き　思ほえにけり

という、北京紫禁宮を詠んだ先生の歌を、引き歌にしてのことばであった。

冬の夕方、散歩に出て、星が輝きはじめると、私が「あれがオリオン、この上がすばる」と眼の悪い先生に星座の方角を指さし示す。先生は、「すばるは、僕の目にはぼうっとかすんだ、光のかたまりにしか見えない。すばる・すびる・すぼるは、小さくせばまるということだ」などと、説明してくださった。

椎の木ばかりが高く茂りすぎて、日を遮っていた出石の庭にも、春から夏にかけて、乏しい花を咲かせる木が幾本かあった。西側の竹垣のそばには、ひょろひょろと伸びた山茶花があって、冬のうち、梢の方にほんの数えるほどの花をつけていた。軒端を越えた高いところで咲いていたから、ほんとは庭の上に散った薄い花びらを見て、ああ、山茶花が咲いているな、とわかった。

先生は、お手洗いからの帰りに、西側の廊下の角のところに立ち止まって、ガラス戸に額を押しつけるようにして、じいっと土の上の花びらを見ていられることがあった。ふだんは姿勢のいい先生もそういうときは寒そうに、懐手をしていられた。

庭の奥の方、椎の木が四方に枝を伸ばしている下に、やはりひょろひょろとした椿の木が一本あった。普通の赤い藪椿で、花も少なかったが、それでも、厚い葉の蔭にその花の咲き出したのを見つけると、やっと寒さも峠を越したかとほっとした思いになるのだった。

配給の乏しい炭で、先生の居間にだけは炬燵を入れるけれど、矢野さんや私は、全く火の気なしで過していた。ときには、先生の炬燵の炭すら心細くなることがあった。そんなある日、大森へ出る途中の炭屋の前を通ると店先に配給の炭俵が積んであった。先生はちょっと立ち止まってそれを見ていられたが、急に勢いづいた声で、

「ああ思い出した。あの炭俵の荷札を見ていたら、前にあんなものを家のどこかで見た記憶がよみがえってきた。裏の物置の中をさがしてごらん。春洋が買って残しておいた炭俵が、きっとまだ残っているはずだ。」

といわれた。なるほど帰ってさがしてみると、くずれかけた物置の中に二俵の炭俵が、きちんと縄をかけたまましまわれていた。

「炭屋の前で、ほうっと荷札の記憶がよみがえってきたときは、死んだ春洋が助けてくれているような気がしたね。」

と、先生は感慨深げにいわれた。

実際、二十二年、三年、四年頃の冬の寒さは、身に沁みて厳しかった。矢野さんも私も、霜焼けのできる体質であった。椿の花の咲くのが、しきりに待たれたのである。

庭の真ん中からやや東に寄ったところに、梅の木があった。かなり大きな木で、いちばん目にたつ春の花の木であったが、どういうものか、花の咲く時期がおそくて、よその梅がもう散ってしまった頃に、やっと花ざかりになった。

一年おきに、二升ほどの実がなった。丹念に拾って、矢野さんは梅酒や梅干に漬けた。

梅の木の手前の沈丁花は、あまり勢いがよくなかった。先生は、「前はもっと元気がよかったのに」と、ときどきそれを気にしていられた。

花の木のなかでいちばん勢いのよいのは、椎の根元をおしつつむように生えていた、一重の山吹で、毎年株が大きくなり、春の庭を明るくした。ときには先生がその枝を折って瓶にさされることもあった。

庭の真ん中の陽当りのよいところに、大事に植えられていたのは、先生の好きなつつじで、れんげつつじ、または、うまつつじなどと呼ばれる朱色の大きな花をつける種類であった。防空壕を掘るために移植したのがいけなかったのか、戦後は、あまりいい花をつけなかった。先生はいつもそれを淋しがっていられて、この花の咲く季節にわざわざ那須へ見に行ったこともあった。この花にも、春洋さんにつながる思いがあったのだろうと思う。

つつじのあとは、萩が咲くまで表の庭には花がなくなってしまう。ただ家の北側に五、六株のあじさいと、がくあじさいがあって、思う存分に枝をひろげ、花を咲かせた。中でも書庫の裏にあったあじさいの青は、格別に冴えていて美しかった。梅雨どきになって、外に出る用もない日に、暗い書庫に入って、北側一面に青く咲きひろがっているあじさいを見ていると、何ともいえない憂鬱な気持ちになってしまうことがあった。

しかし先生はあじさいの花が好きであった。二十二、三年頃には、先生のいいつけで、その枝を持っていって、国学院の殺風景な研究室の卓の上に活けたことも何度かある。

金曜日の昼餐《ヒルゲ》の卓に　咲き満ちて、円《マド》かにむかふ―。紫陽花《アヂサヰ》の碧《アヲ》

たゝかひの最中《モナカ》に訣《ワカ》れ　三年経つ―。かく咲きけるか。紫陽花のはな

行くへなき　炎中《ホナカ》の別れせし日より、泣けてならざる今朝の　紫陽花

いずれも、二十二年に詠まれた歌である。あじさいの碧《あお》と、箱根の松虫草の淡い紫は、先生の好きな花の色であった。

二十三年のことだったと思う。穂積生萩さんが、芝桜を持って来て、庭の陽当りのいいところに植えていった。二、三年のうちにぐんぐんひろがって、この花が咲きはじめると、春の庭の感じがまるで変ってしまうほどになった。庭ばかりか、紫がかった桃色の花の反射が、居間の中までさし込んできて、先生の顔がほうっと赤らんで見えるほどだった。

先生はこの花を、穂積草と呼んでいられた。青磁の小さな水さしに、二、三輪さして、

「一輪一輪を見ているとかわいい花だけど、こんなにひろがってしまうと、ちょっと重苦しいね。」

といい、生萩さんがくると、

「穂積草は、あんたに似て意地の強い花だね。」

などといってからかわれた。

花についての思い出を書いていて忘れられないのは、まだ食料の乏しかった頃、先生に内緒で油菜の花を盗みに行ったことである。

もともと脂っ濃い食物が好きで、味を煮ふくめてよく調理した以外の野菜をあまり好まれない先生も、春のみずみずしい青菜の浅漬けだけは非常な好物で、朝夕多量に摂られた。先生にとっては嗜好の問題であったろうけれど、われわれから見ると、その緑の色をした漬物は、先生の健康を保ってゆくための必需品のように思われた。殊に油菜の花の、やや開きかかった花の穂を先の方だけ二、三寸摘んで漬けたものを、何より好まれた。今は晩春になると、東京のデパートの食品売場でも、いくらか色のあせたものを、黄金漬などといって売っているが、関西の食べ物であるあの漬物は、戦後の東京では、まだ求められなかった。先生と一緒に二、三度、埼玉の蕨町の付近や、川崎の登戸のあたりへ出かけて、犬に吠えつかれながら、一軒一軒農家に頼んで歩いたが、どこでも売ってくれなかった。貴重な油を取るための菜の花を、当時の農家が売ってくれるはずもなかった。かろうじて理科の実験に使うのだからといって二十円分摘んでもらったほんの一握りが、一日中歩き回った末の、唯一の収穫であった。

郷里の父にも頼んでやったが、その頃伊勢ではほとんどの畑の油菜が、満州から入って来た枝分れの少ない茎の太い品種に変っていて、こまかい枝の分岐する在来種と違って、花を摘むことを農家が極度に嫌うからどうにもならないということであった。

もう間もなく菜の花が咲き尽してしまうのではないかと思われる頃になった。先生が外出された後、私は木綿の兵隊服を着て、やはり軍隊から持って帰った雑嚢を肩からさげて出かけた。まだ兵隊服で外を歩いても、そう眼につきはしなかった。稲田登戸で電車を降りてすぐ、近くの菜の花畑へもぐり込んで行った。地形地物に身を隠して地を這い進むことは、軍隊でもう習癖のようになっている。ここまで来るまでに、心のためらいは振り捨ててしまっていた。ただ、一つの畑ばかりで沢山取ることはしないで、少しずつ摘んでは、次の畑へ身を移して行った。近くを人が通ったり疲れたりすると、畝の間に仰臥して、菜の花の間から見える空を仰いだ。子供の頃こういう危い楽しさを味わった記憶が心によみがえってきて、後ろめたさをまぎらしてくれた。

すっかり暗くなってから、家に帰った。先生はまだ帰っていられなかった。雑嚢と大風呂敷につめ込んで来た菜の花は、台所の板の間の上で、黄金色の山となって燃え立ち、ふくれあがり、ぎしぎしと音をたてた。

それは翌朝から食膳にのぼった。あの漬物の、柔らかい茎と、つぶつぶとした蕾と、花粉を含んだ花とを、しゃりしゃりと噛みつぶしてゆくときの、こくのある味は、格別である。先生はそれを、「口の中で花粉が散ってひろがるような」といわれたが、全く、堅ゆでにした卵の黄味が舌の上で粉になってゆくような、濃厚な味わいがあった。

先生が喜ばれるのは嬉しかったけれど、ときどき、「よくこんなに集められたね」といわれる労いのことばを聞くのは苦しかった。何よりも、その菜の花は、あまり長い間ありすぎた。もうなくなってくれればいいのにと思っても、先生とむかい合って坐る食膳には、いつまでも緑の色を盛りあげた皿がついてきた。自分で行って、それを購うことの困難さを十分に知っていられる先生なのだ。その頃はもう薄々と気づいていられたにちがいない。私は覚悟していたけれど、ついに不信や叱りのことばは発せられなかった。しかし、どんな思いでこの愚かでこざかしい若者のもたらしたものを嚙みしめていられたのであったろうか。

先生には桜を見ていると、言いようのない寂しい思いに駆られて、どうにも心の収拾のつかなくなってしまうときがあった。それは桜が日本人の心に与える歴史的な背景からくるというより、もっと個性的な、先生の心に早くからひそんだ一つの性情であったという気がする。同じような状態は、歌舞伎芝居を観た後にもあった。劇場を出る頃から、先生は急にものを言わない人になってしまわれる。そんな、自分でどうにもならない憂鬱を、先生自身よく知っていられて、心がほぐれた後になって、

「僕は小さい頃からそうだった。叔母たちにも、『信《のぶ》さんを芝居に連れて行くのもええけど、後が気ぶっせいで』とよく言われたものだよ。」

と語られることがあった。しかし芝居の後の沈黙には興奮の名残りを、じっと心の中で押しこらえていられるような、賑やかさがひそんでいた。桜の下に立たれた先生には、そのひそかなはなやぎすらなかった。

桜を詠まれた歌には、どれにも多少にかかわらずそういうやり場のない切なさがにじんでいると思う。胸の底から冷えきってゆく心の沈潜を、自分独りでひしと押しこらえて私たちに背を向けて立っていられる後姿には、春の光の中にさまよい出た黒い修羅のような凄味があった。

それでいながら毎年の桜の頃になると、一度は桜を見に出かけないと、心がそわそわして落ちつ

かないようであった。稲田堤や、鎌倉・大船のあたりの、できるだけ酔っぱらいの花見客のいないようなところをさがして、桜見に出かけた。

「桜というと、最近はどこも、染井吉野ばかりになってしまった。染井吉野は、花がいかにも薄命な感じがしすぎる。」

「桜はさみしい花だね。見ていて、つらい気がする。」

こんなことを、問わず語りに、つぶやくように言われたことがある。桜の散ることを惜しんだ、類型的なもの言いのように聞えてしまうが、私が聞いたときの感じはそうではなくて、胸の底の思いを、うっかりつぶやいてしまった、というような感じだった。

春洋さんのことが心に噴きあげてきて、どうにもならなかったときの、つぶやきのような気が、私にはする。

そんな先生のそばで桜を見ていて、うっかり「青い空に桜が映えて美しい」といったら、「色刷りの絵葉書みたいな、ありきたりのことをいうものじゃない。いかに、心がはたらいていないか、すぐわかってしまう」といって叱られた。

そしてこんな話をされた。

「あるときの万葉旅行の途中、山道を歩いていて休んだ茶屋で、皆、甘酒を注文した。出してきた甘酒はなまぬるかった。杏伯がすぐ、『ああ、ちょうどいいぬるさだ』といった。そのときも僕は杏伯を叱った。甘酒というものはたとえ真夏でも、舌の焼けるほど熱くして出すはずのもので、なまぬるい甘酒などというものは、どうしてもほめられるものではない。それをほめるのは、軽薄なのだ。」

こんなふうに書くと、伊馬さんの陰口をいわれたように聞えるかもしれぬが、そうではない。私をいましめるために、家人の伊馬さんのことを引合いに出していわれたので、一つ家に住む者の、へだてのない親しさからである。伊馬さんや矢野さんには申しわけないことだが、先生の生活をいうために、お二人のことに触れることが多いと思う。

はじめて代田橋の漢方医のところへ行った日は、そのまま家に帰らないで医者を出てから、京王線で国領へ出て、そこから多摩川べりをずっと歩いた。桜・菜の花の真っ盛りで、歩くのにちょうどいい暖かさだった。先生が今日の散歩の一つの目あてにしていられるのは、もう三十年も昔のこと、当時国学院の学生であった白鳥社の同人たちをつれてたびたび来られたことのある「玉翠園」という料理屋が、今どうなっているかたずねてみようということであった。

なるほどしばらくゆくと、枝ぶりのよい松や桜にかこまれて、今は廃屋のようになった建物が見えてきた。人の気配もない庭に入り、家の裏側に回って、先生は見ていられた。

「西角井・今泉・細川・高崎、皆まだ若かったね。この家であばれて、二階からころげ落ちたり、雪の日に来て、雪に顔を押しつけて、デスマスクだといってさわいだりしたものだ。」

若かった頃の白鳥社同人の人々のことをいろいろ思い出しては話してくださった。

「玉翠園」からさらに、柳田先生をお訪ねするために成城にむかった。あちらで道を聞き、こちらで立ち止まって考えして、歩いた。こういうときの先生の方向感覚は、おどろくほど確かなのだ。大体の方向を決めておいて、まっすぐに、畑の中の小道を通ったり、林をつきぬけたりして、無鉄砲な歩き方のようだが、いちばん近い道を確かにたどってゆくのである。

若芽の色のやわらかな欅の巨木を、屋敷のまわりに巡らした家の間を通りぬけ、庚申塚や稲荷の祠のある道を幾曲りして、狛江村の低地に出ると、右手に丘陵がつづいている。そこを越えて、雑木林をぬけると、成城の町のはずれであった。

柳田先生のお宅に着いたのは、もう二時頃になっていた。しばらくなごやかな話がつづいたのち、

「さっきから私も、外を歩いてみたいと思っていたところなのだ。久しぶりで一緒に野を歩いてみませんか。」

と柳田先生が言い出されて、また、さっき来た道を喜多見の方へ歩いた。

並木の桜の木に登って花を折っている子供たちを見つけて、柳田先生は、

「危いことはおやめ。それに惜しいじゃないか、こんな美しい花を折ってしまったりして。」

と、たしなめたり、

「もとは私の家のあたりでも、雲雀の姿をいくらも見ることができたのだが、今はすっかり遠のいてしまって……」

などと話される。折口先生のことばでいえば、成城の町の草分けの時分から、この町の姿を見てこられた柳田先生だから、特別の愛著があるのだろう。

町の家並みを二丁ほど出はずれると一面の麦畑で、お二人の先生は並んで足を止めて、頭の上に啼きのぼった雲雀が、啼ききって近くの麦畑に落ちるまで、じっと見つめていられたりした。

道は欅の並木につつまれた薄暗いトンネルのようになって、喜多見の村に入っている。お二人の歩みがふっと止まった。道の上を見ると、薄紫がかった桃色で、洋蘭のような光沢のある、形は姫百合に似た花が、点々と道に落ちている。欅の梢をもれてくる陽ざしの中に落ちた花は真珠色に輝

き、日蔭に落ちているのは一層紫の色を深めて、西洋のおとぎ話に出てくる森の妖精たちが踊りつかれて忘れていった帽子を思わせるような、異様な美しさだった。

「かたくり、家持の歌にある、かたかごの花だよ。」

と折口先生が教えてくださった。柳田先生も、

「これは驚いた。このあたりにかたくりがこんなにあるとは、考えてみたこともなかった。」

とおっしゃる。

さっき、村の入口ですれ違った四、五人の子供たちが摘み取ってきて、道々散らして行ったものらしい。落ちた花をたどってゆくと、村を出はずれたくぬぎ林の中で消えていた。林の中は下りの急斜面になって、狛江村の低地につづいている。お二人とも、かたくりの咲いているところを御覧になりたい様子だったが、着物を着ていられる柳田先生が踏み込まれるのには、茨や笹が茂りすぎていた。

二時間ほど前、折口先生と登って来た丘のはずれに立って、柳田先生はこまかく地理を教えてくださった。それから又、成城のお宅にもどって、一時間あまり話をしておいとました。

帰りは、成城からバスで溝ノ口に出て、付近の農家に頼み込んで、油菜の花をゆずってもらって帰った。

この日はおそらく、十二、三キロは歩いただろう。正月以来の神経痛が少しよくなって、新学年も始まろうとする頃の足ならしのつもりであった。

実はそれから二、三日して、先生と二人で、あのかたくりを掘るために、また喜多見の村へ出かけていった。

例のくぬぎ林の斜面を下りてみると、谷間の杉林の中に、一面にむらがり咲いていた。
「柳田先生に内緒で来て、聞えたら叱られるよ。」
いたずらをしている子供のような表情で、先生は笑われた。わざわざ柳田先生をお誘いするのも、あまりに他愛のない好奇心の強さだと笑われそうで、きっと折口先生はためらわれたのだろうと思う。

かたくりの小指の先ほどの球根は、三十センチも地中に深く埋もれていて、掘るのに苦心がいった。十株ほどの球根を掘り取って、出石の庭の木陰に植えた。その翌年は三つばかり花を咲かせたが、土質があわなかったのか、以後は花を咲かせなくなった。

先生が亡くなられた翌年の春、私はも一度その花が見たくて、独り、成城から心覚えの道をたどって行ってみた。薄紫の花のむらがりは、薄暗い谷間の杉林の中で、この世のものならぬ霊界の火のようなあやしさで、しずかに燃えていた。しかし、その球根を掘ってみる張合いはもう私にはなかった。

それからしばらくして柳田先生をお訪ねすると、どこから聞えていったのか、
「岡野君はこの間、スコップをかついでうちのかたくりを掘りに来たそうじゃないか。」
といわれた。温かい気持ちを、わざと冗談にまぎらわせておっしゃっているのだった。

かつて、折口先生とかたくりを掘りに来たことも、柳田先生はちゃんと知っていられたのだなと私は思った。

七

出石の家の一日は、まず、朝のお茶をいただくことから始まるといってもよかった。

朝、六時半頃に、私が二階へ上っていって雨戸をあける。先生はたまに枕許のスタンドをつけて、本を読んでいられることもあるが、たいていはその時間まで眠られたようである。

それからなお、三十分くらい床の中にいて、下の部屋の掃除がすっかり終って、埃のしずまる頃をみはからって、それでも懸命に袖で顔をおおいながら階段を下りて来られる。

毎朝起きるとすぐ風呂場へいって、冷水をかぶる習慣は、最後に、体がきかなくなるまでつづいた。水道の蛇口に、二メートルくらいのホースをつないで、猛烈な勢いで水をほとばしらせながら、頭を洗い、体をそそがれる。

寒さの厳しい日には、

「水をかぶったあと、昔のようには、体に温かみがもどってこなくなった。」

といって、寒そうにされることもあった。

医者も言い、私どももとめたけれども、先生はつづけられた。

燃料の不自由な頃、止むを得ず銭湯へ行ったあとは、家へ帰ってから、も一度水をあびられたし、風呂を家でわかして入ったあとでも、最後には、水をかぶっていられた。勿論、散髪のあと、外出のあとは、すぐ風呂場へ駆け込んでゆかれた。

先生が水をあび顔を洗って、居間の机の前に坐られると、朝の挨拶をして、先生・春洋さん、伊馬さんの泊られた日は伊馬さん、それに私の湯呑を机の上に並べて茶をいれる。玉露・芽茶・玉茶などのなかから、その朝の気分で適当に選んでいれるのだが、それぞれに、湯のさまし加減に要領があって、たまに、「今朝の茶は、なかなかよく出ている」といわれるのが楽しかった。

先生の湯呑も、普通より大ぶりのものだったが、春洋さんのはさらに大きかった。床の間の写真と位牌の前にそれを供えた。ときには先生が、「今日は僕が供えてやろう」と立ってゆかれる。茶を呑みおわると、先生は後の棚から箸箱を取って、急須から茶がらを湯呑に移して、全部食べてしまわれる。その食べ方が、いかにもおいしそうであった。はじめの頃一、二度、私も好奇心をおこして少し分けてもらったけれど、どうしてもおいしいとは思えなかった。しかし、どんなに栄養があろうとも、嫌いなものを無理に食べることなど絶対にしなかった先生だから、本当にお好きだったのだろう。

自分の湯呑に新しく入れかえた茶をつぐときには、たいてい忘れないで、立っていって、春洋さんの湯呑にも少しずつつぎたしていられた。だから、のどかに一日を家で過された日の夜になると、大きな春洋さんの湯呑にあふれるほどにお茶がいっぱいになっていた。

春洋さんが硫黄島から先生に宛てて出された手紙の中には、こんなことが記されている。

「いつものことですが、琉球などゝ比べてまだ〳〵水の乏しいところで、これには閉口です。」

(十九年十月八日付書簡)

「(送ってほしいものの)今一つは、紅茶です。お茶は天水が主ですし、ゆっくり入れるなどいふことは考へられません。それに緑茶は内地でも今は少いはずです。手に入れにくいことでせうが、紅茶なら私どもの出て来る時に、どこの店にも一ぱいあった様に記憶してゐます。これもたゞ番茶の切れた時、さ湯を呑むかはりに兵と一緒に呑むのですから、よいものを送って貰っても役に立ちません。安価なものをむしろ一封度《ポンド》位といった風に、量が欲しいのです。惜しみなしに使へます様に。これもこの頃もしなければ是非といったものでもありませんから、そのおつもりで。」

（二十年一月上旬発信書簡）

「桜系図、お茶等昨日（二十八日）受けとりました。これからぼつぼつたのしみます。」（二十年二月八日到着葉書）

「お茶などは、支那茶はもったいないですから、下級なあり余る様な紅茶にしておいて下さい。」（二月十八日到着、最後の書簡）

硫黄島からとどいた春洋さんの手紙は、全部で十一通ある。ここに抜き書きした部分を見てもわかるように、十七年も同じ家におられたのだから、師弟というよりは、むしろ子が親にものを頼むような遠慮のないもの言いをしていられる。しかし、手紙の内容の大部分は、先生の健康・家事・住居のことに関する配慮や、先生の身辺を見る人々へのことば、兵と共に来るべきものを待ち受ける静かな緊張の生活などが述べられていて、息づまるような苦しさなどはほとんど記されていない。その中で、水の不自由さや、茶に関することが、これだけ出てくるのは、余程のことだったのだろう。後に出た硫黄島の戦記を見ても、硫黄を多量に含んだ水のために、下痢に苦しむ将兵の多かったことが記されている。

先生は、自分が渇きを覚えるたびに、春洋さんの苦しみを思い出していられたにちがいない。およそ二合ほども入る春洋さんの湯呑に、幾度も注ぎ足して、あふれるばかりになった茶を、毎朝の掃除のときに、私は捨てていた。

茶は淡路町の升屋という店へ買いに行くことがいちばん多かった。そのほか、池田さんに教えてもらった西銀座の店や、上野の店、ときには戦前から買いつけの宇治の上林《かみばやし》という店へ注文することもあった。

旅行するときには、旅館の茶はまずいからというので、必ず二、三種類の茶を持って行った。

室生犀星さんのお宅へうかがって、室生さんが御自分でいれてくださる茶はすばらしかった。小さな湯呑に、小さな急須からたらたらとしたたらせた、ひとすすりのお茶は、香りといい、味といい、なるほど、茶というものはこういうものかと思わせられた。湯呑を空けると、室生さんは申しわけないと思うほど何度も何度も、新しく茶をついでくださった。

室生さんのところから帰ってしばらくは、「うちも室生さん流にいれましょう」といって、適当にさました湯を、丹念に少しずつそそいだ。しかし、先生のように大量に茶をあがる方には、とてもそれでは追いつかなかった。かなりいい茶を使いながら、出し方はどうしても番茶の出し方になってしまうのだった。

「先生の家では、来客に対して扱いの段階が分れていて、玄関で返す人、廊下まであげる人、居間に通す人が、それぞれはっきり決められているそうですね」と、人から尋ねられたことがある。そんな掟などあるわけはない。「今日は仕事をするから、人には逢わないようにしておくれ」といわれた日には、来客は皆お断りした。先生の家に来てしばらくの間、来客と先生の間柄のくわしく呑み込めていない矢野さんや私にとっては、来られた方のすべてをお断りするより仕方がなかった。

ときには、ほんとに気のおけない人を断ってしまってのち、先生が二階から顔を出して、「今日は留守なの。御免。また来とおくれ」と声をかけられることがあった。

いちばん困るのは、贈り物を出されたときである。留守中の贈り物は、いっさいお断りすることになっていた。ときには、室生犀星さんがわざわざお嬢さんの朝子さんに持たせてくださった、雛祭りの日のお重を、矢野さんが断ってしまったり、先生の古くからの友人が持って来られた、前からの約束の物を、私が玄関でお断りして怒らせたり、はじめの頃はいろいろの失敗があった。またどうしても物を置いてゆくといってきかない女の客に、大森の駅までついて行って、やっと持って帰ってもらったりもした。先生が普通の家庭を持っていられたら、家族の判断で、とどこおりなく処理してゆけるはずのことであった。

先生が、「翁《おう》すけ」とあだ名していられた大森の魚屋が、毎日、御用聞きにくる。へぎ板に書いたその日の品名の中から、あれこれと選んで注文なさる。

魚屋が、勝手に頭を切り落してきたり、三枚におろしてきたりするのが嫌いだったから、魚は姿のままとどけられる。それを見て、ここのところは刺身に、ここは塩焼に、頭は何に、と矢野さんに料理を頼まれる。

この魚屋の息子は、先生や春洋さんの気に入りの青年で、戦前には箱根の山荘にまで連れていって、料理を作らせたりなさったらしい。

外出するときには、夕食の料理のことを言い置いて出られるのだが、夕食のときになって料理が思うようにいっていないと、不機嫌な様子や不満を、はっきりと示された。これはよくできた、とほめられることは、ほんの稀にしかないから、矢野さんも、気苦労なことであったろう。

ときどき料理屋へ連れてゆかれて、「これはよくできているから覚えておいて作ってごらん」とか、「この味、盗んでごらん」とかいわれることがあった。出石では私が料理を作ることはほとんどなかったが、箱根の山荘へ行ったときは、私が、料理番であった。

肉屋で肉を買うときに、店の者が白い脂の層を厚くつけたまま秤に載せると、はげしい口調で叱責された。脂は肉ではない。別々にして売るべきものだ。すき焼のとき、鍋に引く脂は当然、サービスとして添えるものだ、というのが、先生の考えであった。こういう点、先生の神経は、世のなまじっかな主婦よりずっと細かくはたらいた。

「戦後、肉屋はずるくなって、脂を平気で秤にかけるし、買う者も、それを当り前のように感じているのは、間違っている。」

と憤っていられた。

大井の鹿島神社の前に、樽一つ置いて、どじょうを売っている家があった。慶應からの帰りには、そこでバスを降りて、買って帰ることがあった。ある日、いつもの主人がいないでおかみさんが出てきた。柳川にするためのどじょうを割《さ》かせると、黄色い卵のところを脇へのけておいて、最後に身だけ包んでさしだして、卵はさっとあら入れにつまみ入れてしまった。

そのときも先生は、はげしく怒られた。

必ずしも、食べ物のことだけではない。律気な商家に育った人だから、商人のずるさには、よけい敏感で、許せなかったのだという気がする。

表通りからちょっとはずれた横町の、小さな薬屋のそばを通ると、ひょいと立ち止まって、顎をしゃくって示しながら、

――あの薬屋も、金や春洋に内緒で、薬を買いにきた店だよ。

――ここはとうとう、さすがの金も最後まで気がつかなかったよ。

――この店の親父は歌が好きで、薬を買うために僕が持ってきた短冊を、何枚か持ってるはずだよ。

などといわれることがあった。薬というのは勿論、昔使っていられたコカインのことである。色紙や短冊をなかなかお書きにならなかった先生も、薬を手に入れるためには、すすんで短冊を書いて、店の親父の歓心を買われたこともあったらしい。

そういう店はたいていは、先生が家から国学院か慶應へ通われる途中、あるいは、二つの学校と学校の間の道筋にあったが、ときには、どうしてこんなところへと思うような、とび離れたところに、昔の行きつけの薬屋のあることもあった。

こんな言い方をしたら、当時、真剣に先生の薬の購入先を押えていかれた鈴木金太郎さんに叱られるだろうけれど、そういうときの先生は、子供の頃のかくれんぼの、得意の隠れ場所を、大人になってなつかしみながら、のぞき込んでいる人のような感じがした。

散歩の途中、道端にひっそりと立っている地蔵や庚申塚に、ひょこりと頭をさげて、通られることが多かった。礼拝とか、お辞儀とかいうより、挨拶というのがいちばんふさわしい頭の下げ方である。それは、もっといかめしい神社の前や国学院の神社の前を通るときも同じことだった。

ハンチングを無造作に取って、首から上をこくりと傾け、ぱっぱっとハンチングの埃をはらって頭にのせる。その間、歩みのペースは全く変らないから、並んで歩いている者も、先生が何をなさったのか、ほとんど気づかないでいることが多かった。

出石の家を出て、大森の方へ百メートルほど出たところに地蔵さんがあった。昔、大森の海から漁夫の網にかかってあがったという伝えがあって、たまには、よだれ掛けが新しくなっていることもあった。日によって、その地蔵さんの前を通り過ぎてしまってから、

「あれ、いまお辞儀をしたかしらん。」

とたずねられることがある。私だっておぼえてはいないから、「気がつきませんでしたよ」という
と、五、六十メートルも行き過ぎてから、ひょこり、と頭を下げていられる。

「忘れていたら、ちょっと言っとおくれ。」

ともいわれた。

大井出石の町の地主神に対する挨拶、というような気持ちであったのだろう。

先生の家の玄関の神棚に、河童像——津軽のお水虎《しっこ》さま——がまつられていたのは、周知のことだが、その祭り方にも秩序があった。

正月の供え物をするとき、正月さまのとし棚などは設けてないから、まず先に供えるのは春洋さんの霊前で、その次が河童さんの順である。春洋さんの霊前から下げたものは、自分でも食べられたが、河童さんのおさがりは、矢野さんか私が食べた。同じく家に祭っている霊でも、祖霊や、亡くなった家族の霊よりは、順を下げて考えていられたようだ。

大森駅の改札口を出入りするときには、定期券は示さないで、軽く頭を下げて通られた。新しい駅員は、ちょっとまごまごして、あわててお辞儀を返したし、古い駅員の中には、帰りのときに「ごくろうさま」と声をかける人もあった。いいな、と思うけれど、私などにはどうしても真似ができない。

たまに私がうっかりしていて、とっくに定期券の期限の切れたままになっていることもあった。あわてて、そっと買い替えておいた。

ある日、いつものようにお辞儀をしただけで通ろうとなさったら、駅員が何も言わないで、新し

いセルロイドの定期券入れをさし出したことがある。先生は、も一度軽く頭を下げて、やはり黙ったまま、それを受け取られた。

それからしばらくは、定期券を示していられたが、やはりまたもとの習慣にもどってしまった。駅員から定期券入れをなにげなくもらっておいて、改札口を出てから、けげんな顔をしていられた先生を思い出すと、今でもおかしくなる。

大森駅の山王口は、終戦ののち数年たっても、まだ人力車が残っていたりして、海岸口とはすっかり違ったおもむきがあった。

夜の会合に独りで出てゆかれて、帰りの遅くなった先生を迎えに出て、山王口で二時間も三時間も待っていることもたびたびあった。

十一時を過ぎる頃になると、海岸口から、進駐兵をまじえたダンサーの群が上ってくる。中には、私がもといた自由ヶ丘の下宿で、隣の部屋にいた女性などもまじっていて、「あら岡野さん、いまごろこんなところで何してんのさ」と、ことばをかけられることもあった。敗戦後の東京で、いち早くたくましい行動力を示しはじめたのは、こういう進駐兵を相手にして生活の資を得ていた女性たちであった。自由ヶ丘の下宿にもそういう女性が何人かいた。戦いの後、生きることにとまどいしているわれわれ若者は、ハイヒールを巧みにはきこなし、あざやかに腰をひねって歩く彼女らの姿に、まぶしさと軽蔑のまざりあった複雑な感情を持ち、彼女らのほうでも、初心な同胞の学生とつきあうことに、はかない慰めを感じていて、屈折した自虐的な共感関係の結ばれやすかった時代である。もし私が先生のところへ行かなかったら、もっと無頼無慙な生活を戦後に送っていたろうと思う。

二十二、三年は、著作年譜で見ても、随分多くの仕事をしていられる。それだけに体を酷使していられたし、食糧事情も悪かった。夜更けの道を、大森駅から出石まで帰る間、先生は、足を運ぶのがいかにも重そうで、ざあ、ざあと靴を引きずって歩かれた。

どんなに疲れていても、駅から家までの間を、自動車に乗られることはなかった。これは、田町から慶應、渋谷から国学院の間でも同じことである。バスの一区間程度の距離を、車に乗るなどということは、先生の常識にはないことなのであった。

慶應と国学院の間ですら、バスに乗って行き来するのが、残念そうであった。

その頃の先生の睡眠時間は、四時間程度だったように思う。帰りが十二時になっても、一時になっても、私と一緒に夜の食事をなさる。洋酒かビールをあがられるから、食事時間はどうしても一時間はかかる。

寝室に入られるのは、二時頃になる日が、かなり多かった。

暮の二十八日は柳田先生のお宅へうかがうことに決まっていた。大正十二年に三矢重松先生が亡くなられてのちは、毎年、先生が挨拶にゆかれるのは、柳田先生のところだけであった。

たしか、昭和二十四年の暮のことだったと思う。柳田先生をお訪ねしたとき、二人の先生の間で、次のような会話があった。

柳田　この間から、ほとんど仕事ができませんでしてね。眼の前に紙をひろげて考えていると、ぼうっとしてくるんです。やはり煙草が淋巴腺を冒していて……。それで頭が悪くなっていることが、実によくわかるんですよ。僕はね、若いころからよく寝床の中で胸算用をやってためしてみるんだが、普段は七桁くらいのがすらすらとやれるんだ。頭が悪いと思う日は、五桁くらいで、駄目になってしまいますね。

折口　私もこの頃、隠しておりますが、失語症にかかったようにことばが出にくうございます。

柳田　あなたもね……。もうこの年になったら自慢にもならないから言っていいだろうが、お互いにもともとよすぎたんだね。ようやく人並になったと思えばいいでしょう。ハハ……

余人ならぬこのお二人では、何といわれても仕様がないと思った。

毎年の正月には、主として「鳥船」の人たちが、二十人ほど集まって、午後から夜の時を過すのが例になっていた。そのとき出すのは、おでんとハムである。

暮の三十日は、先生と、その材料を買いに出かける日だった。築地の魚市場で、たこ・いかまき・ごぼうまき・がんもどきなどを買いもとめて、つぎつぎに、唐草模様の大風呂敷にほうり込んでゆく。さらに、松坂屋などの地下の食料品売り場をひと回りしてあれこれと求めた。帰りのバスを青物横丁で降りて、ローマイヤーの店で、数種類のハム・ソーセージを買う。最後に大森の駅前で、輪しめや門松、鳥屋であい鴨を買って、買物は終りになる。

鯛やごまめ・数の子の類は、矢野さんが魚屋にいいつけて取りよせた。

「昔、三矢先生のお宅へ集まると、大きな鍋に大根と豚肉を大きく角切りにして、薄い塩味で煮たものを御馳走になった。先生の奥さんは、料理が上手だった」といわれた。正月のおでんも、それから思いつかれたのだろう。

大晦日は、矢野さんも私も、十一時、十二時まで、掃除や料理にいそがしい。先生は居間の炬燵で、ひっそりと歌をつくっていられることが多い。

除夜の鐘の鳴っている頃、大急ぎで風呂から帰って来て、しばらく先生としずかな時を過して、床につくのである。ある年の除夜に先生からもらった短冊の歌。

　黒谷の除夜なりやみて妙心寺の鐘なほひゞくほどをねむらむ

元日もまず朝の茶をいただくことに変りはない。そのあと、先生は半紙を折って箸袋を作り、一つ一つに、正月さま・海山・水虎さま（河童像に供えるもの）・信夫・金太郎（鈴木さん。中学卒業後二十年間、先生と同居していて、昭和九年、大阪に家庭を持たれた）・春洋・英雄（伊馬さん）・花子（矢野さん）・弘彦と名を書いてゆかれる。三が日の間使う白木の箸を入れる袋である。

雑煮は、元日は白味噌に大根・里芋など。二日、三日は清汁《すまし》にあい鴨を入れたもの。あい鴨は先生の好物で、雑煮に使った残りはすき焼にした。鍋の上《うわ》ずみにぎらぎらと脂の層が一面に浮くほど脂っ濃くて、しかもしつこくないところが好きであったのだろう。

年賀の客は、大体、玄関でお受けして、昼過ぎまではできるだけしずかな時を過す。戦前には正月を旅に出て、山あいの温泉宿で過されたことも多かったらしい。戦後はそんな旅もなさらなかったが、炬燵に入って、何となくほおっと、遠いところを見ているような顔で、昔の旅先の正月のことを話されることがよくあった。

年賀状をいっさいお出しにならぬのは、若い頃からのことらしい。それでも、あちこちの教え子からの賀状が、うず高くとどけられる。それを、あれこれ抜き出して見ているうちに、また昔の旅の思いがかえってくるというふうであった。

二時頃から、毎年の例で在京の「鳥船」の同人や、於保みをさん、伊波冬子さんなど十数人の人が集まって来る。お節《せち》料理やおでんを食べながら、先生の歌をもじって鍵にした福引や、かくし芸を出して、夜の八時、九時頃までにぎやかに過し、先生の書かれた歌をもらって散会した。

先生が自分で歌を唄ったり、芸をなさったりすることはまずないが、始終たのしそうに皆のさわぎを見ていられる。二十四年の作に「遊び」という題の歌がある。

おほどかに　声あげて遊ぶ若き代の人の遊びを見れば、足らふらし

知識びと若きをつどへ　とゝよ出よ嬶よ出よ　と言ふ遊びをするなり

あそび呆けて　悔いをおぼえてゐる時も、おろか遊びの　なごりよろしも

「とゝよ出よ嬶よ出よ」は、ついたての向うに、とと・かか・坊《ぼん》に割り当てた人を立たせておいて、こちらから「とと出なやのかか出えや」などと呼びかけて、顔を出させたり引っ込ませたり、だんだん呼びかけを早くしてゆく遊びである。元日か鏡開きのときに、先生が遊び方を説明し自分で呼びかけて、この遊びをした。先生がそんなふうに、遊びの中にまじって来られるのは、珍しいことであった。

正月の二日、三日は、たいてい家でひっそりと過した。隣家の庭や路地で、羽根をつくはなやいだ声が聞えてくると、私などは何となく欝屈した、わびしい思いになってしまうのであった。たった一度、先生と矢野さんと三人ですごろくをしたことがある。二十四年の正月二日のことだった。散歩から帰って夕食をすませたのち、炬燵で先生とむかいあって、雑誌を読んでいると急に、

「おっさん、すごろくしようか。」

と言い出された。

将棋や碁・トランプ・マージャンなど、勝負事に無意味な時間をついやすことが大嫌いだったから、そういう道具は、出石の家には何一つなかった。このときのすごろくも、新聞か何かの付録に

ついてきたものだった。

「おばはん、賞品にみかんもっといで。おもしろいことしよう。」

矢野さんはお盆にみかんを積みあげてきた。

簡単なすごろくだから、すぐ上りになってしまう。二回、三回と回を重ねたけれど、いっこうに心ははずんでこなかった。幼い子供でもまじっていれば別のこと、大人が三人ですごろく遊びをしても、何か場違いなことをしているようなわびしさが、うそうそと湧きあがってくるだけだった。

五回くらいですごろくは終りにして、それでも、珍しいことをしたたのしい気持ちが名残惜しくて、あとはレコードをかけて聴いた。蓄音器はごとごとと手で回す古いものだが、レコードは昔の珍しいものが集めてあって、正月にはときどき聴いた。

文楽の古い太夫のものや女義太夫、上方の役者の歌舞伎、春団治の落語、和讃、雲右衛門の浪花節などをかけて、最後にはいつも、先生のいちばん好きな地唄の「雪」を聴いた。それも、富崎春昇のではなくて、あい豆という芸者（先生は大阪の、南地《なんち》の若い芸者だとおっしゃったように思う）の吹き込んだのが好きだった。あの唄のほんとうの味は、女の声でなければいけない。富崎のは、かえって下品になってしまう、というふうにいわれた。

「雪」を聴く頃は、もう夜中の一時、二時になっている。しずかに満ち足りた気持ちになって、夜の茶をのんで、床につくのだった。こういうとき、先生の心は大阪の生家のことをなつかしく思い出していられたにちがいない。

やはり二十四年の一月二十一日の夕食後、前から頼まれていた「暮しの手帖」のための随筆を書きはじめられた。その頃は私も、口述筆記の手伝いができるようになっていたのだが、この随筆は、書くことがいかにも楽しいというふうに、先生が丹念に自分で書いてゆかれた。一時過ぎになって、「書けたよ。読んであげるから聴いといで」と私を呼んで、朗読してくださった。

「留守ごと」（一九九八年版全集三十三巻所収）という題で、気むずかしい父が、急に思い立って北河内の実家へ里帰りしたあと、祖母・母、二人の叔母たちが、それぞれ、娘時代に仕込まれた芸ごとを出しあって、ひそかな留守ごとを楽しむ話である。

「おかへり——。

父の車が、玄関へついたのであった。留守ごとの美しい、のどかな饗宴は、忽凪吹く草原のやうに、ひっそりとなった。祖母と母とは迎へに出る。叔母たちは、琴も、三味も、仏壇の横の暗がりに、一時押し入れることにした。父は座敷へ来た。その時は、もう何一つ、愉しい心のなごりを見せるものは、ちらばって居なかった。」

幼い頃の先生の眼に焼きついていた光景であったろう。

先生はその翌日の二十二日、学術会議を終ってのち、文芸春秋社が「文学界」に載せるために催した谷崎潤一郎氏との座談のために、熱海へ行かれたのだった。その前年、二十三年の年末には、「人間」一月号のために、「細雪の女」（一九九八年版全集三十二巻所収）を書いていられる。

「鶴子・幸子に当る私の母、雪子にどこか似た処のある叔母、妙子のやうな新しい処があって、而も一生堅く身を守ってゐた若い叔母、下二人は縁づかずにしまったので、雪子や妙子の生活を、もっとわびしく、のんびりと送った訣である。この小説を読んでゐる間、当時若い我々の思ひ及ばなかったことまでも、今になって諒解のゆくことがあったりして、言はうやうなく、心寛かになるを感じた。訣ってゐなければならぬ事で、又訣ってゐると思ってゐる事であり乍ら、小説を読んで、初めて花の蕾の開けるやうに、ほっと胸に理会の来ることがある。」

「私の家の三人姉妹の長い『細雪』の生活は、もっと平凡に寂しく過ぎ去ったけれど、小説にすれば、やはり、谷崎さんの作品だけの波瀾も、自ら発見せられることになったゞらう。」

こういう「細雪の女」の中の文章を見ると、二十四年の正月、急にすごろくをしようと言い出されたり、書き終えた「留守ごと」を読んできかせてくださったりした、先生の心の動きが、わかってくるような気がする。

先生は二十四日の夕方、熱海から帰られた。座談会は、川端康成氏、今日出海氏も一緒で、谷崎さんは珍しいほど自由に、話をしたと語られた。

着てゆかれた着物は、大阪の実家から持ってこられたもので、殊に石ずりの渋い茶の羽織はお気に入りのものだった。

八

家に生き物を飼うというようなことは、先生の潔癖さからは、到底あり得ないことだと思っていた。垣根の破れから犬が入って来て、糞をしたあとで庭木の根もとの土を蹴ちらしていったり、夜更けの庭で犬のあばれる気配がしたりすると、先生は、それがぴりぴりと神経にひびいてたまらない、という顔をされた。

そんな先生が、出石の家の長い慣例を破って猫を飼おうといわれたのは、二十四年の暮の頃だった。鼠がふえて、書庫のあちこちに巣を作ったり、居間の食べ物を入れてある蠅帳の金網を破ったりすることがかさなって、とうとう先生も猫を飼ったほうがいいかもしれないという気になられたのだろう。猫を飼うことを先生にいちばんすすめたのは誰だったか、よくおぼえていない。矢野さんも私も、格別、猫が好きだったのではない。ただ家に生き物を飼うことが、何となく生活に変化が生まれるような気がして、先生から相談があったとき、賛成したことをおぼえている。

もらわれてきたのは、慶應の今宮新先生のお宅の雄の仔猫であった。玄関の畳の上にちょこんと置かれた茶色の仔猫のそばに、きちんと白紙に包んだ鰹節が添えられていて、なかなか格式のととのった猫の聟入りであった。運んできてくださったのはきっと池田さんだったろう。

台所の隅に小さな布団を敷いた箱が置いてあったが、猫はすぐ、陽の当る廊下に出てきたり、先生の居間の炬燵の中に入り込んだりした。やがて、炬燵の前に坐っていられる先生の膝の上にものぼってくるようになった。

そういうとき、先生はちょっと複雑な表情をされた。見るからにくすぐったそうな、それでいてどうにもじゃけんには扱えないものが、こちらの意志におかまいなく、いとも無邪気に膝の上にのぼってくるのである。おそらく、先生のあまり体験されたことのない感情だったろう。

先生の家にも稀に、幼い子供が連れられてくることがある。よちよちと机のまわりを歩きながら、無心に笑いかけたり、あどけなくものを言いかけたりするときも、やっぱり柔らかい笑顔をしながら、先生の表情のどこかに、当惑したようなぎごちなさがにじみ出ていた。そして後で、

「小さい子供を扱うのは、どうにもしんの疲れるものだね。」

といわれることがあった。

はじめのうち、膝の上で猫が体を丸くして動かなくなってしまうと、猫を直接手でつかむことのできない先生はたまらなくなったように、両手を胸のあたりまであげて、着物の袖を猫の頭すれす

れのところでぶらぶら揺るがしながら、「おっさん、どうにかしておくれ」というような顔をなさる。

しかし日がたつにつれて、膝にのぼってくる猫を手で押しのけたり、首をつまんで畳の上におろしたり、また、しばらくの間なら、膝の上にのせていてもあまり気になさらないまでになった。

これはずっと後になって西角井正慶先生からお聞きした話だが、折口先生がまだ四十代、五十代でいられた頃、ときには、ファンのような女性から、甘い内容の手紙がとどくことがあった。そういうとき先生は西角井先生を呼んで、手紙を親指と人差指の爪先でそっとつまみあげて、何ともいえない迷惑そうな顔で、

「西角井君、これ君にまかせるから、もうこんな手紙を書かないように言ってやっておくれ。」

と頼まれたそうである。

その話をうかがいながら、私には先生の手つきや表情が、ありありと眼に見えるような気がした。

さて、その仔猫は「チョビ助」という名を先生からつけてもらって、割合自由に、冬の陽ざしを廊下で浴びたり、障子の桟で爪をといだりしていた。ときには、春洋さんの位牌の前に供えた物をねらうことがあったが、それを見つけた先生が、首すじをつかんで畳にぎゅうぎゅうと顔をすりつけながら、躾をしていられるのを見ると、この猫も出石の家の一員になったな、という気がするのだった。

それから二月ほどたって、二十五年の一月の末のことだった。よく晴れた日曜日、神経痛の痛みの取れない先生は一日じゅう床についていられたから、私もどこへも出なかった。夕方になって、何となく気持ちがふさいできて、独りで散歩に出てみたくなった。台所口から出ようとすると、箱

の中で寒そうに体を丸めたチョビ助が私を見ている。ふっと、こいつもつれていってやろうという気になって、懐の中に入れて出かけた。大森へ出る通りを二百メートルほど来たところで、けたたましい音をたてるオート三輪とすれ違った途端、おびえた猫はぱっと懐からとび出して、道端の垣根の中に姿を消してしまった。

垣根の外をあちらに回りこちらに回り、とうとう家の中にまで入れてもらって、三十分ほど、「チョビ助、チョビ助」と呼びたてたが、たまに縁の下で小さな啼き声がするだけで、どうしても出てこない。

帰って来て、寝ていられる先生に話すと、先生は非常に不機嫌な顔をして、黙ってしまわれた。その夜も、翌朝も、矢野さんと交替で何度も探しに行ったが姿を見せなかった。昼過ぎになって、やっと矢野さんの持って行った餌にさそい出されて帰って来た。食事を与え、湯をわかして綺麗に体を洗ってやると、ぐっすりと眠ってしまった。

夕方、先生が台所へ来て、正体なく眠っている猫をしばらくじっと見ていられたが、私に、

「おっさん、この猫はもう昨日までの猫ではなくなってしまったよ。一晩、のら猫の生活をしたのだから、もうとりかえしのつかない性質を身につけてしまっているよ。」

といわれた。それは私の考えてもみなかったことだった。先生は昨夜からの不機嫌さのなかで、そんなことを考えていられたのだった。

こういうときの先生は、確信に満ちたことばで、きっぱりとものを言われた。先生からそう言われると、もう疑いもなく、一夜のうちに猫の性格が変ってしまったような気がした。

事実、猫はそれから性質が荒くなったように感じられた。成長期に入ったせいもあっただろうが、

仔猫のもつ何ともいいようのない甘やかな優雅さがなくなっていった。畳の上で爪をといだり、障子にかけのぼるようになって、先生の言いつけで、台所の隅にいつも紐でつないでおかれるようになった。それでも、早春のなまあたたかい夜などは、紐を切って家をぬけ出すことがあった。とうとう獣医のところへつれていって、去勢手術も受けさせた。

御用聞きなどが来ると、背中を立てて、唸り声を出すので、「お宅の猫は犬みたいですね」といって気味悪がった。天気のいい日には、私の部屋の前の庭木につながれて、紐のとどく範囲で、とかげを追っかけたり、草を噛んだりしているのがあわれだった。

耶蘇誕生会《タンジヤウエ》の宵に　こぞり来る魔《モノ》の声。少くも猫はわが腓《コブラ》吸ふ　（二十五年作）

まだ家に来て間もない頃、先生の足もとにまつわりついていた猫の、小さな赤い舌の感触が、先生にこの歌を詠ませる一つのきっかけをつくっているような気がするし、

まづしさは　骨に徹れり。草の茎喰《ハ》む家猫を　叱りをりつゝ　（二十八年作）

猫の飯《イヒ》もりてあたふる　貝の殻。ことめかしつゝ忽寄らず

などの歌を見ると、庭につながれている猫のもの悲しげな所作を、縁側のガラス戸に額を寄せて見おろしていられた先生を思い出す。猫が草の茎を食べるのは、きっと猫の生理的な欲求によるのだろうし、つながれていても、とかげを食べたり、ときには夜歩きに出かけてゆくのも、猫の本能である。いくら紐でつないだり、躾を厳しくしてみても猫の本能をまるまる変えられるわけはない。しかし、それが自分の家に飼っているものである以上は、なんとしても自分の生活律に従わせなければ、心が鎮まらない先生であった。

チョビ助はまる三年生きていて、二十八年の一月の末に死んだ。年末からだんだん物を食べなく

なって、医者へも二度ばかりつれていったり、何も食べなくなってからも、一週間ほど、毎日私がビタミンを注射してやっていた。

「もう寿命が尽きたのだろうから、注射で痛がらせるのはやめなさい。」

と先生にいわれてやめた。

チョビ助の死ぬ三、四か月前から、もう一匹、雌の三毛猫が飼われるようになった。この猫はどこからもらわれて来たのだったか思い出せない。名前は、「小チョビ」と呼んでいた。

家へ来て半年ほどしてから、はじめての交尾期に入った。紐でつながれているので、一週間、そばで見ていられないほど、苦しみもだえた。詩集『現代襤褸集』の終りのほうに収めてある、先生の遺稿、手帳に記されたまま題がないので、「失題」としてある詩は、この猫を詠まれたものだ。

七日、さわぎにさわぎ
しづかな思ひもなく動き廻つてゐる
—猫をぢつと見てゐると、
ことしはじめて、交尾期に入つた
苦しみ目もあてられぬ　雌猫の悩乱—
手を出すな。ぢつと、見てをれ。

残忍に似た宣告をして、
苦しみの一週間を直視し、傍観してゐた。

……………………

それは先生の亡くなられる年の早春のことである。暗く冷たい台所の隅で、壁に身をすりつけすりつけしては異様な啼き声をたて、幾晩も幾晩も身をよじり苦しむ猫を、何度も台所の入口に立って、先生はじっと見ていられた。

その後、この猫も獣医のところで避妊の手術を受けさせた。男性のチョビ助とは違ってこちらは手術のあと三日ほど入院させねばならなかった。

「一日に一度は、家の者の顔を見せて来てやっておくれ。気持ちがすさむだろうから。」と先生がいわれるので、見にゆくと、獣医は、「いいや、大丈夫ですよ。元気でいますから」と、犬舎の並んだ裏庭に人を入れるのを厭がった。それを押して、様子を見て帰っては、先生に猫の見舞いの報告をした。

ところが不思議なことに、その猫は先生が亡くなられて十日後に、つながれたままで、ひっそりと二匹の仔猫を産んだのである。たった二匹の仔だから、腹も小さくて、生まれるまで誰も気がつかなかった。

矢野さんは、「この猫はまあ、先生に遠慮して……」といって、あわれがった。

私は獣医に頼まれて、手術のあいだ猫を押えていただけに、何とも納得のいかない気がした。

先生のいられなくなった秋深い家の中で、もう紐でしばられることもなくなった親子の猫が、のどかに遊んでいるのは、一層身に沁みた。

だが、どうしたものか、この三匹の猫は三匹とも、それから長くは生きていないで、つぎつぎに死んでしまった。そういうところにも、先生のものすさまじい執意がはたらいているようで、先生の亡き後の出石の家が、私には不気味にすら感じられた。

猫のむくろは、庭の沈丁花の根もとに埋めることにした。


先生に対して自由なもの言いのできるようになってからだから、やはり二十四年頃のことだ。恵比寿駅から国学院へゆく途中の道で、小さな蛇が草むらに入ってゆくのを見た。何の気なしに、「私はときどき蛇の夢を見ます」というと、即座に先生は、

「それは性欲だよ。」

といわれた。鸚鵡返しのように間をおかない、確信に満ちた言い方だったので、私はちょっと、あっけにとられた感じがした。

私の郷里は蛇の多いところで、小学校まで二キロの山道を走っていると、道を横切っている大きな青大将を草履の下に踏みつけそうになって、肝を冷やすことがしばしばあった。いや、たしかにぐにゃりと踏みつけたことすらある。そういうときの、身の毛の逆立つような恐怖感を、ときどき大人になっても夢の中で見るのであった。

なるほど、心理学の本で、そういうことを読んだことはあるが、自分の見るあのいやな夢が、性欲とむすびついているなどと、それまで考えてみたこともなかった。

しかし、先生から、間髪を入れずに、きっぱりとそういわれてみると、先生のことばは、心理学の本で得た知識などではなく、先生自身の体験から出たもので、私がいくら反論してみても駄目だな、という気がしてくるのだった。たしかに先生の語気はそうだった。

出石の家へときどき遊びに来て、きわめてのびやかに奔放に先生や私と話してゆく若い女性があった。結婚してしばらくの間は、殊に折々たずねて来て、婚家の風習になじめないことなどを語って聞かせた。暖かい陽のさす縁側で話していると、急にチョビ助がその女性の腕から肩にかけのぼろうとして、着物の上から二の腕の内側に爪をつきたてたらしい。痛そうにおさえているのを見て先生がすぐ、オキシフルをとり出して、

「おっさん、手当しておあげ。」

とおっしゃる。

女の袖をたくしあげて、白い二の腕の奥のほうに、ぽつぽつと噴き出している血を、私が何度もオキシフルで拭っているのを、先生は脇から見ていられる。

相手は若い女性なのだから、矢野さんを呼んで、などと気をつかわないで、さっさと私に言いつけて、平気で見ていられるのが、先生らしいさわやかさなのだが、同時に、そういう先生に、男女の性の問題を厳しく割り切ったむごさというふうなものを感じさせられた。

二十七年、軽井沢で先生と一夏を過したとき、やはり、へだてなく家へ出入りしていた若い女性を数日、山荘に招いたことがある。夕食のあと、九時頃まで一緒に話していて、そのあといつも先生は、

「では君たちもおやすみ。」

といって、さっさと二階へあがってしまわれる。山荘のことだから、部屋のしつらえなどもきわめて開放的である。そういうところに、若い者二人を残しておくということに、全く何の懸念も持っていられないさわやかさなのだ。

先生の第二歌集『春のことぶれ』のなかに、「門中瑣事」という叙事的な連作がある。

「近代の生活は、絶えざる過程のうへに、意義と価値とがある。其為こそ、反抗も破壊も、倫理的態度に這入って来るのである。新しい生の論理を見出さう、との共通の負担から落伍して、のどかに途中の様式を享楽し、愧ぢなく留ってゐる事は、遊戯であり、惑情である。山上憶良大夫の時代は、宗教的煩悶が社会をゆすって居た。今は、両性生活の上に、不退転の自由が、仰望せられて来てゐる。其焦燥の傾向は、正しい纔かの犠牲者以外に、数へきれぬ惑溺讃歎の徒を出した。」（以下略）

をもってはじまる、長い詞書をもったあの連作は、教え子と先生の家の女中との密かで不幸な恋愛を歌ったものだ。先生の身近にいる若い人々のうえに、そういう事実が一再ならずあったはずだ。その理由が私にはわかるような気がした。先生の家にいるということは、先生の生活律の下に、異性に対する厳しい禁欲生活を強いられていることである。

しかも先生は、身近の者のそういう点については、なまやさしいこまかな配慮は敢てなさらない。おれの信頼を裏切る者、おれの生活について来られない者は、何をいっても仕様がない。弱者は自ら裁かれよ、という割り切った厳しさで、身辺の者を律していられたのだと思う。軽井沢の夜、私は、そうか、わかったぞ、という気負った気持ちになっていたことを思い出す。

わかってみると、先生のそういうむごさに耐えてゆくことが、こころよかった。

九

先生は日記をおつけにならない。その代りに、いつも手帳を身近においていて、手まめにそれにものを書きつけてゆかれた。手帳には二通りあって、一つは日割りをしたありきたりの予定帳、一つは歌や、講義の目安、論文のプランなどをつぎつぎに書き込んでゆくための手帳である。

あまり大きな手帳は好きでなかった。いま残っている、百何十冊かの手帳のほとんどは、新書判の半分くらいの大きさである。

勿論、自分ひとりのための心覚えなのだから、前から書き、うしろから書きして、気ままに書き込まれている。国語の表記について左書きか、右書きかということがやかましく論じられた頃、そんなことにあまりこだわらないで、要はインクで手のよごれないように書けばいいのだ、といっていられたのは、案外、手帳にものを書き込まれるときの便利さを考えてのことであったかもしれぬ。

残されている手帳を年代順に見ていると、さすがに、若い頃のものほど、一つのプランが息長く追求されているのを感じる。しかしそれも、手帳に記されているのは、先生の記憶のためのインデックスというよりもむしろ、先生の追求してゆかれる論理のヒントを記録した、きわめて簡潔なことばなのだから、手帳の内容を読み解くためには、先生と同じ思考体系と、知識とを具えていなければ、どうにもならないような気がする。開《あ》かずの扉の中に収められた、宝物みたいなものである。

戦後の先生は、講義のとき、縦十二、三センチ、横三十センチ、厚さ一センチほどの、変った形の手帳を持ってきて、机の上にひろげて講義された。お経の折本を、横にしたような形で、表紙の色は日によって、赤や緑や紺色のものに変った。

私どもは、その手帳の中には、きっと、細かな字で、先生の講義そのままのすばらしく精妙な研究が、びっしりと書き込まれているのだと思っていた。そう思ってみるとけばけばしい原色の表紙の色すら、神秘的に見えた。

後に、その手帳を手にとって見ることができるようになって、おどろいたことには、横に長い手帳のどのページにも、先生の大きな字で、せいぜい五、六項目の、本の目次のような短いことばが記されているだけであった。これだけの簡単なメモから、どうしてあの細やかな講義が生まれてくるのかと不思議に思われた。

学校での会議の席でも、気がむくと手帳を取り出して、書きつけていられたらしい。ときどき、ほかの先生が私などに「あの手帳には何が書いてあるのだね」とか、「さすがに歌人だね。ああいう場でも、心が動くと、すぐ歌ができるものとみえるね」などといわれることがあった。

しかし実際は、長い会議の席の手もちぶさたをまぎらせるために、手帳を取り出して、眼の前の湯呑や、土瓶、向い側の人の顔などを、そっとスケッチしていられることも多かったのである。

講義のある日の前晩か朝、先生が、前回の講義は、どういうところで終ったかを聞かれる。それから手帳をひろげて、講義の腹案を考えられる。ときには、書庫から『群書類従』などを出して来て調べていられることもあるが、たいていは前に書いた、うしろの書棚の本で間にあってしまう。文庫本の『作者別万葉集』や、『作者別万葉集以後』なども、よく活用された本である。

三、四十分で、一日の講義の案があらましできてしまう。それが、五、六項目の簡潔なメモである。学校に行く電車の中で、またその手帳を取り出して、考えをさらに細かく進めてゆかれることが多かった。

前回の講義の終りのところを先生に聞かれて、ノートを読んでいると、突然途中で遮って、「それは違うよ。僕が言ったことを反対に理解している。そんなノートの取り方をしていたのでは、仕様がないよ。」

といって叱られたことが、幾度かあった。

私は、朝から晩まで先生と一緒にいるのだから、ちっとも心のゆるむときがない。ただ、講義のときだけ、先生の眼から遠いところに身を置いているような気がして、ほっと気がゆるむのだろう。よく居眠りをした。しかし、終りのところだけは、きっと先生に聞かれるだろうと思うから、前もって、しっかりノートを取っている人のと読合せして、整理しておいた。

だから、そうそう、でたらめを書いているわけはないはずなのだ。よく考えてみると、ノートを取るときはわれわれ聞いている者の側で、自分の頭を通して、多少なりとも要約して書いてしまうのだが、その要約のしかたが、微妙なところで、先生の論理をとり違えてしまうのであるらしい。先生の講義をほんとに正しくノートに取るのは、きわめてむつかしいことである。

暑い時節は、頭の状態がよくないのだ、といわれた。むしろ肌寒さを感じる季節のほうが、先生には快適であったらしい。聴いていて、今日の講義はすばらしいな、と思うのも、やはりそういう季節のほうが多かった。

先生自身も、教壇を下りて研究室に帰る途中で、

「今日は、自分でも思いがけない結論が、一気に出てしまったね。」

と、興奮のなおさめやらない様子で、自分でも驚いた、という顔をなさるときがあった。

そういうときは、生みたての卵のような講義を、おれはいま聴いたんだな、としみじみ思うのであった。

毎年、講義の内容が違うのだから、先生の単位を取るためには、前年、前々年のノートは、何の役にも立たなかった。

放送のための録音を取るときなどでも、例のように、四つ五つの項目を書いた手帳を前に置いて、話してゆかれる。途中で録音機が故障していて、も一度取り直しということになると、二度めの話は、前とは全く違った発端からはじまってゆくのだった。同じ問題を考えるにしても、前の思考の跡を、も一度たどってゆくことの面倒さよりも、全然違った面からの思考を改めてすすめてゆくほうが、ずっとすらすらと話がすすんでゆくのであったろう。

先生の文学史の講義には、お虎狐やら、河童やら、八百比丘尼・山姥、はては塙団右衛門・岩見重太郎などが、ひょいひょいととび出してくる。それも不思議なことには、先生がけっして講談口調などを気取っていられるわけはないのだが、河童の話をなすっていると、その辺が変に薄暗くなって、河童がぴたぴたと足型を残しながら、机の間の通路を歩いてでもいるような気がしてくるのだった。

先生が頼まれて、久保田万太郎氏が国学院に講師として来られたのは、たしか二十二年の一年間だけであった。

久保田先生は最初の時間、教場に入って来られると、六、七十人にもなる聴講の学生の数に驚いてしまわれたらしい。ほんの小人数で、喫茶店ででもできるような講義を大学の講義と考えていたので、これではすっかり勝手が違って、話しにくくて困る、ということをいわれた。はじめ三回ほどは、きちんと「たけくらべ」についての講義があったが、やがて、休講の日が多くなった。しかしときには、久保田先生が演出なさる「或る女」の舞台稽古を見せてもらったりして、楽しい講座であった。ところが、学年末になって、「日本の劇作家一人について、論ぜよ。二十枚以上」という小論文が課せられ、その採点が猛烈に辛かった。

いちはやく、そういう情報をとらえた私たちの次の学年では、ああいう休講の多い講座は困るという署名簿を作って、教務課に掛合いに行ったらしい。学校からそれを聞かされて、折口先生は、「久保田さんから一葉の文学についての話を年に五、六回きけるだけでも、随分得るものがあるはずなのに、今の学生は時間数や点数ばかりにこだわっていて、仕様がないね」と言っていられた。

その頃の国学院の卒業論文は、金田一京助先生・武田祐吉先生と、折口先生の三人で御覧になって、その平均点を出すことになっていた。学年末には、国学院の分だけでも五十冊あまりの卒業論文と、五百部くらいの単位論文を採点なさることになる。

先生は、論文やレポートを床の間に積みあげておいて、採点の締切日がいよいよ迫って来ると、意を決して、三、四日、二階の雨戸を締め切ったまま、籠りきりで採点されるのが常であった。だらだらと採点していると、評価の基準が違ってくる、ということもあったろうが、何よりも、あれだけの成績物を採点するのには、それくらいの思い切りが要ったのである。

その間は、私たちは階下で、来客を断り、できるだけ物音を立てないように、ひっそりとしていた。

採点がすべて終ると、先生は晴々とした顔で下りて来られて、一緒に横浜の郊外や、鎌倉のあたりへ散歩に出かけた。それは出石の家の楽しい年中行事の一つであった。

私がやっと卒業論文を出してしまった、二十二年の暮の二十七日、伊馬・石上・池田・戸板さんたちと一緒に、横浜の南京町へ連れていってもらった。南京町では、華勝楼が行きつけのところであった。

そのときの先生の話。

「戦後はじめて華勝楼へ来たとき、戦前から知っている中国人のCがいた。『Cさん。元気でよかったね』と声をかけたら、全く人違いだという顔をして、すっとむこうへ行ってしまった。どう見ても、Cに違いなかった。あれは何か、素性を隠さなければならぬ理由があるんだね。」

先生特有の、推理をはたらかせた話だと思う。戦後の南京町の中で先生の口から話されると、奇妙に実感があった。

「昔の南京町はよかったよ。お酒なんか、どの店でも、店先で味見させてくれた。軒並みにそうして、ひとわたり歩けば、結構、酔うこともできた。」

「南京町でお腹いっぱい食べ、夜も遅くなって、帰るだんになると、タクシーを止めて、『立会川《たちあいがわ》から一マイル一分《いちぶ》。一円でどう』というと、『はい、どうぞ』といったもんだよ。」

この、「立会川から一マイル一分」というのは、おそらく鈴木金太郎氏が先生に教えられたことばであったろう。「一分」が、利き所で、先生の機嫌のよいときの、得意のことばであった。


日記をおつけにならぬ先生にも、年の暮になると、書店などから日記帳が贈られて来る。その中で気に入ったものがあると、歌を書きつける帳面として使われた。年末・年始ののどかさのなかで、気が向いてくると、新しい日記帳に二十首も、三十首もの歌が記されてゆく。

暇をみて、それを清書しておくと、また先生はその上に推敲を加えてゆかれる。こうして、正月には、割合自然に歌のできることが多かった。

先生の家に来て、すぐ私の分担になった仕事の一つは、投稿歌の整理だった。「毎日新聞」「時事新報」「主婦之友」などの短歌欄の選者だったから、まとめてとどけられる投稿歌の葉書は、相当な量になった。潔癖な先生は、うず高いけば立った葉書の束を、机の上にのせて一枚一枚めくってゆくのが、いかにも苦痛のようであった。やがて、私が投稿歌をそのまま原稿紙に写して、それに先生が当落の印をつけ、行間に選評を記され、それをもう一度清書して新聞社に渡すようになった。

二十三年頃、短歌を作るハワイの人々のグループから、歌の指導をしていただきたいという依頼があった。同人は二十人くらいで、沖縄出身らしい姓の人がかなりあった。月に一回ずつ航空便で送られてくる歌稿に、添削や批評を加えながら、

「いつかハワイへ行って、この人たちと逢ってみたいね。」

と、先生は楽しそうであった。

お礼などは要らないから、という約束だったが、ときどき、米や砂糖・煙草など、当時の日本では乏しい物をいろいろつめ合せた小包がとどいた。煙草はいつも「キャメル」で、ときどきは私もいただいたが、大部分はしまっておいて、柳田先生のお宅へ持っていった。

二十四年の暮には洋服生地二着分が送られてきた。

「戦前に作らせていた洋服屋は、いまどうなっているかわからない。僕の知っている者では宇《ウー》ちゃん（伊原宇三郎氏）がいちばんおしゃれだから、宇ちゃんにいいところを紹介してもらおう。」

といって、伊原さんの紹介で、大井のゼームス坂にある「三越」の製縫部で仕立てさせた。

二着ともグレーのツイードで、殊に一つのほうは粗い白の竪縞が入っていて、いままで茶や黒の服ばかり着ていられた先生が、急に若返られた感じがした。

女子学生の中には、「折口先生の新しい縞の服はあまり派手すぎて、先生のイメージがこわれて

しまうわ。岡野さん、あの服をあまりお着にならないようにしてくださいよ」と私に言ってくる者もあった。

しかし、先生は楽しそうで、いつもは写真を撮られることが嫌いなのに、「服の新しいうちに写真を撮っておくれ」と、自分から伊馬さんに頼んで、大森駅の上の山王さんの境内で、写真を撮ってもらった。

晩年の先生は、このときの洋服、殊にグレーの無地のほうを着ていられることが多かった。ハワイの短歌会との文通は、亡くなられるまでずっとつづいていた。その会の同人が二人、日本へ来たときに、出石の家を訪ねてこられたこともあった。そのとき、与えられた歌。

汝がいへの親のこほしむ古国は　かく荒れにけり。ゆきて語るな

私は、ほかの短歌結社の歌会というものをよく知らない。しかし、今から考えてみても、毎月一回行なわれた鳥船社の歌会は、実に楽しいものであった。先生は、普通の歌会の形は、俳人の句会の形を真似たものだといっていられたが、同人の出した歌――たいてい三首ほど出して、先生が一首選んでくださる――を、半紙に書いて、番号をつけて、壁に貼り出してゆく。誰かがそれを順に読みあげてゆくのを聞きながら、いいと思う歌に点を入れてゆく。一人の持ち点は普通三点くらいである。

ここまでは、普通の歌会の形だが、それからあとが、歌合せ式になる。番号の奇数・偶数で、左方《かた》と右方《かた》に分かれて、先生を中にして、席を分けてしまう。司会の役は、たいてい伊馬春部さんが引き受けて、力量の等しいもの同士を、両方から一人ずつ出して、一番一番、組み合わせてゆかれ

る。左方の者は、左から出た歌をほめ、右方の歌をけなすのだ。中には、さっきいいと思って点を入れた歌が、相手側に入っていることもある。それはそれで、「実はさっきは目先がくらんでいて、早まって点を入れてしまったけれど、いまになってよくよく見ると……」などといって、欠点を言い立ててゆく。また、あまり点が多く入っていると、「この点の多いのを見ても、この作者は大衆作家で、純粋さを失っている」などとやられる。

勿論、そういうくだけたもの言いは、辛子のように、少しずつ間にはさむだけのことで、おおむねは、短く鋭いまじめな批評を、司会の指名によって加えてゆく。しかし、常に、味方をほめ、相手をけなすルールだけは守られる。

中村浩さん、藤井貞文さん、伊馬さんなど、鳥船社草創の先輩の、巧妙なもの言いに幻惑されて、はじめの一、二年は、手も足も出ないような感じがした。

頃合を見て、先生が判者としての判を下される。この評がはじまると、皆しんとして、それに聴き入る。評と勝ち負けの判定が決まると、作者は壁の前に進み出て、自分の名前と、「辛勝」「負」などと、歌の傍に書き入れる。こうして一番が終ってゆくのである。

この歌会の形は、先生が「アララギ」などで得てこられた体験の上に、歌合せの形を取り入れて工夫された、鳥船社独特のものだろうが、私どもが加わった頃には、実に意気の揃った、洗練せられた形で行なわれていた。先生が亡くなられてのち、歌を作る学生たちと一緒に、その形を真似てみても、どうしても、鳥船社のときの興奮と、厳しさが盛りあがってこない。

何よりも、先生のようなすばらしい判者がなければ、望めないことである。あの会の雰囲気を伝えられるような、歌会の詳細な記録のないのが、残念だと思う。

鳥船社では、夏休み冬休みに、鍛錬歌を作らせられた。一週間、毎日五首ずつの歌を作って、葉書に記して投函する。その日の消印を押してもらうために、夜、葉書一枚をもって、遠い郵便局まで歩いたことがある。

歌会のときにはまた、突然に先生から問題が出されることもあった。茂吉の

石亀の生める卵をくちなはが待ちわびながら呑むとこそきけ

の歌についての鑑賞を、一人一人に述べさせたり、

「ガレージへトラック一ついらんとす」

という上の句に、即座に下の句をつけることを課せられたりする。

これは遊びではない。歌の鑑賞力や、表現技巧を、会得させようというつもりであったろう。

居間の床の間に、僧月僊の描いた、関羽・張飛の対になった軸が、ずっと掛けてあった。

月僊筆「桃園結盟図」を聯ね吊りて、凪ぎ難き三年の思ひを遣りしか

たゝかひの間《ホド》をとほして　掛けし軸―。しみゞ見れば、塵にしみたり　（昭和二十一年作）

銭欲《ゼニホ》りて　伊勢の法師のかきし画の　いづれを見ても、卑しげのなき　（昭和二十四年作）

伊勢法師乞食《カタギ》月僊《ゲヰセン》の　かきし画の心にふりて、ゆたけくなりぬ

こういう歌が先生にある。

月僊は伊勢山田の僧で、応挙に学び、謝礼の多少によって精粗巧拙を分かち画いたので、人にいやしまれたが、晩年、蓄財千五百両を貧民の救助や寺の修復の費としたという人である。

先生の持っていられたのは、大阪の生家にあったものだそうで、両雄の勇渾な感じがあふれていたし、着衣のひだなども、細かく描かれていた。

二十二、三年頃のある歌会に、その絵を見て、関羽・張飛いずれかを即興に歌に詠めという題が出された。

あらあらとまなじりさきて怒れども汝《ナレ》が憂ひは思ひみがたし

そのときの、私の歌である。

すこしずつ世の中が豊かになり、クリスマス・イヴに、人が銀座に出さかるようになった二十四年頃から、先生も銀座に出て異様な雑沓に入ろうとする前の、宵の街のざわめきの中を歩かれることが多かった。

二十四年は、先生、伊馬さん、私と三人で、コックドールで晩餐を食べた。

二十六年のクリスマス・イヴには先生と二人で、京橋の東洋軒で食事をした。まわりの食卓には、家族づれの客が多く、子供たちのための演芸も行なわれて、のどかな雰囲気であった。帰りに近藤書店で、天皇歌集『みやまきりしま』を買い、松坂屋前から蒲田行のバスで帰った。

クリスマス前後には、ふと思いたって、「横浜へ行ってみよう」といわれることがあった。

山下公園から、外人墓地の脇をのぼって、丘の上の外人住宅地のあたりを歩いた。家々の門の扉には、柊の輪の飾りが下げられ、暖かそうな窓の中には、クリスマス・ツリーが輝いているのに、街路はひっそりと冷たく静まりかえっている。異国の町の聖夜にまぎれ込んできた旅人のような、奇妙な気持ちがつのってきて、先生も私も、黙りこくって歩いていることが多かった。

すっかり日が暮れてしまってから、元町に下りてきて、外人の少女のいる角の喫茶店でひと休みして、南京町へ入ってゆくのが、いつものコースであった。

すぎこしのいはひのときに　焼きし餅。頒ちかやらむ。冬のけものに

基督の　真はだかにして血の肌《ハダヘ》　見つゝわらへり。雪の中より

二十五年の作である。

クリスマスの夜は先生にとって、日本の正月と同じように、あやしい心のときめきを感じさせるときであったようだ。

宮中の新年御歌会詠進歌の選者になられたのは二十四年の十二月だった。年末から翌二十五年の一月にかけて、選歌の仕事がつづいていた。

一月の十三日には、選者の会議があった。神経痛で腰の痛みがとれないので、私が宮内庁の庁舎まで送っていった。坂下門の前のお濠には氷が張っていて、陽の光の淡い朝であった。

午後二時にまた宮内庁へ迎えに行って、先生の出てこられるのを待っていた。会議はながびいている様子で、四時になってやっと選者の人々が出てこられた。斎藤茂吉さん、吉井勇さん、それに、先生が同じ車に乗られた。私も助手席に乗せてもらった。吉井勇さんは日比谷で降りてゆかれた。先生と私は新橋で降りた。車中であまり話を交される暇もなかった。独り残った斎藤茂吉さんが、車の中でしきりに帽子を持った手を振っていられるのが、走り去る車の後の窓から見えていた。体を後にねじまげようとして、半分しか回らないまま横向きになって、変に間のびした、もどかしいような、幼い子供のような手の動きが、みるみる遠ざかっていった。それにつられたように、先生も歩道に立ちつくしたまま、手を振っていられた。

ほんの一瞬といっていいほどの短い間のことだったけれど、お二人の間に通いあうものをはっきりと見たような気がした。

銀座にむかって歩きながら先生は、こんなことを話された。

「予選歌の選がしぼられてくると、いちばん猛烈に頑張るのは茂吉っつぁんなんだ。他の選者とどうにも折合いがつかなくなったときに、僕が言うと茂吉っつぁんは気持ちよく主張を撤回してくれる。やっぱり気持ちの通いあうものがあるんだろうね。」

お二人はこの後、一度か二度しか会っていられないはずである。

その年の御歌会は一月三十一日にあった。御題は「若草」で、先生の歌は、

しづかなる村に入り来つ。日おもての広場あかるき　若草の色

であった。

二月の二日には宮内庁の招待で、歌人結社の代表の集まりがあった。帰って来られてから、

「今日招かれた僕たちより若い歌人たちの態度は、大ぎょうに有難がるばかりで、いけなかった。あれでは役人を思いあがらせるばかりだ。」

といわれた。

二十五年の一月は、先生の健康がすぐれないのに、出席なさる必要のある会議が多かった。自然、私も後について行って、会議の終る頃まで近くで時間を費して、一緒に帰ることが多かった。十九日の朝は、学術会議に出られる先生を上野の学士会館に送ってのち、博物館に入った。

最初の部屋で仏像を見ていると、いつの間にか先生が後にひょっこりと立っていられて、「行ってみたら、僕に関係のある会議は昼からなんだよ。博物館を見るのは、何年ぶりかのような気がする。今日はゆっくり見てゆこう」といって、一つ一つ丹念に見て回られた。博物館の中は底冷えがして、先生の体にさわりはせぬかと心配だった。

銅鐸——「多分、鎮魂の呪術に使ったものだろう。音も出すが、楽器というよりは、呪物としての目的をもっているものだと考えていいね。」

青銅の太刀——「こんな大きな太刀も、やっぱり実用とはとても思えないね。呪物としての目的で作られているんだね。」

などと説明してくださる。一時過ぎまで、三時間ほど博物館の中にいた。

これはずっと後になって思い当ったことだが、その前々日の十七日には、波多海蔵さんが急逝されて、そのお通夜が十八日に営まれている。先生はお通夜にはお出にならないで、池田弥三郎さんにお香奠を託されたのだが、先生がこの日博物館に入って来られた心のうちには、この知り人の死につながる思いが、一つの誘《いざな》いになっていたのかもしれない。

そういう気持ちがしてならないのは、実は二十八年六月の、堀辰雄さんの訃報のとどいた日のことがあるからだ。このときは神経痛の痛みはさらにひどく、健康状態も悪かったのだが、やはり先生は博物館へ行かれた。リノリュームの床が靴の裏にねばりつくような感じのする、湿気の多い日だった。堀さんを悼む耐えがたい思いで、古代中国の副葬品の陶俑《とうよう》に見入っていることを、「堀君の訃」という詩の中にうたっていられる。そのときも私は先生の後についていた。そして博物館を出たのち、どういうコースをとったのか覚えていないが、宮城前のお濠端に出て、先生と二人、随分ながい間、白鳥を見ていたことをはっきりと記憶している。

先生と博物館に入ったのは、この二度だけだったが、二回とも、先生の身辺に幽暗な気分がただよっていた。それは、冷え冷えとした博物館の暗い光線のせいだけではなかったような気がする。

その翌日、一月の二十日も午後に学術会議があった。学士会館の近くまで来たとき、「今日はどこへ行くの」と尋ねられる。「図書館へ行くつもりです」というと、「動物園へ行って歌を作っておいで。昔、『アララギ』の人たちは、歌ができなくなると動物園へ行ったものだ。あそこは奇妙に、歌のできるところだよ」といわれた。だからこの日は象や獅子の檻の前で半日を過して、五時に先生を迎えに行った。

そういえばそれより一月ほど前に先生は、時事新報社の計画で、中村草田男氏と二人、動物園から不忍ノ池のあたりを吟行していられる。その間のお二人の談話と作品が「風流ぶらぶら歩き」という題で新聞に出た。吟行の場所を動物園と指定されたのは、先生だったのかもしれない。

その年の二月十一日、先生の誕生日の日は、朝からあまり気分がすぐれない様子で、めずらしく早く、十時前に床につかれた。私も十一時頃銭湯から帰ってきて、そのまま眠ってしまった。その頃の私は、洋服でも着物でも昼間のものを身につけたまま、布団一枚かぶって、ごろりと寝てしまうのが癖だった。

矢野さんが何か叫ぶ声にはっと眼がさめてみると、裏側の窓が一面、真っ赤な色になっている。階段をかけ上って、二階の先生の寝室の窓から屋根に出てみると、火は意外に近く、道一つへだてた裏の並びの、五軒ほどむこうの家が、いま屋根が抜けて、どっと火が空に吹きあげたところであった。

ちょうどこちらが風下で、火の粉がしきりに屋根や庭に降ってくる。幸いなことに、昨日の午前中に降った雨で、屋根も、庭の枯れ葉もよく湿っている。それでも、小指の先ほどの火の粉が庭のあちこちに落ちてきて、しばらくの間息づくように光っているのを見ると、不気味である。屋根よりも庭にたまっている枯れ葉が危いと思った。それに、燃えあがった火の勢いがあまり強くて、消防の活動がほとんど目立たないのも不安だ。

矢野さんと二人、ある限りの器に風呂の湯を汲んで廊下に並べ、庭を区切っている木戸をみな開け放って、庭の真ん中に立っていた。二十分くらいの間、火はますます燃えひろがるようであったが、やがて風向きが変って、火の粉があまり降って来なくなった。時計を見ると一時半であった。裏の通りには、びっしりと消防車が並んで、人の動きも活潑になった。

門の外から、「折口先生のお宅、お変りありませんか。手がお入り用ならお手伝いします」と、きびきびした大声をかけてくれる青年があった。垣の内側からお礼はいったけれど、咄嗟のことで、名を聞くことすら忘れていた。きっと心にかけて駆けつけて来てくれた近くの学生であったろうと思う。落ちついているつもりでも、あわてているのであった。

火も大分おさまって、家の中に入ってみると、先生も洋服をつけて、椅子に腰かけていられた。「通帳だけは身につけて、こうしていたよ。御苦労だったね」としずかな笑いを見せられた。

二時頃、火はすっかり衰えた。再び雨戸を閉じ、私は火事場を見にいった。裏の通り六、七軒が全焼し負傷者も出たらしい。途中で風の向きが変らなかったら、大変なことになっていたかもしれない。二時半、お茶をいただいて寝た。

最近の火事のように野次馬が集まって来ることもなかったし、付近の人も落ちついて行動していた。幾度かの空襲の体験が、まだたしかに役立っていた気がする。

戦争中、出石の家に泊っていた米津千之さんや千勝三喜男君の話をきくと、先生は空襲がはげしくなっても、防空壕にはお入りにならなかったらしい。「壕に入っても、爆弾が落ちれば、死ぬときは死ぬんだ」といって、洋服をつけて、じっと居間に坐っていられたそうである。この火事のときも、先生の振舞いはしずかなものだった。

春洋さんが硫黄島でなくなられた確かな日は、勿論知るすべもない。しかし、米軍が硫黄島に上陸しはじめた二月十七日を、先生は春洋さんの忌日としていられて、それにいちばん近い日曜日に「鵠《たづ》ガ哭《ね》会」といって、鳥船社の人々が春洋さんを偲ぶ集まりをすることになっていた。

二十四年の七月に能登に春洋さんの墓碑ができ、翌二十五年から、二月の春洋さんの祭りは一層きちんとした形で行なわれるようになった。「鳥船」の同人で日光東照宮の矢島清文さんが斎服をつけ、私が春洋さんの残してゆかれた浅葱色の狩衣を着てそのお手伝いをした。

先生が春洋さんを偲ばれた歌を藤井貞文さんが、春洋さんが先生を思って詠まれた歌を伊馬さんが、それぞれ祭壇の前で朗読する形ができたのも、二十五年からである。殊にこの年には、硫黄島における春洋さんの部下で、病気のため、米軍の上陸前に内地送還になった矢部健治氏からの聞き書きを、祭りの後で池田さんが読まれて、春洋さんが「生活のない島」だと歎かれた硫黄島の苦しみが、一層こまかにわれわれにもわかる気がした。

二月も下旬になると、先生の神経痛もよほどよくなった。少し体がよくなると、先生は自分の足の確かさをためしでもするかのように、かなり長い距離を歩かれることが多かった。二十三日も午前中、慶應の教授会があって、それが終ってから、芝の丸山、増上寺を通って、神明社前のだいだい餅でひと休みした後、新橋に出て、さらに演舞場、東劇の前を通って魚市場に入り、市場でたこの卵《こ》や青やぎなどを買って帰った。

学年末の採点も終り、税金の処置も終って、二十五年の三月十一日から十日間は、箱根の山荘で過した。この山荘は昭和十三年から十四年にかけて、当時、清水組にいられた鈴木金太郎さんが設計して建てられたもので、「叢隠居」と名づけられ、春や夏の休みは、ここで過されることが多かった。長尾峠のトンネルを真正面に見るところにあった。晴れた日は、峠の真上に、富士が肩から上をくっきりとのぞかせていた。湯殿やベランダからは、芦ノ湖や仙石原の草原を一望に見おろすことができた。温泉の量は豊富で、晴雨によって湯の色が青く澄んだり、白く濁ったり、さまざまに変化した。気まぐれな日記をつける私は、この十日間、何を思ったか、私の作った料理の品目ばかり書きつけている。山荘の生活ののどかさがうかがわれるので、引用する。

三月十一日　新橋発一時二十五分。車中、先生と伊馬さんは読書。池田弥三郎さんと私は眠ってばかりいたらしい。小田原駅の雑沓の中で、持ってきた沢庵二本を落す。馬酔木の花が、枯萱の中に白い。夜、寒さ厳しく、湯殿のガラス窓も真っ白に氷る。炬燵をうんと暖かくする。
(夕) ポークソティ・鱈子、豚肉と隠元豆のチリー風煮。
十二日　先生はいつものように、湯から出ては寝椅子に横たわり、しばらくすると又湯に入って、呆けたようにしていられる。山へ来て二、三日はいつもこうだ。午後、独りで仙石原に下り、魚と野菜を買う。台ヶ岳の麓のみつまたの花が満開。
(朝) 金目鯛の味噌汁・鱈子。(夕) 天ぷら (鱧・わかさぎ・金目鯛・ベーコン)・鰤の刺身・吸物。
十三日　寒さは厳しいが、湯の温度上る。池田さんは午後のバスで帰京。
(朝) 鰤のかす汁・ベーコンエッグ。(昼) イタリアンスパゲティ。(夕) すき焼。

十四日　先生ぼつぼつ選歌の批評などはじめられる。
（朝）味噌汁・野菜煮つけ。（夕）ボルシチ・金目鯛の粕漬。
十五日　朝から創元社の現代詩講座の原稿「詩歴一通」口述筆記。先生はたのしみながら、ゆっくりと口述して、昼過ぎにできあがる。夕方、伊馬さん帰京。その頃から雪降りはじめて十センチ積る。
（朝）鮭の糀漬・味噌汁・たたみ鰯。（昼）焼飯・茶碗むし。（夕）すき焼。
十六日　雪の中に、不気味なほど蒼い芦ノ湖が見える。午後、仙石原の魚屋に行く。
（朝）粕汁・鯛の味噌漬・数の子。（夕）鰤の刺身・ビフテキ・鯛のムニエル。
十七日　夜、天ぷらをあげる。しまいに頭が痛くなる。
（朝）鰤の照り焼・ベーコンエッグ。（夕）天ぷら（金目鯛・椎茸・牡蠣）・鯛のうしお。
十八日　現代詩講座の「詩語としての日本語」口述筆記。夕方、富士の上にくっきりと笠雲。夜、雨となる。
（朝）味噌汁・卯の花の甘辛煮。（夕）天丼・鰤の煮付・葱と生椎茸のぬた。
十九日　昼前、伊馬さん来られる。
（朝）味噌汁・ベーコンエッグ。（夕）ビフテキ・鯛の味噌漬・粕汁。
二十日　山荘の番をしてくれている兄弟の青年を夕食に招く。
（夕）天ぷら・鯖のバッテラ寿司・一口カツ。
二十一日　先生お腹の具合悪い。昨日の鯖寿司は先生の好物なのだが、しめ方が足りなかったのかもしれぬ。

二十二日　一時五十分発、横浜直行のバスで山を下る。三時間で横浜着。六時出石着。

今から見ると、普通の食事だけれど、まだ物の足りない当時としては、かなり豊かな食卓であった。野菜がほとんど出てこないが、実は大根や菜っ葉を塩もみした一夜漬を朝夕かなり沢山あがられた。

仙石原の魚屋には、小田原からの新しい魚が運ばれてきた。これは春だから鰤がたびたび出てくるが、夏になると、かんぱち・しまあじが先生の好きな魚だった。

肉は宮ノ下まで行くと、いいものが手に入った。伊原宇三郎さんから作り方を教わったポークソティは、いつ作っても好評であった。

好みは贅沢だけれど、先生は一日二食主義であり、嫌いなものがなかったから、作る者としては楽であった。人が食わず嫌いをすると機嫌が悪かった。あるとき、千葉の方で鰹のはらわたの大きいままの塩辛を買ってきた。親しい客が来ると、私が大きなピンセットでそれを吊しあげ、先生が解剖用の鋏でちょきちょきと皿の上に切り落して客にすすめるようないたずらをした。

酒は日本酒はあまり好きではなかった。夕食には洋酒かビールを一本あがられた。キリンビールにきまっていた。一時キリンビールが出したクロスワードパズルに熱中していられたことがある。一年分のビールが賞品になっていたからだ。

副食品のほとんどは、酒を呑みながら食べてしまい、最後に漬物でお茶漬を一、二杯あがられるのが常であった。夕食には一時間近くの時間がかかった。酒の呑めない私は、小さなグラス一杯のビールをなめながら、その相手をした。

十

先生の家の家計は、私にまかせられていた。私のつけていた出納簿を、出石の家を整理するときに焼却してしまったので、正確なことがいえない。ただ、主な収入については、当用日記の巻末の出納簿にも記しているので、その一例を書き抜いてみる。

二十四年一月　（いずれも税込み）

毎日新聞（歌五首）	二、五〇〇円
時事新報（歌五首）	二、〇〇〇円
「人間」稿料	一〇、五〇〇円
慶應給料	九、一七〇円
国学院給料	八、〇〇〇円

二　月

「主婦之友」稿料	六、〇〇〇円
「主婦之友」選歌	六、〇〇〇円
「文芸春秋」	二、〇〇〇円
ＮＨＫ放送	二、五〇〇円
ＮＨＫ婦人の時間	三、三〇〇円
慶應給料	九、一七〇円
国学院給料	八、〇〇〇円

三　月

「暮しの手帖」……三、〇〇〇円
東京日日新聞……二、〇〇〇円
NHK神道の時間……一、五〇〇円
慶應給料……九、一七〇円
国学院給料……八、〇〇〇円

二十六年一月

NHK短歌使用料……一、〇〇〇円
河出書房講座監修料……一〇、〇〇〇円
中部日本新聞（詩）……七、〇〇〇円
新大阪新聞……三、〇四〇円
「主婦之友」選歌……六、〇〇〇円
毎日新聞　選歌……一〇、〇〇〇円
時事新報　選歌……二、五〇〇円
慶應給料……一九、七三〇円
国学院給料……一四、五〇〇円

二　月

「文芸春秋」（歌六首）……三、〇〇〇円
「主婦之友」選歌……六、〇〇〇円

毎日新聞　選歌……………………………一〇、〇〇〇円
時事新報　選歌……………………………二、五〇〇円
慶應給料……………………………………一九、七三〇円
国学院給料…………………………………一四、五〇〇円

三　月

朝日新聞社講演……………………………三、〇〇〇円
国会図書館講演……………………………三、〇〇〇円
ＮＨＫ放送（三回分）……………………一〇、五〇〇円
「主婦之友」選歌…………………………六、〇〇〇円
毎日新聞　選歌……………………………一〇、〇〇〇円
時事新報　選歌……………………………二、五〇〇円
慶應通信講座………………………………一五、〇〇〇円
学術会議手当………………………………三、八〇〇円
慶應給料……………………………………一九、七三〇円
国学院給料…………………………………一四、五〇〇円

家賃は二十四年の一月の契約では、今後五年間の権利金として十万円を出し、月々の家賃は四百円ということであった。二十五年の一月には、毎年借家税のため二万円と保険のための二千円を出し、その代り毎月の家賃は三百円でよいということに契約が変り、さらに二十六年には、公定の算出法によって、毎月の家賃が、家屋の賃貸料千四百九十円、土地（百三十坪）の賃貸料七百円、計

二千百九十円を払うことになった。

先生の亡くなられる二十八年の正月には、また家賃の算出法が変って、次のようになった。

家屋——家屋等級三級、坪数四六・七五坪、その賃貸価格二、九八六円。

土地——等級五二級、坪数一三三坪、その賃貸価格七九五円。

税金のことがうるさくなったのは、二十五年からだった。二十五年の一月末に、品川税務署に三万四千円納めて、それですんだと思っていたら、三月八日に更正決定で、三万円追加の通知が来た。税務署に行って帳簿を調べてみると、去年までの、折口信夫と釈迢空を別人だと思っているような暢気さはすっかりなくなって、ごく少額の原稿所得まで一つ一つ漏れなく調べあげてあったので、異議の言いようがなかった。

それからは、先生も税のことに神経質になられた。もともとお金のことに関しては、計算することのきわめて不得手な先生だから、説明しても、なかなか納得がいかなかった。殊に、一つ一つの所得にその都度源泉徴収をしておきながら、総合所得でまた取られることの理由など、繰り返し説明しても、納得されなかった。しまいには、

「そりゃ、君のいう数字の上の説明ではそうなるだろうさ。しかし、僕にはわからないよ。そんな税務署の言い分をわかったと思っていたら、君もだめだよ。そんなのは、俗物だよ。」

といって、怒ってしまわれる。私もそういう税制を認めているのではなくて、計算の上では、一応こうなってしまうのだということを、先生に説明しているのだが、繰り返し説明しているうちに、計算を超えたところで憤っていられる先生の感情にまでまき込まれてしまい、先生の眼からは、税務署の代弁者みたいに見えてくるような生意気なしゃべり方をしているときがあったのだろう。扶

養家族のない先生には、控除される項目がほとんどなくて、その点でも不利であった。

納税の時期は、先生も私も、憂欝だった。

一九九八年版全集の書簡篇三八四番の手紙は、『日本文学啓蒙』の印税に関連したことを書かれたものだが、その中に、印税所得に関してかかってくる税金についての注意が記されている。

「実は最近、税の更正決定とやらが来て、銭勘定を忘れて暮してゐる我々が、一ぺんに俗人になってしまった気がします、来年また何のまちがひで、この本の印税にかゝる税金まで書いて来ないとは限りません、そんなときに税務署へ持って行って見せてもらふために、印税は水木スヾの所得になったといふ証明のやうなものを、朝日新聞出版局からもらっておいて下さい。(なほこれは「源泉税」のことではなく、綜合所得に関してです)」

手紙の書かれたのが、二十五年の三月十日だから、三月八日に更正決定が来て、その直後のことで、先生が税に敏感になっていられるのがよくわかる。

二十八年には、富裕税の通知が来て驚かされた。今まで税務署の帳簿から洩れていた、箱根の山荘のことがわかったのかしらんと思って行ってみると、そうではなくて、独身で五十坪もの家を借りていること、さらに貴重本の蔵書などが沢山あるだろうから、それを評価すれば当然富裕税の対象になり得るはずだという推量をはたらかせたことがわかった。いろいろ説明して、その場で取り消してもらった。

帰って来て話すと、先生も安心された。先生から、「外田千閒」といわれたのは、その頃のことだ。先生の健康がすぐれなかったから、地方からの講演の依頼や、色紙・短冊を頼んで来ると、当時はたいてい私が代筆して、断りの手紙を書いた。ある日、

「内田百閒さんは、借金の手紙を書く名人だが、おっさんは、税務署を言いくるめたり、頼みごとを断る手紙を書いたりするのがうまいから、百閒さん以上だ。『外田千閒』という名前をあげるよ。」

といって、からかわれた。

出石の家で、矢野さんの手を経て払われる出費はすべて、家賃、主食と調味料の代（六、〇〇〇円）、魚代（三、〇〇〇円）、ガス代（二、〇〇〇円）というように、大体の予算で紙の袋に別々に入れて、毎月の月はじめに、先生の前で矢野さんに渡すことになっていた。

勿論、これだけが食費のすべてではなくて、慶應や国学院の帰りに、田町の駅前マーケット、大井町駅前のマーケット、大森の鳥屋、肉屋などで、先生が好きなものを見つくろって買われるから、矢野さんの手から払われる額は副食費の何分の一かにすぎなかった。

それでも、月末になると、矢野さんの手もとの、主食費や、魚代の足りなくなることが多かった。

不足分を渡すときには、先生の前で矢野さんに、何十分か注意をしてから渡さなければならなかった。十分くらい言うと、私にはもう何も言うことがなくなってしまう。そばで先生が聞いていられるのだから、なまじっか、理解あるようなことを言ったり、短い時間で切りあげたりするわけにはいかない。どうしても同じことを、少し言い方を変えてまた繰り返して、二、三十分に時間を引きのばす形になってしまう。

先生は、私の言い方が足りないといって、私を叱られる。

「君がおばさんに注意を与えるのだなどと考えたら大間違いだ。そんな気持ちがあるから、言うことが腹に据わっていない。僕が言うはずのことを、君に代って言わせているだけのことだ。君にしてもおばさんにしても、もう家へ来て何年にもなるのだから、そんないいかげんな気持ちでいたのでは仕様がない。」

先生のいわれることもよくわかるのだが、矢野さんは私の母とおない年であった。つい、言うことがにぶってしまうし、矢野さんもいやなことであったろう。

ほんの稀に、一年に一、二度、たいてい会計のことが原因で、矢野さんがほんとに腹を立ててしまうことがあった。そうなると矢野さんはまた頑固で、先生や私に対していっさい口をきかなくなってしまう。掃除や食事など、必要なことだけはするけれど、それこそ、口を閉ざした貝のようになる。

夜、先生と帰って来て呼び鈴を押すと、戸はあくけれども、矢野さんはおし黙って、戸の脇の暗がりに立っているだけである。食事をととのえたお盆は運ばれてくるけれども、それを食卓に並べると、能舞台の女のようにすうっと引っ込んでしまう。

こういう日が四日、五日とつづくと、先生もさすがに、ちょっと参ってしまわれる。学校の帰り、大井町駅前の、ごみごみしたマーケットの中の路地を歩きながら、

「まだおばはんは、おっさんにも口きかへんか。」

「いくらなんでも強情すぎるな。今晩も鰻買うてこか。」

「あさってあたり、おばはんを芝居にやるようにしよう。それより、仕方ないな。」

などと、先生がぽつりぽつりおっしゃったことが、思い出されてくる。矢野さんがふくれている間は、あまりいいものが食膳にのらないから、手のかからない鰻の蒲焼などを買って帰ることが多か

った。

そして一週間めくらいに、矢野さんの大好きな歌舞伎の切符をととのえて、ひとりで観に行くように計らう。それが潮時であった。

矢野さんも心得たもので、芝居から帰るとすっかり機嫌がよくなって舞台の話などをした。真底から芝居が好きでもあったのだろう。

十一

二十五年の十月二十四日から十一月一日まで、九日間にわたって行なわれた、伊勢から大和、さらに大阪、京都へかけての旅行は、戦後の先生にとっても、特に思いの深い旅であったと思うし、私にも忘れ難いさまざまな思い出がある。

この旅行が今までの旅と違っているのは、先生にとっては柳田先生のお伴をしての旅であったし、私はそのお二人の先生に従って行ったことである。

旅行のきっかけが、どういうところからはじまったのであったか、私には確かな記憶がない。当時、伊勢神宮の少宮司をしていられたのは、国学院で先生と同級の秋岡保治氏だったから、きっと、そういう筋から話が進められて、神宮の文化課の招待で、お二人の先生を伊勢へお連れしようということになったのだと思う。

しかし、この計画とは別にずっと以前から、折口先生の心の中には、一度柳田先生を案内して、関西、殊に花どきの吉野へお伴したいという気持ちが深かったのである。

昭和二十二年に雑誌「旅」に書かれた「花幾年」という随筆の中には、次のように記されている。

「『折口君、君は吉野はよくお出でのやうだから、一度案内してくれませんか。わたしも、珍しい処の花時ばかり歩いて、却て花時の吉野を見てゐないのだよ。』私にとっては、三十年来の師匠柳田国男先生が、言ひ出されたのは十八年の三月頃のことだったらうか。日本国中一度も足を入れられたことのない郡《グン》などはない筈の先生も、平凡な花の山の吉野に行って見られたことがなかった。まだ足腰の自由な内に、花の吉野を見ておかうと思ひ立たれたのであった。後で思ふと、その時、私は睫の濡れるほど、感激して居た。それからやがて一月、先発隊になった心持ちで、勝手明神前の古なじみの宿で、先生のお出でを前日から待って居た。」

しかしこのときの計画は、柳田先生から「東京を離れることのできぬ用ができた」という電報が、先生の待っていられた旅館「桜花壇」にとどいて、実現しなかった。

その翌年の春もまた、先生は「桜花壇」に部屋を借りて、柳田先生を待っていられたが、こんどは御家族に障りがあっておいでになれなかった。随筆「花幾年」は、

「どうか先生のお達者なうちに、たゞ一度、ほんのたゞ半日でもよい。吉野の花見の御案内がしたい。……ほんたうに無理でも、一時間でも半時間でも、先生の前に立って、花のお伴がしてあるきたい。さう希ふ私すら、もう今年あたりは、とる年をしみ〴〵感じてゐる。」

というように、ほとんど、かきくどくばかりの痛切なことばで終っていて、さらに文章の最後に、昭和十六年、先生が春洋さんを伴って吉野へ行かれたときの、春洋さんの歌が「此は硫黄島に消えた私のむすこの歌である」として記してある。

塔の尾の御陵《ミハカ》の山の夕花の　色立つ見ればあまりしづけき
山の背に　つゞき輝く吉野の町。棟も甍《イラカ》も、花の中なる

私は、この「花幾年」の文章の中にこめられている先生の思いの深さに、つくづくと考えさせられる。

「弥生半ば過るほど、そぞろにうき立つ心の花の、我を道引く枝折となりて、よしのの花におもひ立たんとするに、かのいらご崎にてちぎり置きし人の、伊勢にていでむかひ、ともに旅寝のあはれをも見、且は我が為に童子となりて、道の便りにもならんと、自ら万菊丸と名をいふ。まことにわらべらしき名のさま、いと興あり。

乾坤無住同行二人

よし野にて桜見せふぞ檜の木笠

よし野にて我も見せふぞ檜の木笠」

こんなふうに引用すると、ことさらめいてしまうけれども、戦前、戦後にわたって、先生の胸の中を去来していた「花幾年」の思いを考えると、私の心には芭蕉・杜国二人の心通い合う美しい師弟の旅の幻が浮かんで来てならないのである。

吉野の花をなかだちとして、柳田先生を思うときには、折口先生の心は師につかえて道の案内をつとめる万菊丸の心であったろう。そして、春洋さんを偲ばれるときには、おのずから若く悲劇的な生を終った弟子を思う芭蕉の側の思いをたどっていられたのであったろう。

秋も深くなった今、吉野の花は望むべくもないが、伊勢から大和、さらに柳田先生の望まれる京都の稲荷神社まで御案内して、久しい思いを果したいという気持ちが深かったのにちがいない。

旅立つ前に先生は、

「柳田先生はきっと、予め君に旅費をお渡しになるだろう。それはそのままお預りしておいて、手をつけないようにしなさい。この旅行は、僕が先生の御案内をさせていただくのだから、君もそのつもりでいなさい。」

といわれた。これは、大変な旅のお伴をすることになるな、と私は思った。

ところが、出発の前日、床屋から帰って来て例のように頭を洗うために湯殿へ入ってゆかれた先生が、急に大声で私を呼ばれる。走って行って見ると、簀の子板の上に尻もちをついた恰好で苦痛を耐えていられる。体を深く折り曲げて頭を洗っていられると、腰の骨がぎくりとはずれたようになって、立っても坐《い》てもいられない激痛が襲ってきたのである。

「折も折、こんなことになってしまって。」

と、先生は床の上で、くやしがられた。

夕方、かかりつけの医師に注射をしてもらうと、いくらか痛みは軽くなったが、二、三日でこの痛みがすっかり消えるとは考えられなかった。どうしても延ばすことのできぬ旅行だというと、医師は、鎮痛のための特別の注射液十アンプルと、患部への筋肉注射の仕方を私に教えてくれた。

二十四日の出発は、朝九時の「つばめ」であった。柳田先生の奥さま、堀一郎氏、伊馬さん、岩本徳一氏が見送りに来られた。お二人の先生の一等車と、私のいる三等車の間は随分離れている。発車してすぐ様子をうかがいに行くと、先生が立って来られて、

「柳田先生はまだ朝食をすませていられないのだよ。弁当ではなく、サンドイッチのような軽いものがほしいとおっしゃるのだが、何かないだろうか。」

といわれる。

そのことでは、昨夜先生といろいろと相談して、時間からいっても御飯はすませていられるだろうから、柳田先生の喜ばれるようなお菓子を、あれこれと持ってゆこうということにしていたのだ。その予想はすっかりはずれたわけである。

食糧の事情は余程よくなっていたが、まだ、現在のような状態ではなかった。食堂車は昼近くにならなければ開かないし、サンドイッチは買えずじまいであった。カステラなどを出しても、

「いや、甘いものはもう十分です。そうお腹がすいているわけじゃないから。」

といわれる。柳田先生は、細かく心を配ってくれる折口君のことだから、朝食にもきっと一工夫あるだろう、それを無にしてはいけない、というお気持ちだったらしい。

昨日といい、今日といい、どうも思いどおり事が運ばないので、先生はさびしそうな顔をしていられる。それに腰の痛みが、相当激しいらしい。柳田先生には御心配をかけるから、そのことは話さないと心に決めていられるから一層苦しいのであろう。とうとう食堂車で昼食を摂った後、そっと洗面所に入って、私に注射を打たせて、苦痛をしのがれた。これは容易ならぬ旅になってしまったと、私も心が重かった。

名古屋で、迎えに来ていられた神宮文化課長の来田親明氏の案内で、近鉄に乗り換えた。この方は、私が神宮皇学館の普通科で国語を教えていただいた先生で、伊勢の古い御師《おし》の家の人である。

車中、柳田先生は来田氏を相手に、伊勢のことについて詳しい質問をしながら、豊富な話題を展開してゆかれる。阿坂の白米城伝説の話が出て、松阪を過ぎる頃、伊勢平野は夕の色が深くなっていた。

宿は宇治の「酢久旅館」であった。

二十五日に内宮に正式参拝してのち、付近の摂・末社を巡拝した。内宮では、柳田先生は特に心《しん》の御柱《みはしら》のことに深い関心を持っていられて、来田課長に古殿地の心の御柱の跡を拝見したいと申し出られ、柱の形や建て方、その儀式などについて、細かな質問をされた。心の御柱は神宮御正殿の床下に築かれる、最も神秘な場所で、古来の秘儀にわたる伝えが多いのであろう。柳田先生の質問が核心に触れてくると来田課長は、

「それればかりはどうも……。私もよく存じませんので……」と困惑しながら口ごもってしまわれることが多くなった。柳田先生のお顔に、いらいらとした不満の表情がだんだんと濃くなってゆくのを見ながら、どうすることもならず、私どもは後に従っていた。とうとうしまいに、

「私のこんどの参宮の願いの一つは、心の御柱の跡を拝ませていただいた上で、その正しい知識を得たいということにあったのです。それは一人の日本人として、お伊勢さまの信仰の真の姿を、少しでも正しく知りたいという私の願いなのだ。私の願いは、あなたにはおわかりにならないようだ。あなたはもう、明日から案内してくださらなくても結構です。」

といって、奮然とした面持ちで、独りで先に立って歩き出してしまわれた。

その日は、夕食後、神宮の職員の人たちが両先生を囲んで、座談会をすることになっていた。会場へ行く途中、柳田先生から少し遅れて歩きながら、折口先生は私にささやかれた。

「この座談会で、神宮側の人からわれわれの民俗学的な研究に対する疑問が、きっと切り出されるだろう。柳田先生はあのとおり厳しい方だから、それを受けて真正面から考えを述べられるにちがいない。そうなったら収拾がつかなくなる。何とか防がなければならない。」

座談会は、二、三十人の人が集まって開かれた。まず、先生の「釈迢空」という筆名の由来を聞

かせてほしいという質問があった。次に柳田先生が話し出された。

「私の家は播州の三代つづいた医者の家です。父は本を読むことが好きで、国学の勉強もしたようです。野々口隆正の影響を受けたと思われます。その父は一生に一度は伊勢参りをしたいと思っていたが、貧しくてそれが果たせませんでした。私の母もまた、伊勢にお参りできないまま一生を終りました。安政四年の抜け参りのときに母は十六で、近所の女の子と一緒に出かけたけれども、母方の祖父が厳格な人で、途中から連れもどされて、それきりになりました。

私がはじめて参宮をしたときは、何よりも自分の親が一生お参りできなかったのだということが身に沁みました。いま皆さんは、全国の人が皆、思いたったときに参宮できるように思っていられるかもしれないが、実際はそうではないのです。一生、参りたくても参ることのできない人が、日本人の中にまだ沢山いるのです。そのことを、これからの神道は考えてゆかなければなりません。」

柳田先生の話はさらに長くつづいて、お蔭参りの詳細な記録、信仰と学問、御遷宮、伊勢講、御師の果たした役割、などについて述べられ、再び信仰と学問の問題にもどって、

「こうしたさまざまな問題を考えていえることは、研究と信仰をはっきり分けて考えてほしいことです。正確な理由の上に湧きあがる信仰でなければなりません。過去のことを、具合が悪いからといって、うやむやにしてしまうことはいけない。これからの信仰の変り方が、どのようになってゆくのがいいかということは、容易なことではない。考えれば考えるほど、気がかりな問題です。どうかも少し学問を純化して、こういう問題を考え、計画してほしい。」

戦争の当時、米人が日本を批評した本には、日本の神道を非常に誤解しています。国民を統一するために伊勢の信仰を利用した、国民の盲目的な心を利用した、というふうにとられるようなこと

を書いた本が、外国に渡ったために、そのような誤解を受けたのです。それがひいてはこの神宮の上を、爆弾を積んだ飛行機が飛んで、いかにもくやしいことをされることにもなったのです。いわば、世界の思惑も考えずに、学問と信仰とを一つにしてしまった誤りです。

私のいいたいのは、もっと簡単な、古いもやもやしたものを捨てた学問を、も一度興さねばならぬ。簡便で正確な知識をもたねばならぬ。まず、神宮辞典をつくらなければいけない。それを高等学校・中学校に備えて、人々に正しい知識を与えるようにしなければいけない。それを、ここでおやりになるのが当然だ。」

激しい説得力と情熱をこめた柳田先生の話に一区切りがつくと、当然、学問と信仰、正しい信仰と迷信、という問題に関しての質問が幾つも出て、熱した形で座談はつづけられた。そのうち、一人の人から、

「最近、東京の学者たちの間には、天照大神は、日の神に仕える巫女であるというような説をなす者があると聞いていますが、先生はその点についてどうお考えですか。」

という質問が出された。それはいくらか切口上な、激しさをこめた口調であった。

すると、折口先生が、すっと身を乗り出すようにして、言われた。

「柳田先生をさしおいて、まことに失礼ですが、それは私がお答えします。そういう説もあるやに聞いておりますが、私どもは今ここで、それについて言うべきことばを持ちません。次の御質問にお移り願います。」

予め、先生の気持ちのわかっているはずの私でも、ちょっとあっけにとられるような答えであった。しかし、先生の口調は鋭い刃物で、一気に布を切り裁つような気迫がこめられていた。その説

をなす学者が、柳田国男であり、折口信夫であることは、質問者も答える者も十分に承知の上でのやりとりである。少しでも気合がゆるめば、どうにもならないこじれ方をしただろう。質問者がわざとぼかした尋ね方をしたのを、そのまま逆手にとっての答えであった。「言うべきことばを持たない」と言い方は、一見、逃げ腰のように感じられるが、そういうそっぽを向いたような質問には、答える必要を認めないということである。答えの意味の真の厳しさが私に呑み込めたのは、少し時間がたってからであった。先生の答えがあまり即座に返されたので、別に座が白けるという感じもなく、話題は新しい祝詞の文体など、文学的な問題に移って、なごやかに座談会は終った。

あのとき、あの場で、天照大神と大日孁貴《おおひるめむち》の問題がもっと論ぜられてもよかったかもしれない。少なくとも、あの質問が出たとき、柳田先生はそのつもりでいられただろう。しかし、折口先生の心配されたような、収拾のつかないしこりを残す懸念も十分にあった。

このことについては、お二人の間で後に格別の話はなかったようである。柳田先生にも、折口先生のお気持ちは十分に通じていたのであろう。

旅中を通じて感じたことだが、折口先生は招かれた者の礼儀ということに、気をつかいすぎる程つかっていられた。柳田先生は常に、意欲的で、積極的であった。案内役なのだと思い定めていられた折口先生の立場の違いもあるが、またお二人の性格の違いでもあったろう。

「柳田先生はね、子供みたいに見さかいなくおっしゃるからね。困っちまうよ。」

などと、ときには、ぶつぶつと小言をいいながらも、柳田先生が思いのままに闊達にふるまっていてくださることが、折口先生にはこの上なく嬉しいことだったのである。

座談会が終ってのち、禰宜の杉谷さんという方が、もと沖縄の波上宮に勤めていた頃から貝類の蒐集をしていて、南方の貝もだいぶん集めているということを話された。柳田先生は、

「それは是非、拝見したい。いまからうかがって、見せていただきましょう。」

と言い出されて、もう八時頃になっていたけれど杉谷氏のお宅へ行って、その蒐集品を見せてもらった。宝貝の珍しいものの集められているのが、柳田先生を喜ばせた。殊にひときわ見事な、黄金色に輝く南洋の宝貝を両手にとって、青年のような興奮を見せながら、「海上の道」についての話をなさった。

宿へ帰ってみると、私の父が一志郡の山奥から出て来ていた。柳田先生には初対面である。先生は、私の家が昔から仕えてきた神社のことについていろいろ質問なさったのち、

「そのお社は、修験道との関係が非常に深いようですね。こういう御時勢に、そういう山のお社を守ってゆかれるのは尊いことです。折口さんも、早く岡野君をお父さんの手もとに返して、少しでもお手助けのできるようにしておあげなさい。」

といわれた。それを聞いていられる折口先生の顔には、鬱陶しい翳りのようなものが、さっきからただよっていた。初対面の者に対して、特にやさしく、そらさないもの言いをなさる柳田先生が、私のことにまで触れて父に話されたことばが、きっと、折口先生の心に格別のひびきを与えているのにちがいなかった。

学問の上の論争は別にして、日常、あれほどつつしみ深い心で柳田先生に対していられる折口先生だが、たった一つの点に関してだけ、柳田先生に強い反撥を示されることがあった。それは、自分の弟子のことについて、柳田先生が口をはさまれたときである。

一年ほど前にも、こういうことがあった。

折口先生のずっと昔からの教え子で、Iさんという方が、家庭の問題で苦しんでいられた。当時Iさんは柳田先生のお宅へもときどき行かれる用があって、その問題について、柳田先生にもうちあけられたらしい。

ある日、私が折口先生の使いで、柳田先生のお宅に行くと、こんなことをいわれた。

「折口君は、I君の家庭の問題についても相談にのってやって、細君と別れることを主張しているようだが、あれはやめたほうがいい。どんなに長い師弟の間柄でも、親子・夫婦の間の問題については、折口君にわからないところがある。殊に子供までできた夫婦の間の微妙さは、いくら明敏でも、独り者の折口君にはわからない。私が、折口君に、それだけはおやめなさい、と言っていたと伝えてください。もっとも、君がこんなことづてを持っていって、折口君に叱られるようなら、手紙に書いてもいいのだが。」

私は、「いえ、お伝えいたします」といって帰った。

折口先生に伝えると、きっとした表情になって話し出された。

「いくら柳田先生のおことばでも、それは承れないよ。君も知っているYのときも、こんどのIの場合でもそうだが、夫婦の間の問題について僕のところへ相談に来るまでには、当人同士であらゆる方法を考え尽して、迷いに迷い、苦しみに苦しんだ末、どうしても解決の方法がつかないで、最後に僕に相談に来るのだ。僕がそれに対して、はっきりとした一つの判断をくだしてやれば、それが採るべき正しい道になるのだ。」

先生は話しているうちにだんだんと心が激してくるらしかった。

「柳田先生は、ときどき僕の弟子に水をさすようなことを言われるよ。僕が教え子と一緒に地方へ採訪旅行に行くのを、『折口君は、金魚の糞みたいに、お伴をひきつれてゆくんだから』といったり、以前家にいた加藤に、『折口君のところにあまり長くいると、牝鶏になってしまうよ』といったりなさる。先生には、ほんとの師弟の間のことが、おわかりにならないんだよ。」

たしかに、親子・夫婦の間のことに関しての折口先生の割切り方は、まことに明快であった。それが、柳田先生のいわれる、独り者には機微がわからないということになるのであろうが、日が経ってみると、いくらかの紆余曲折はあるにしても、結局は先生の判断どおりの形になって、新しい生活の生まれてくることが多かった。

さて、今、柳田先生が私の父にいわれたことは、それほど重苦しいことではないが、そうかといって、虚心には聞き過せないものを感じていられたらしい。父がおいとまするときになって、

「弘彦君を京都までお借りします。稲荷へ着いたらしばらくお手もとに帰しますから、休養させてください。」

と、改まった調子でおっしゃった。こんなことは旅の予定にはなかったことで、やはり、柳田先生のことばが先生の心にひびいているのだな、と思った。

二十六日は外宮に参拝してのち、東外城田《ひがしときだ》村積良《つむろ》の荒木田氏の山宮、田丸町田辺《たぬい》にある氏神の社などを回った。昨日の柳田先生のことばがあったからだろうか、今日から来田課長のほかに、伊勢の学者大西源一氏も案内役に加わられた。

荒木田神主家の祖先祭祀については、すでに「山宮考」で詳細な考察をしていられる柳田先生だが、実地をたずねるのははじめてであったから、始終、大西氏に細かな質問をしていられた。

夕方から夜にわたって、折口先生は山田高校と市の公会堂で講演。先生の腰の痛みはずっとつづいていた。昼間は気を張っていられるが、夜になって床につくと、痛みがはげしくなるらしく、持って来た注射を打って、やっと眠りにつかれた。

二十七日の朝、柳田先生の部屋で一緒に食事をしていると、話のついでに柳田先生が言い出された。

「このごろ文士たちの間で、伊勢参宮をしてのち、松阪に寄って牛肉を食べることが流行《はや》っているようだね。参宮のあとで四つ足を食べるなど、もってのほかなのだが。」

折口先生と私ははっとして、思わず顔を見合わせてしまった。実は、伊勢での最後の日に、先生を松阪へおつれして「和田金」にも御案内しようということは、出発の前から折口先生の計画に入っていて、昨夜私の父にその手配を言ってあったのだ。柳田先生は――おそらく、折口君のことだから――と察して、先にそのことを封じられたのだったろう。私たちの部屋へ帰ってから折口先生は、

「もう少し、先生のおっしゃるのが遅かったら、僕のほうから言い出してお誘いしようと思っていたのだ。あぶなかったね。しかし、先生はさすがに明治の人だね。」

といって、いたずらを見つかりそうになった子供のような笑い方をされた。

私には、明治二十年生まれの折口先生が、「明治の人だね」といわれたのが、何か奇妙なような気がしたが、なるほど考えてみると、お二人の間には、それくらいの気質の違いがたしかにあったような気がする。

この日は神宮の車で、内宮の奥の剣峠を越えて五ヶ所に出、伊雑《いぞう》ノ宮に参拝した。

剣峠の頂上に出て、目の下に五ヶ所湾を見おろした瞬間、柳田先生は、はげしい驚きと喜びを示されて、車を止め、しばらくそこで時を過された。

「岡野君、これだよ。伊勢の御神霊が五十鈴の川上に鎮まられたのは、熊野から志摩・伊勢につづくこの海を後に負っているからだよ。ここのところを、よく写真に撮っておきなさい。この峠の頂上と、五ヶ所の海が一つに入るようにして。」

柳田先生は写真機をもっている私に、むつかしい注文を出される。しかし私の写真機は伊馬さんからの借り物で、この旅行に発つ直前に、俄か仕込みに扱い方を習ったのだから、こんな注文が出ると、焦点をどう絞っていいのかもわからず、どぎまぎしてしまうのであった。

五ヶ所に下る車中でも、柳田先生はさっきの興奮がまださめやらぬようで、大西氏の話される、藤原千方《ちかた》伝説の話などには、あまり身が入らない様子だった。

二十八日の朝、近鉄宇治山田駅から橿原にむかった。電車を降りたのは、畝傍御陵前だった。改札口を出たところで、若い駅員が柳田先生を呼び止めて、そのパスは通用しないという。先生は、「これは学士院会員のパスで、どの線でも通用するはずだ」といわれる。私が、宇治山田駅ではこれで通ったのだ、といっても、駅員は、「そんなパスは見たこともない」と、だんだんことば荒く、顔を赤らめて言いつのりだした。

柳田先生に、「君は何も知らないのだ。大阪の本社に電話で問い合わせたまえ」といわれて、駅員は中に入っていった。しばらくして、わかったらしくて、年配の駅員が出て来てあやまった。

橿原神宮では、宮司はお留守で高階成章氏が応対してくださった。

社務所の中庭の茅萱《ちがや》が美しく紅葉していた。縁側に出ていると、柳田先生も出て来られて、

「これが浅茅生《あさじふ》のもみじだよ。木の紅葉とは違った、やわらかな美しさだろう。」

といって、眺めていられた。

それからしばらくの間、お二人の先生の間では、池に浮かぶ月をとらえようとして溺れ死んだという夏目甕麿その子加納諸平など、近世の国学者・歌人についての話がのどかにつづけられた。

柳田先生が、岩崎美隆の歌、

かげろふの夕山がらす一声はけふの名残りの雲になくなり

を、調子をつけて口ずさまれた。きっと、お好きな歌なのだろうと思った。

伊勢にいるときとは違った、のどかな気持ちで、お二人の話し合っていられるのが、いかにも楽しそうであった。その夜は、当麻寺の中ノ坊に泊った。住職の松村実照氏には、前夜電話で、

「柳田先生を御案内してゆきます。先生をおどろかすような御馳走をしてください。」

と、頼んであったから、工夫をこらした精進料理が出た。

夕食を摂っているところへ、どこから聞きつけたのか、大阪の「朝日新聞」の記者から電話がかかって来て、いまから話をうかがいに行きたいという。折口先生は、今晩はしずかに過したい、というお気持ちだったろうが、柳田先生は、

「さすがに『朝日新聞』だね。すぐ出かけてくるようにいってやりなさい。」

と、機嫌がよかった。

車で馳せつけて来た記者を相手に、柳田先生は日本の宗教について、ここ数日の伊勢での体験などをまじえて、話をされた。折口先生もそばにおられたけれど、ほとんど柳田先生だけが話してい

られた。

今でも、松村氏にお会いすると、そのときの思い出話をされる。

「あの折、私が仏教のことについて、ちょっと口をはさんだら、柳田先生、えらい勢いで反対されましたなあ。何であんなにきつう言われるのか、と思いました。」

この談話はしかし、新聞に出なかったような気がする。翌日大阪へ行ったのだが、大阪の人からも何も聞かなかった。あるいは、三、四日後に出て、旅中のために気がつかなかったのかもしれない。

記者が帰ってのち、柳田先生の煙草がもうなくなっているのに気がついた。私の手帳には、毎日「先生、煙草一個百円」とつけてあるから、きっと「富士」を吸っていられたのだったと思う。買いに出ようとすると、折口先生も、

「ちょっと、その辺を一緒に歩いてみよう。」

といって出てこられた。月が出て、境内の砂の上に置いた松の影がくっきりと濃かった。夜空にそそり立つ二上山・麻呂子山・東塔・西塔、先生の小説「死者の書」の舞台を、先生の口から説明していただきながら歩いた。「笈の小文」ではないが、それこそ竹藪の奥から綿弓の音もひびいてきそうな、幻想的な思いを誘われる夜だった。

山門を出て二百メートルほど来た左側に、「木下」という表札のかかった家があった。

先生はその家の中をちょっとのぞきこむようにされた。何でも、この家の娘さんが、先生の姉さんのあいさんと女学校が同級で仲がよかったらしい。先生が少年の頃、独りで当麻へ来て、この家へ寄ったら、風呂敷に梨をひと包みもらった。大阪へ帰る途中、持ち重りがするので、梨を一つ食

べ、二つ食べして、家へ帰ったときには半分くらいになっていた、という話をされた。

二十九日は、当麻から自動車で竹内峠を通り、上《かみ》ノ太子、誉田八幡などに参り、道明寺・藤井寺を経て大阪に入る予定だった。

聖徳太子の廟、上ノ太子は道の右側の広く高い石段を上ったところにある。登ってゆくと、石工が二人、秋の陽ざしの中で石の上にあぐらをかいて、のんびりとのみの音をひびかせていた。

折口先生は、その石工の脇を通りぬけて、奥の方へ柳田先生を案内してゆかれる。私も後についていて、細くじめじめした石畳の道をたどり、丸い古墳をひと回りしてもとのところへもどってくると、そこに、若い衛士が待ちうけていて、いきなり、「いい年をした者が、聖域を犯すとは、何ごとだ」と、大変な形相でどなりだした。

私たちには、どうしてこんなことになったのか、しばらく理由がのみ込めなかった。さっきも折口先生が説明していられたのだが、先生が少年の頃、幾度か来られた時分には、一般の参拝者がもっと多くて、古墳のまわりの石畳の道には、願いごとを書いた千本幟がいっぱい立っていたらしい。現にここまで登って来る広い石段なども、整然と白砂を敷きつめた他の御陵とは違って、長い間にわたって崇敬者の足で踏みくぼめられた、お寺の参道という感じであった。

後に太子の御陵として、宮内省が管轄して厳しい垣を設け、衛士を置いたのである。しかしこの日は折悪しく、石工が垣を全部とりはずして修理していた。広場の隅のほうにある衛士の詰所にも、私たちは気がつかなかったのだ。

いくら折口先生がそのことを説明されても、自分のことばに自分で興奮を深めてゆく衛士は、ますますいきり立って、三人めいめいで始末書を書けという。私が写真機を持っていることや、ついには柳田先生がステッキをついていられることまで数えあげて、度を越した意地悪さが感じられた。先生は、

「あちらにいられる方は、私の恩師なのだ。私の不注意から、先生に始末書をお書き願うわけにはいかない。案内した私と、写真機を持っているこの青年とが、始末書を書けばそれでいいではないか。」

といわれる。そんなに、怒りを押しこらえ、我慢して人にものを言われる先生を、私はそれまで見たことがなかった。

そのときまで、少し離れたところでなりゆきを見ていられた柳田先生が、とうとう我慢ならなくなったのであろう。袴の裾を、白足袋の足でぱっぱっと鮮やかに蹴立てて出てこられた。衛士の間近くまでつめ寄り、さっとステッキを突き立てて、その上に両掌を重ね、体を斜に構えられた。この一連の動作はきわめてあざやかで、名優が舞台の上で見得の型に入るときのように水際だっていた。そして、語気鋭く言い立てられた。

「なぜ君は、石工が垣を取りのけたあとに、立入禁止の掲示を出しておかないのか。非は君自身にある。その責めを何も知らなかった者にばかり負わせようとするのは、卑劣ではないか。」

衛士は気鋒をくじかれたように、少しずつしずかになった。折口先生と私は、こっちから衛士をうながして詰所へ行ったが、もう始末書を書けとはいわなかった。

私たちが詰所から出てくるまで、石段の上で様子を見ていられた柳田先生は、急に身をひるがえして、たったったっと急な石段を一気に下りきって、自動車に入ってしまわれた。その後を追いながら、

折口先生は言われた。

「僕もふだんは随分気の短いほうだが、今日は我慢しとおした。でも柳田先生は立派だね。奮然として怒られるね」と。


上ノ太子を過ぎて大阪へむかう途中、源頼信・頼義・義家ら、源氏三代の墓所を一つ一つたずね歩いたり、誉田八幡に参詣して、境内を神主さんに説明してもらって回ったりして、阿倍野に着いたのはもう昼過ぎである。

この日は日曜日で、正午から近畿民俗学会の人々が大阪営林局の寮を会場に借りて、例会を開くことになっていた。柳田先生は、「ちょうどいい機会だから、その会に出て話をしよう」と言っておられたので、前もって折口先生の計らいで、会の幹事宛に、「センセイハナシナサル』ヒトヲアツメヨ」という電報を打ってあった。会場ではもうそろそろ、先生方の到着を待っているはずであった。

ところが柳田先生は大阪に着くとまず、大学時代の旧友で木間瀬氏という人の家を訪ねたい、と言い出された。当麻寺から乗って来た車の運転手は大阪の地理をよく知らないというので、車を替えて探させたのだが、柳田先生の記憶していられた番地が違っているらしく、なかなか探しあたらない。大体このあたりだろうと見当のついたところで車を降り、三人で探すことにした。

柳田先生は落ちついていられるけれど、折口先生にしてみれば、まだ昼の食事もさしあげていないし、近畿民俗学会の時間は過ぎているし、気がもめて仕様がないのである。それに今朝から自動車に乗りつづけで、腰の痛みがひどくなって、足を運ぶのも苦痛で耐えられないという顔をしていられる。そんな先生のいらだたしさに、いつの間にか私までがまき込まれて、知らず知らずのうちに、眉をしかめながら歩いていたとみえて、

「僕がいらいらしているときは、せめて君だけでも明るい顔をしていてくれなければ困るじゃないか。僕につられて、君までそんなしかめっ面をしているのでは、僕はやりきれない。」

と、叱られてしまった。

叱っていられる先生も、叱られている私も、細い路地の両側の家並みの表札だけは見落すまいと、眼で追いながら歩いていた。叱られているというよりは、いつにない先生の、気弱な愚痴を聞いているようで、何だかじれったく、もの悲しい叱られようであった。

やっと木間瀬氏のお宅が見つかって、柳田先生の話がはずみ、そこを辞して近畿民俗学会の会場に着いたのは、二時頃になっていただろう。

まだ昼食はすんでいなかった。折口先生と私は平生から二食なのだから、何の不自由もないけれど、きちんと食事をあがられる柳田先生にはそれでは申しわけない。ところが柳田先生はこういう会場にのぞまれると、ますます生き生きとして、闊達にふるまわれる。設けられた座について、座談の中心になって、つぎつぎに話題を展開してゆかれるものだから、会の幹事役の人たちも、しばらくは夢中でその話に引き込まれてしまった。

疲れきった折口先生が、しきりに食事のことを案じていらいらしていられた。ようやく幹事の人にゆとりができて、折口先生の指示で、別室で休憩と食事を摂られたのは、もう三時を過ぎていただろう。

夜になって会が終って、いくつものすき焼鍋を囲みながら、懇親会になった。先生方からは遠い

末座のほうにいると、私の隣に坐っている学生服の青年と、その隣の背広を着た青年の会話が、聞くともなく耳に入ってきた。背広のほうがいくらか事情通で、いろんな説明をしている。

「あの二人な、あんなに仲良さそうにしてるけど、ほんまは、心の中ではものすごいこれなんやでえ。」

と、両手の人差指で、チャンバラの恰好をする。

「そうか。両雄並び立たずいうやっちゃな。それにしては、二人ともけろっと、うまいこといっとるような顔しとるもんやな。」

学生服のほうは、箸を止めて、先生方の表情を改めてまじまじと見つめている。

私はどうにもいたたまれない気持ちをこらえていた。先生のそばにいると、ときどき、こういう思いをさせられることがあった。人生体験の乏しい若者が、変に老成ぶった思いをめぐらして、他人の人生を自分の知識の型にはめてみようとすると、こうなるのであろう。殊に学生たちの間に、こういう単純な型にはめてみようとすることが多かった。

武田祐吉先生と折口先生の間柄なども、学生たちはそんな眼で見ていることが多かったのではなかろうかと思う。

あるとき、折口先生の研究室へ武田先生が入って来られた。折口先生は窓にむかった机で、色紙に歌を書いていられた。武田先生はそれを見ると、知らせようとする私にちょっと目くばせして、足音を立てないように、折口先生に近づき、後に立ったまま、肩越しにじいっと見ていられた。二、三枚の色紙が書き終えられると、武田先生はそっと手をあげて、指先を折口先生の肩に置かれた。

「なんや、武田、来てたんかいな。」

さっきからの武田先生の、少しいたずらっぽい顔、それを振り返られた折口先生のなごんだ顔、それは、余人の間では示されたことのない、うちとけた、余分な会話などを少しも必要としない許しあった表情であった。お二人の間の事務的な話は、ほんの二言か三言ですんで、武田先生はさっさと部屋を出てゆかれたが、私はその五、六分の間に、中学以来五十年間、友人として同じ道を共に歩んでこられたお二人の、さまざまな過程を経た後のこまやかな心の交流を、たっぷりと見せられたという気がした。

それから数日たって、あのとき部屋にいあわせた学生が、私にささやくようにして言った。

「折口先生と武田先生の間は、私たちが考えているよりもっと険悪なんですね。この間、武田先生が部屋に入って来られたとき、折口先生はいつまでも知らんふりをしていられたし、武田先生はつんつんしたようにして帰られたでしょう。あの間が、そばで見ていて、ほんとに長く感じられました。」

私は、ちょっとあっけにとられたような感じがした。私は先生方の表情のよく見える真横から見ていたのだが、学生は私より大分距離を置いて、真後《まうしろ》から見ていたのである。それにしても、あのとき、お二人の間に流れた濃密な時間が、全く逆な印象で学生の眼にうつっていたことにおどろかされた。きっと変な先入観にとらわれて見ていたせいだろう。

また、これは後になって伊勢の人から聞いたことだが、この伊勢・大和の旅を終ってのち、伊勢の人々の間では、柳田先生の草履を手にとってはかせていられた折口先生の姿が、美しいものとして話題に残ったということである。柳田先生の白足袋のつま先が、草履のきつい鼻緒に入りにくいとき、そばで靴をはいておられる折口先生が、つと手を添えられることは何度かあった。それはいかにも自然な姿であった。

しかし、その場面だけを切り出して、一つの美談として語られるとその場の自然さがなくなって、通俗的な、型どおりの臭味がつきまとってくるのを感じないわけにはいかなかった。

柳田先生と折口先生の師弟愛や、武田先生と折口先生の間の友情の長さと深さ、複雑さは、そうそう単純な型にはめていえるわけがない。美しい面を見るにしても、厳しい面を見るにしても、軽薄な仕方咄《ばなし》や、あまりに単純な割切り方をして話されると、憂欝で耐えられない思いになった。しかし実は、これは何よりも、こんな追憶を記している私自身の心にいつも重苦しくおおいかぶさってくる反省なのである。


さて、その夜は、今橋の「鴻の家」に泊った。宿まで送って来た近畿民俗学会の人たちも、早めに帰られたから、床についたのは十一時前だったろうか。私は折口先生の寝ていられる次の間に寝た。柳田先生の部屋は廊下をへだててむかいあっていた。

夜中にふっと眼がさめると、部屋の外の気配が何となくさわがしい。何か起きてゆかなければならぬことがおこっているらしいなと心の中では思いながら、なお醒めきらないでうつらうつらしていると、折口先生から声がかかった。とび起きてゆくと、先生はきちんと畳の上に坐っていられた。

「どうも泥棒が入ったらしい。柳田先生のことだから、きっと起きていられるにちがいない。ちょっとおうかがいしていらっしゃい。」

あわてて、丹前の紐を締め直したりして、柳田先生の部屋にうかがうと、驚いたことに、先生は袴までつけて、端然と坐っていられた。

「はじめ火事かと思って、身支度をしたけれど、盗人のようだね。私のほうは何ごともありませんでした。折口君にありがとうと申してください。」

とのことである。

もどって来て、折口先生にその様子を話すと、「僕の言ったとおりだったろう」という顔をなさった。私もけっして寝《い》ぎたないほうではないつもりなのだが、旅の達人ともいうべきお二人の様子を目のあたりに見せられると、どうにもかなわないな、という気持ちがした。

しばらくして、番頭が、「おさわがせ致しまして申しわけありませんでした」と挨拶に来た。泥棒は捕えられたようであった。

夜中にそんな騒ぎがあったけれども、あくる朝（十月三十日）は早く起きて、五時過ぎ、折口先生と二人、そっと宿の玄関を出た。昨夜、先生が、空襲ですっかり焼かれてしまった浪速区鷗町のあたりを歩いて、焼け失せた生家の跡をしのんでみたいと言い出されて、柳田先生の寝ていられるうちにそっと行って、朝御飯までにもどってこようという計画だったのである。

宿のそばで自動車をひろって、大国町の停留所のそばまで乗った。朝靄がかかっていて、うすら寒い朝であった。

大国町からまっすぐに西の方へ歩いて行った。人の背たけほどにも伸びほおけた荒地野菊や蓬が、いちめんに茂っている中を、人の踏みあけたところが自然に道になったという感じの道が通っていた。

三、四百メートル歩いたところで、先生は足をとめて、雑草の中に踏み込んでたたずみながら、しきりに見当をつけておられる。東の方に神社の鳥居が見え、二百メートルほど南には、寺の屋根が見えていた。

「あれが大国さん。こっちが願泉寺。そこが鼬《いたち》川だから、ちょうどここらあたりに家が建っていたのだと思うけれど……」

露霜にびっしょり濡れた雑草の中で、伸び上り伸び上りしていられるその様子は、ちょうど沖に舟を漕ぎ出した漁夫が、やまをたてて、舟の位置を見定めるしぐさに似ていた。

しかし、先生が幾度見当を定め直してごらんになっても、生家の跡はもうひとつはっきり見定められぬようであった。伸び上ったりかがんだりしながら、何とかして昔の家の跡を、この茫々とした草むらの中に見いだそうとしていられる先生の姿を、私はただうしろから黙って見まもっているより仕方がなかった。

そうこうしているうちに、大国町の方へ、草原の中の道を横切る朝早い通勤の人の姿がちらちらと眼につきはじめた。その一人一人に尋ねてみるのだが、知っている人はなかった。何度目かに、通りあわせた初老の婦人からやっと、

「ああ、折口さんのお家だっか。ほんなら、あの水道の栓の残ってるあたりだした。」

という返事を聞くことができたときは、ほんとにほっとした思いがした。

山茶花らしい枯れ木のそばの、傾いてこわれかかったコンクリートの杭に、水道の蛇口が残っていた。私がその栓をひねってみると、水は勢いよくほとばしり出て、下に敷かれた玉砂利を濡らした。

後で大阪の中村浩氏が調べて知らせてくださったところによると、この水道は、正確には折口家

のものではなく、そのそばにあった共同用の水道蛇口らしい。しかしともかく、この水道が目じるしになって、家の跡を見定めることができたのであった。

そこから百メートルほど北に寄ったところにある、今はすっかり水の涸れてしまった鼬川の跡も見に行った。木津と難波《なんば》の境になっていた川で、先生がお母さんを偲んで、

見おろせば、朧涌《ウナワ》きにごるさかひ川　この里いでぬ母が世なりし

と詠んでいられるように、昔から、町中の汚れた川であったのだろう。

「ここに、鷗橋《かもめ》がかかっていたんだよ。」

と、形ばかり残った堤の上に立って、干あがった川床を見おろしていられた。

船につんだら　何所まで行きやる
　木津や難波《なんば》の　橋の下
橋の下には　おかめがいやる
　おかめ取りたや　竹ほしや

先生が幼い頃よく聞かされたという子守唄のなかの、橋の幻を、なつかしんでいられたのでもあろうか。「おかめ」はきっと「すっぽん」のことだろうのに、物知りの年寄たちが、「かもめがいやる　かもめ取りたや」がほんとなのだと言い出して、その文句から鷗橋という名がついたのだろうともいわれた。鷗町という町名は、さらに、この橋の名から出ているのである。

やがてまた、南へ歩みを返して、菩提寺の願泉寺へ行った。くぐり戸を押すと、境内はひっそり

とした朝のしずけさだった。寺務所にはことばをかけないで、墓地へ入った。「折口家累代之墓」と刻んだ商家の墓らしい質素な墓石の裏には、「嘉永三年庚戌二月建立　岡本屋彦七」とあった。先生の曾祖父に当る人だそうである。

本堂の裏の井戸から汲んで来た水を、先生はゆっくりと、墓石に注いでいられた。もう朝日が輝き出してもいい時刻なのに、どんよりと重い空は、いつまでも晴れなかった。黒ずんだ墓石の面は、濡れて一層黒みをまして、つやめいた。

宿に帰ったのは八時頃だったろう。一緒に朝食の席についたとき、柳田先生に今朝のことを話された。はじめのうち、

「そう、それはいいことをしましたね。」

といいながら聞いていられた柳田先生も、昔の家の焼け跡すら自分で見つけだせなかったという話には、さすがに感慨深そうな御様子だった。

現在、先生の生家のあったあたりは、さらに変ってしまって、あの頃一面の草原だったところは、びっしりと家が建てこんで一層わかりにくくなっている。鼬川は埋め立てられて、小公園となり、その東の隅に、「折口信夫生誕の地」という碑が、大阪府庁によって建てられている。先生の家はその碑から、四、五十メートル西南に寄ったところに建っていたのである。

願泉寺の折口家の墓石も、今は新しいものになって、先生が水を注がれた彦七さん建立の石は、墓地の一隅に移されてしまっている。

十月三十日午後、京都伏見の稲荷神社に行き、参拝を終ってのち、稲荷山のあちこちにある数多

い祠を案内してもらった。朝から曇っていた空から、しとしとと細かな雨が降りはじめて、朱の鳥居の濡れた色が美しかった。

稲荷信仰の中心のこの山に来て、柳田先生はじつにお元気だけれど、折口先生は、腰の痛みがまだつづいていて、冷え冷えとして湿気の多いこの日は、また特別に苦痛な様子だった。それでも痛みをこらえとおして、柳田先生と狐の祠のいくつもある山を回られた。夜になって、痛みは一層ひどくなった。

東京を出るときもらってきた、痛み止めの注射液は、昨夜を最後になくなってしまっていた。同じ薬を何とか手に入れようとして、神社の職員の方に案内してもらって近所の薬局を回ったけれども、そういう麻薬の入った特別の注射液は、取締りが厳しいから、医者の証明が必要だといって売ってくれなかった。

かかりつけの医師を絶対に信頼していられる先生は、その医師の治療や処方した薬ならきくけれども、それ以外の医師や薬では何の効果もないと、思い込んでいられるようなところがあった。同じ薬が手に入らないのをじれったがって、「君たちでは頼みがいがない」と、その夜、先生の機嫌は悪かった。

翌三十一日の朝になって、先生は、

「もうこれで旅行も終った。あとは柳田先生のお伴をして東京に帰るだけだから、君のお父さんと山田で約束したとおり、二、三日郷里へ帰っておいで。」

といわれた。

先生の健康のすぐれないのを眼の前に見ながら、途中からお伴しなくなるのはいかにも本意《ほい》ないことだった。しかし、もともと伊勢での約束は、柳田先生のことばを強く意識して、先生の前で折口先生が私の父に言われたことで、いくら私が辞退しても、容易に聞き入れられることではなかった。それに、昨夜の薬のことなどもかさなってきていたような気がする。柳田先生が常に颯爽としていられるのに、折口先生と私はすっかり疲れてしまっていた。先生にはそれが悲しくもあり、じれったくもあり、そして、自分のそばに自分よりさらにおろおろとして働きのないものが、まつわりついている様子を見ることが、耐えがたく腹立たしかったのではあるまいか。

はじめのうちは、先生の身を案じてものを言っているつもりの自分が、いつの間にか、先生と我を張り合って、先生が厭がっていられるのに、「いいえ、私はおそばについています」と言いつのって押し問答しているような気がしてきた。

こういうところが、私の弱さであり、甘っちょろさであり、最後のところで自分を先生に対して卑屈にしてしまう原因であった。おそらく鈴木金太郎さんや春洋さんなら、「そんな馬鹿な話があるもんですか。こんな旅の途中で別に帰れなどというのは、先生のほうが間違っている。先生のほうが我儘なんだ」といって、押し切ってしまわれただろう。私にはそれができなかった。

春洋さんには、先生と殴り合いをしてでも、先生の我儘を押えつける強さがあった。先生と春洋さんとの一つ家での生活を、せめて一月でも私が目のあたりに見ていたら、私のような者にも先生に対する強い心構えが、いくらかは体得できたかもしれない。しかし、私にはその時期がなかった。伊馬さんからは、先生に対する素直な従順の姿を学び得たけれども、反撥の厳しさを習うことはできなかった。

その日の午後、郷里へ帰る汽車の中で、私は先生から突き放されたようなむなしさと、自分への腹立たしさを押しこらえていた。

先生方は翌日の十一月一日、東京へ帰られたのであった。京都大学の平山敏治郎氏が、帰りの切符などの手配をこまごまとしてくださったようである。

私は三日ばかり家にいて、帰京した。父はいつになく、汽車に乗る私を家から二時間余もかかる松阪まで見送りに来てくれた。冷たい秋雨の降る松阪の町を、父の肩に傘をさしかけて歩きながら、何気ない会話をしている私は、ふっと気がつくと、いつもの癖が出てしまって、父に話しかけるのにも「先生」「先生」と言っているのだった。考えてみると、さっきから何度もそういって、父に話しかけていたような気がする。父はおそらく、それに気がつかないふりをして、うけこたえしていたのだろう。ここ四年ほど年に三、四日しか郷里に帰らない私には、父は先生よりも遠い人になってしまっているのかと、はっとする思いだった。

汽車が出るまでに少し時間があって、駅前の食堂であわただしい夕食を摂りながら、父はこんな話をした。

「昔、五郎と共に曾我廼家劇をはじめた曾我廼家十郎は、松阪の人で、芝居の修業に京都へ出て、師匠の家で、夜食にうどんが出ると、故郷の松阪のことが思われて涙がこぼれてくるものだから、丼から顔があげられなかったそうだ。松阪のうどんはこれで、なかなか美味《うま》いんだ。」

何のつもりということもなく、松阪のうどんのことから、自然に、そんな話が父の口から出たのだったろう。しかしひょっとすると父も、師匠の家で苦しい修業をしている書生という昔風の型にあてはめて、私のことを考え案じているのではないかしらんという気もしてくるのだった。もし父がそんなふうに考えているのだとすると、あまりにもの悲しかった。父も戦後は気力を失って、長男の私を頼りにする気持ちを、ときどき、あらわに示すようになっていた。

当時、伊勢から出る一本の東京行夜行列車は、五時頃品川に着くのだった。まだ真っ暗な道を歩いて大井出石の家に着くと、門のくぐり戸も、玄関の戸も錠がはずされていて、先生がきちんと起きて待っていてくださった。矢野さんの話では、私の帰る日はいつも、「今日は岡野の帰ってくる日だから、門をあけといてやらなければ」といって、早く起きて自分で庭へ出られるのだということだった。


先生のところへ帰ってのち二、三日してから、一緒に柳田先生のお宅へうかがった。とどこおりなく旅を終った挨拶のためであった。しかし当面の目的はほかにあった。

旅行のはじめの日、柳田先生は角封筒に入れたお金を、

「旅中の私についての要り用はここから出してください。」

と私に渡された。折口先生が何か言おうとされると、

「折口君、それははっきりさせておこうじゃありませんか。」

と、きっぱりした口調でおっしゃった。

折口先生は、こんどの旅行の案内は、すべて自分がさせていただくのだと決めていられたから、私は渡された封筒をそのままに、おあずかりしていた。

今日、柳田先生をたずねる目的は、そのお金をお返しすることにあった。どんなふうにいったら、先生の心をそこなわないで納めていただけるだろうかと、折口先生とあれこれ考えめぐらせたが、格別の案も浮かばないままに、成城のお宅に着いた。

旅中のことについて、話がはずんできた頃合を見て、折口先生がそのことを言い出されると、思っていたとおり柳田先生は強硬で、どうしても受け取ろうとは言われない。折口先生もまた、自分の気持ちを主張してゆずろうとはされない。柳田先生のことばがだんだんはげしくなった。

「折口君、僕があなたからお金を出してもらって、まるまる旅をさせてもらうわけにはいかない。そんなことをせられては、軽蔑されているようなもので、私の気持ちはたまったものではない。」

そばで聞いていると、ほとんど怒りに近い表情で、折口先生を叱るようにものを言っていられるのだが、その柳田先生に対して、きわめてつつましく、膝にきちんと手を置いた姿勢を保ちつづけながら、低い声で自分の気持ちを主張してゆずらない折口先生のほうに、より強くひたすらな感情と気迫がこもっていた。

はじめのうち、この雲行きでは、本当に喧嘩になってしまうのではないかと、はらはらしていた私も、折口先生のことばを聞いているうちに、何となく心が鎮まってきて、お二人の心のうちを次第に読み取れるようなゆとりが出てきた。そして、これでは柳田先生も折口先生の気持ちをお受けにならぬわけにはいくまいと思った。

なおしばらく問答のあった末に、

「それでは、この民俗学研究所に寄付していただきましょう。それであなたのお心もとどき、私の気持ちもすむことになりましょう。」

ということで結着がついた。

その帰り道、まださっきの興奮のなごりの鎮まらない折口先生は、しきりに、

「先生も、もっとあっさり受けてくだされぱいいのに。頑固で困る。」

などと、ちょっと聞くといかにも不服らしいようなことをつぶやいていられる。
これは柳田先生に対する、先生独りの甘えのようなもので、そばからうっかり合槌は打てないのだ。迂闊に、同意を示したりすると、

「僕が柳田先生のことを言ったからといって、君ごときが、先生を批判するような口をきくことはない。」

と叱られるにきまっている。

私は黙って、先生のあとについて歩いた。

お二人の心の底は、余人の計り知れないところで、通いあっているのにちがいなかった。

そして私は、さっきの先生のもの柔らかな強さを思い返して、先生を残して伊勢から帰ってしまった自分の心弱さを、改めて口惜しく思った。

先生が終生、深い敬慕の心を持ちつづけていられた二人の恩師三矢重松先生と、柳田国男先生について、ふっともらされた話がある。

今宮中学を辞して上京して、まだ定職もなく貧しかった頃、年の暮になって、大阪の家からインバネスを買って送ってくれた。派手な縞模様のある生地だった。僕も嬉しかったし、一緒にいた鈴木（金太郎氏）も喜んで、明日の元日には、それを着て三矢先生に御挨拶にいっていらっしゃいと言った。

三矢先生のお宅で、玄関にぬいだそのインバネスを、奥さんが手にとっていい物だとほめてくださった。帰るときになって、それがいくらさがしてもなくなっていた。玄関口まで入ってきた泥棒に盗まれてしまったのだ。

翌朝早く三矢先生がたずねて来られて、せっかく送ってもらった新しいインバネスを、私の家でなくしたのだからといって、お金の包みを出された。これだけはどうしてもいただけません、と何度も言ってお返しした。先生は、ありがとう、とひとことといって、僕の手を握って帰られた。三矢先生だって、けっして豊かな暮しをしていられたのじゃなかった。

その年が暮れて翌年の正月、僕に国学院臨時代理講師の口が決まった。折口はなまけ者だという非難のあったのを、三矢先生が押し切ってしまわれたのだ。

やっぱりその頃、柳田先生のお宅へうかがった。帰るときになって、玄関まで送って来られた先生は、折口君あなたは、この寒いのに外套も着てこなかったの、といわれた。僕は恥ずかしくて顔があげられなかった。

三矢先生と柳田先生は、そういうところが違うんだよ。

これは、ある日の心なごんだ夕食のあとで、しみじみと語られた話だった。折口先生は、亡き三矢先生を偲んで、

わが性《サガ》の　人に羞ぢつゝもの言ふを、この目を見よと　さとしたまへり
学問のいたり浅きは　責めたまはず　わがかたくなを　にくみましけり
十日著て、裾わわけ来るかたみ衣《ギヌ》　わが師はつひにとぼしかりにし

と詠んでいられる。三矢先生への敬慕は、その学問よりもさらに、人間としての厳しさや深さによることが大きかったという気がする。

この伊勢・大和の旅も、とどこおりなく終って、折口先生の久しかった「花幾年」の思いの幾分かは遂げられたのであったが、なお先生の胸には、柳田先生の心にどうしてもとどき難い、むなし

くじれったい独りの思いがあったような気がする。そういうとき、先生は、三矢先生のことを、最も痛切な形で思い浮かべていられたのではなかったろうか。

十二

先生の学問や文学の展開のあとを見ようとするとき、最も重要なことの一つは、先生の旅であろう。作品の上には勿論のこと、民俗学を基盤としたその学問の体系も、深い実感を根底にした研究者としての個性も、多くは厳しく苦しい旅の中ではぐくまれていった。

晩年の先生しか知らない私は、現実にそういう先生の厳しい旅の姿を見たことはない。幾度かの旅行に従って私が見たのは、かつての先生の、求道者のような苦しみの旅の日の片鱗を偲ばせるような、時に触れて旅中に示される鋭い姿であった。しかしより多くは、眼中にそのこと以外の何ものもないというふうに、旅そのものの中に没入して思い入っていられる姿であり、ときには、楽しくて楽しくて、心躍りを抑えかねていられる姿であった。

一緒に旅行しているとき、私などがほうっとして車窓から外の景色ばかり見ていると、先生の気に入らなかった。そうかといって、本ばかり見ていてもなおいけなかった。窓の外の山を見、川を見、そこに働いている人を見て、心におこる思いを手帳に書きとめてゆく、その操作をいわば半々に繰り返してゆけといわれるのである。そうしなければ、旅は身に沁まないし、生きた形で心に残らないといわれた。

はじめて私にそのことを教えられたとき、さらにことばをついで、「柳田先生はもっと徹底しているよ。旅するときには、いつも地図を離さないで、今汽車が走っているのはここ、あの山は何という山で、この村は何村。ここからは見えないが、山のむこうの地形はどうなっていて、そこには、どういう生活があるのだということまで、いつも考えていられるのだよ」といわれた。

そんな張りつめた達人の旅など、常人につづけられるものではない。しかし、旅をしているときいつも、私はこのことばを思い出す。

しかし一面では、先生ほど旅を享楽した人も少ないであろう。温泉の好きな先生は、目的のはっきりした講演のための旅行などでも、その途中や帰り路に、必ずどこかの温泉に寄り道して、二、三日を過す計画を予定に加えていられた。この頃になってふと気がついたことだが、温泉地で先生の泊られた宿は、天皇が行幸されてお泊りになる旅館と同じ場合が多い。先生が一流好みであったというのではなくて、その温泉地で最初に建てられた、由緒古い、いわば親湯の宿に泊られたということだ。そういう宿は、たいてい温泉地のいちばん高い所にあり、湯も清冽で、風光を眺め、湯を楽しむための一等の旅館なのである。

良い宿をいち早く見つけるのは、先生の特技である。晩年、小用の近かった先生は、銀座の何丁目の角のビルの便所は、入りやすくて綺麗だということをよく知っていて、「ちょっと」といって人を待たせておいて、縁もゆかりもないビルへ駆け込んでゆかれた。それと同じで、旅館を見つけるときにも、すぐれた釣人が、川をひとわたり眺めただけで、たちまちよい釣り場を見つけてしまうような、勘のよさがあった。

勿論、たいていの場合は、予め手紙で申し込んでおくか、前晩の宿から電話をしておくのだが、稀には急に予定が変って、はじめての宿に泊ることもある。そんなとき、一見《いちげん》の客として宿の玄関を入るときの先生には、何かちょっとした気合のようなものがあったと思う。

旅に出るからといって、格別の服装をなさることもなかった。いつものハンチングを無造作にかぶり、洋傘をステッキ代りについての身軽な旅装である。その後に従う私のさげている旅行カバンにいたっては、明治十八年のコレラ流行のとき、先生のお祖父さんに親切に診察してもらったことに、深い恩義を感じていた獣皮を専門に扱う部落の人が、後に特別に心をこめて作ったという、古色蒼然たる皮カバンであった。もっとも、このカバンは皮を薄く剝いで作った、軽くてできのいいもので、先生は特別の愛著を持っていられた。

「祖父自身もそのときのコレラに感染して亡くなったのだが、部落の人たちは羽織・袴でやって来て、門口に土下座して、『先生が私どもの身替りになってくださった』といって声をあげて泣いたそうだ。養子で祖父の業を継いだ父は、祖父と違って荒っぽい人で、部落の人にも、『お前たちなど診察してやれるものか』などとどなりつけて、随分粗暴な扱いをしたけれど、『前の先生から受けた御恩を思うと、私どもは何も申しあげられません』といっていた。毎年の正月には、部落の代表が門口まで来て、丁寧に挨拶していったが、父の態度は変らなかった。とうとうあるとき、代表がやって来て、『前の先生の御恩はいつまでも忘れることはございませんが、今の先生には、これで御縁が切れたものとお思いください。今まで、私どもで、村の者の言い分を随分押さえて参りましたが、これからはそうはまいりません』と言い置いて帰った。父も、無暴な人だったからね。」と話されたことがある。

先生にとってこのカバンは、先生の出生以前に亡くなった祖父への愛著と、幼い日に見た荒々しい父の行動に対する、納得しがたい傷みのような思いとにつながるものであったらしい。旅行のときはいつも、この古いカバンのほころびを直したりして、身のまわりの物をつめて行った。

古風な宿では、玄関で宿泊費の予定を聞くことなどはしない。それでも、通されるのは、その宿で一等の部屋であった。数知れぬ苦しい旅をかさねた上で身についた、気稟のようなものがあったのだろう。

柳田先生は、そういう折口先生のかつての旅の苦しさをよく知っていられて、「短歌」の追悼号に次のように記された。

「折口君ほどの素質をもって、あれだけの熱情を古文学の上に傾けたにしても、誰でも同じ境地に達し得るかどうかはまだ少し心もとない。といふわけはあの人は大きな旅行をして居る。私も出あるくのがもとは得意だったが、身のまはりの事情が丸でちがひ、第一に本当の一人旅といふことが少なかった。折口君の通ったのは海山のあひだ、三度の南方旅行はまだ同行者もあったが、信州から遠江への早い頃の旅などは、聴いても身が縮むやうなつらい寂しい難行の連続であった。」

また、大正十五年一月、信州新野の雪祭り採訪の旅行に行を共にした早川孝太郎氏の、『折口信夫全集』第十五巻の月報(一九五五年一月)に書かれた文には、次のような一章がある。

「部落を出はなれると、にはかに空が暗くなって大粒の雪が降って来た。荷を負った老人は小さな体に、しきりに咳きこみながら追って来る。それを忌々しさうに振返りながら、益〻先に立って歩く折口さんであった。二人共さすがに疲れて居るらしかった。かうした切ない思ひをして居ること、東京の人達は知らぬだらうなど、そんな事を語り出して、旅の感傷と学問との関係を語りあった。折も折、折口さんの履いて居た赤い革靴が参ってしまって、底がガックリと口を開いて上下に離れた。誰も見ては居ない、手拭で靴に鉢巻きをした。それが夜目に白く蝶でも飛ぶやうに見える。折口さんはその時、背広の上に、和服に着るインバネスを着て居たのだ。」

このときの旅行を早川氏は、「この旅行なども今思ふと極端な自己虐待であった」と回想していられる。

こういう本当に苦しかった旅のことは、先生もあまり語られなかった。しかし、遅く着いた宿で、布団部屋に入れられたり、幾人かの連れびとと一緒に行って、床の間もない部屋に通されたりしたことは、ときに話されたし、西角井先生には、「四国では、ちり紙を買う金もなくなって、お地蔵さんから二銭借りましたよ」と言われたこともあったそうだ。

私にはいつも、旅費は予定額の倍持っていくようにと言われた。先生の若い頃、旅先から留守居役の鈴木さん宛に出された手紙には、旅行が思わず長くなって、旅費がすっかり心細くなってしまったから、至急送金してほしいと記されているものが何通かある。旅の興が深まってくると、ついつい金のことなど無視して、旅程を伸ばしてしまう癖のあった先生は、随分心細い旅も多く経験していられたにちがいない。

旅に持って行くものは割合に簡単で、着替えなどあまりやかましく言われないから、たいていの旅行の持ち物はカバン一つに収まった。ただ、どうしても忘れてならないのは薬と茶である。目薬、消毒用アルコール、クレオソート丸、虫さされの薬、何種類かの胃腸薬、液体絆創膏等々、それでも旅先で薬屋に寄ることが多かった。

茶は緑茶二、三種類と紅茶を、一度分ずつ、薬包紙に薬を包むように小分けにして持って行った。相当な旅館でも、調度や料理とつり合った良いお茶を出すところは稀であった。

しかし先生はいつも贅沢な宿ばかりが好きだったのではない。信州などへ講演に行って、なじみ深い土地の人の温かい接待を受ける、というような旅をいちばん喜ばれた。

　はじめて、先生の講演のための旅行についていったのは、二十三年の六月だった。信州松本での、長野県宗教連盟の講演会に、「神道と愛の教へ」という話をなさった。私はまだ卒業したばかりで、学生服しか持っていなかった。春洋さんの遺品の洋服を借り、はじめてネクタイを締めた。

　主催者側で用意した宿は、そうぞうしかった。講演の後は、浅間温泉の「西石川」に泊った。ここには、以前からよく泊られたらしい。宿が古風で、広い湯槽《ゆぶね》や流し場が、檜の厚板でできていて、熱い湯に身を沈めていると、白い湯あかが、ゆらゆらと浮かびあがってくるようなところが、気にいっていたのだろう。

　温泉には、一日のうち三度も四度も入られた。殊に朝、他の客が起きてこないうちに、いち早く風呂にゆくのが好きだった。温泉宿のときは、部屋についた小さい風呂より、大風呂に入ることを好まれた。

　宿の浴衣には着替えても、靴下はけっして脱がないでいられた。他人の踏んだ畳やスリッパを、素足で踏むのがいやだったのだろう。

　二十五年の十一月には、信州洗馬《せば》村の長興寺に泊って、東筑摩郡教育会西南支部のために、三日間「源氏物語」の講義をされた。先生の東筑摩郡教育会での講義は、大正八年、和田村の小学校で行なわれたのが最初で、おそらく小林謹一氏が主唱者であったのだろう。小林氏は昭和七年に亡くなられたが、そのあとを継いだ校長さんたちによって、講義は三十年以上もの間、少なくとも年に一度は松本平を中心とするどこかの村で開かれつづけてきた。このときも、食事など一切の世話は、洗馬の小学校の先生方がしてくださった。

長興寺は曹洞宗の寺で、庭の中に美しい築山があり、アララギの木の実が真っ赤に色づいていた。その築山の奥の林の中には、代々の住職の墓石がずらりと並んでいる。ある日の朝早く、先生とその墓地に入っていった。

「この寺の住職も、僕が知ってからもう三代替っているよ。先々代が啄水和尚、先代が仏手和尚といった。この墓とあの墓がそうだね。啄水和尚は気さくないい人だった。」

それから、この小暗い墓地の中に並んだ代々の住職たちの石塔を前にして、先生から聞いた話は、不思議な幽暗な、忘れ難い印象となって、私の心に残っている。それはかなり複雑な内容の話だが、すでに昭和九年に発表された「睦月の歌」の中に、そのとき聞いたのと同じ内容が記されているから、そちらの方を引用させてもらう。

「信州下高井郡の渋温泉に温泉寺がある。その前を大きな川が流れてゐる。その上流に大きな沼があり、そこから石が流れてくる。――寺には先住の墓である無縫塔といふものがあるが――その沼から、さうした楕円形の石が流れてくると、早速寺へその由を報告する。すると其寺の院主が死んで代《ダイ》替りになるといふ前兆である。その寺には現に、その川石を拾ってきて、立てた墓が裏山に二三十基もある。それを見てゐるだけでは、別に陰惨でもないが、考へ様では陰惨にも考へられるのである。何故かといへば、名高いふれざあ教授の最代表的な書“GOLDEN BOUGH”(黄金の小枝)の書き出しは、この事から始められてゐるが、それによれば、伊太利の或地方では、寺の近くの森の梢に生えてゐるやどり木に、朝日がきら〲輝いてゐるのを発見すると、今の牧師と次の牧師となるべき人と二人連れ立って森に入り、その黄金の小枝を折って来るといふのである。その話を総合すると、今の代の牧師は、次の牧師の為に、森の中で殺害されるのである。さうして次の牧師が寺をつぐのである。私は渋温泉で、この話と思ひ合せて、何となくいやな感じにとらはれてゐた。ともかくも、さういふかくれた習俗は、持ってゐないかも知れないが、日本にもさういふ事があったといふ事だけは、いはれる。即、何かの現れを、代替りの前兆だと信じたことだけは訣る。」

この洗馬村の長興寺の住職の代替りについても、渋の温泉寺のような前兆らしいものがあると、洗馬村の人が伝えて来たわけではない。ただ、代々の住職の墓が丸い頭が並べて冷たく光っている長興寺の朝の墓地にいて、知りびとの、先代、先々代の和尚のことを考えているうちに、先生の心に幽暗な連想が実感を伴って湧きおこって来て、私に話してくださったのにちがいない。何の感情もまじえないで、一つの興味ある学問の上の事柄として語っていられる先生の話を聴きながら、私は次第に背筋が冷え冷えとしてくるのを感じていた。木の雫のしたたりを受けて、しっとりと濡れている住職たちの無宝塔の一つ一つが、異様ななまなましさで、目にそばだって来た。

先生の話は、何十人という学生が机を並べている明るい教場で聞いていても、ときとして、急にあたりがしんしんと暗くなって、あやしい雰囲気のたちこめてくるような気持ちにさせられることがあった。格別、話術がうまいのでもなし、調子を張って話されるのでもないのだが、河童の話や座敷童《わらし》の話など、みな、そんな気持ちにおそわれながら私は聞いた。殊に、東北の寒村などで、親が間引いて闇に葬った幼児の霊が、雨の降る日に、家にあがって来て、姿はないのにひたひたと、濡れた足跡だけを縁側に残してゆくという「若葉の霊」の話などは、ただでさえ陰惨な話なのに、先生の口から語られると、魂の細るような思いがした。

まして今は、先生と二人きりで、暗い木立ちの中の墓地に立っているのである。怖さのなかで、私の心は奇妙に冴えとおっていた。

そして、旅の途上で、机上の知識から実感的に新しい発見をたぐり出してゆかれる先生の、鋭い感覚と思考の秘密を、ひそかにかいま見ているような気がしてならなかった。

この寺で、人に乞われて色紙に書かれた即興の歌に、次のようなのがある。

ふか〴〵と苔をかづけり墓のぬし啄水和尚にわれゆかりあり
山越えてしづけき村に帰るらし人のこゑする寺山のすゑ
はたとせへて寺にいたれば和尚たちふたつの墓とならびたまへり

啄水和尚の手作りのお盆というのが出石の家にあった。もう真っ黒に古びてしまっていたけれど、来客に食事を運んだりするときには使っていた。大根か何かの素朴な図柄が、和尚の手で刻まれた、大きなお盆だった。

先生は、こういう世襲とは違った形で、代々の法灯を伝えてゆく寺の住職の交替というものに、早くから特別の気持ちを持っていられたのかもしれない。

大和当麻寺、中ノ坊の住職松村実照氏が、先年私に話された。

「折口先生という方に、私がいつも心ひそかに感銘していたのは、こういうことです。あの方は、ずうっと昔、中学生の頃から、この当麻寺へ何べんでも来られて、私の先代の住職に深く接していられました。その先代に接するお気持ちを、そのまま、後を継いだ私の上に持ちつづけていてくださいました。私も小学生のときからこの寺に入って先代に仕え、その後を継ぐようになったのですから、先生のそういうお気持ちはようわかります。寺へはいろいろえらいお方も来られますが、ああいう方はございませんな。」

この住職の話は、表面の交際だけのことではなくて、私などにはまだよくわからない、若い頃からの先生の心の底にあった。宗教的なものに触れてのことばであるような気がする。

ある日の夕食ののち、先生からまた、こういうことを聞いた。

「中学の二、三年の頃、仲よくしていた友達が急に学校に出てこなくなった。武田(祐吉氏)がやってきて『このあいだ君は、あいつと剣道の真似をして叩きおうたやろ。あのとき君の叩いたのがもとで、あいつは肋膜炎になって死ぬかもしれん』と言った。そのことが心配で心配で、毎日、町の稲荷さんや神社、お寺を拝んで回って、どうか死にませんようにと祈った。しまいに激しい宗教心が湧きおこってきて、あのままいったら、ほんとうの宗教家になったかもしれない。十日ほどしてその友達は元気に学校に出て来た。聞いてみると、盲腸炎を手術したので、僕と叩きあったのが原因でも何でもなかった。武田にすっかりだまされたんだけれど、あのときは真剣に考えたね。」

誰の体験の中にも、一度や二度ありそうな話だが、それに対する先生の行動はかなり激しいものがある。中学二、三年頃から国学院在学時代にかけての先生の心にあった、宗教的なものへの傾倒の激しさは、なみなみのことではなかった気がする。

先生が国学院の学生として上京して、しばらく身を寄せていられたのは、新仏教家、藤無染氏の下宿先だったと、自撰年譜には記されている。藤氏の名はその年譜に一度出てくるだけで、経歴や先生がどういう接し方をされた人なのかは、まったくわからない。当麻寺の先住などにも、中学生の頃からあるいは格別の深い宗教的な心で、接していられたのかもしれない。先生自らはけっして、語られなかったことだが、先生の伝記のなかで、心ひかれる不可解な部分の一つである。

「釈迢空」という筆名でもそうだ。兄の進さんがつけたとか、願泉寺の住職がつけたとか、生前からいろいろ説があったけれど、先生自身がそれについて真面目に説明されたことは一度もない。そんな簡単なことから筆名がついたのなら、先生もこだわりなくそれを認められたのではなかろうか。筆名の由来を尋ねられるたびに、体の厭なところに触れられたような顔をして口をつぐんでいられたのは、名の由来が、若き日の心の深奥につながっていたからではないか。

先生の十三回忌に、菩提寺願泉寺の供養に列して、暗い本堂でのおつとめの行なわれているあいだ仏前に置かれた位牌の戒名が、筆名そのままに「釈迢空」となっていて、その金文字がいかにも落ちつきを得た感じで、御灯《みあかし》のかすかな揺れを受けて光っているのを見て、私は何かはっとさせられた。ここにも、解けない先生の謎が一つあったという気持ちがしたのである。北原白秋は先生を評して、「黒衣の旅びと」と言った。先生が常に陰欝な気分を身辺にただよわせていられたわけではないが、しかも、ときとして、その学問の上に、作品の上に、そして生活の中に、じわじわと地から湧き出してくる霧のようにおおいかぶさってくる、あの、幽暗な影は、一体何であったのだろう。その点で、私にはまだわからない部分が多いのである。

さて、あれほど旅行の好きだった先生も、晩年にはその喜びが浅くなってしまったことをときどき歎かれることがあった。

亡くなられる年の早春のことである。その頃しきりに出かけた、一日か半日の小旅行に発つために、大森駅で電車を待っていた。朝の陽ざしが、ホームにも、銹色に赤茶けた石垣にも、淡々《あわあわ》とさ

していた。先生は独りごとのように、

「旅に出る朝の心躍りすら、もう感じなくなってしまった。昔はこんなではなかったのに。」

とつぶやかれた。そのときの顔の深い翳りは忘れられない。先生にとっていわば残された唯一の至上の楽しみであった旅の朝の感激すら、乏しくなってしまったことは、どんなにむなしいことであったろうかと思う。それでも、何か異様なほどの興味をもって、亡くなられる年の春、何度も何度も出かけて、晩年の先生の心をわずかに楽しませた小旅行については、少し後で述べることにする。

十三

二十五年の暮れ近くなったある日のことだった。

「君も卒業してもう四年めになるね。実は国学院の神道研修部で、作歌の指導をする人が要るらしい。『鳥船』の者から誰か適当な人をということなので、伊馬とも相談して、部長の西角井君に君のことを頼んでおいた。来年からになるか、再来年からになるか、まだわからないが、春洋もはじめて受け持ったのは、研修部の作歌指導だった。いまから、そのつもりになって、一層歌にはげむようにしなさい。」

といわれた。

それから幾日かたってからだった。入れ替り来客があって、先生が忙しくしていられる研究室へ、西角井教授が入って来られて、先生としばらく話をしていられたが、帰りぎわにふと思い出したように、

「そうそう、この間の岡野君の話、決まりました。来年度からやってもらうことになりました。」

といって、私のほうにもなごやかな笑いをちょっと見せて、部屋を出てゆかれた。

このあいだ先生の話された、研修部のことについてのお返事だなと私は思ったが、先生は来客のほうに気をとられていられたのか、西角井教授に対して、短いうけこたえをしたまま、すぐ客との話に移られた。

その日の夜、出石に帰って、先生が机の前に坐られてから、手をついて、お礼のことばを申しあげた。

ところが、先生は私が何のことをいっているのかわからない、という顔つきで、きょとんとしていられる。あのときの西角井教授のことばが先生には通じていなかったのだ。私が研究室でのことを説明すると、

「いま、君の説明を聞くまで、僕には何のことかわからなかった。なるほど、西角井君が帰りぎわに、何か言ったような気もするが、そんな大事なことだとは思わなかった。それなら、西角井君に、僕からお礼をいわなければならなかったのに……」

話していられるうちに、先生の顔がだんだんきびしくなってくるのがわかった。

「それにしても、君は心の重苦しい人だね。研究室では客もあったし、学生たちもいるのだからさしひかえていたのはわかるが、そのあと、二人きりで同じ電車に乗り、同じ道を歩いてきているのだろう。なぜもっと早く、よろこびの気持ちを表現できないのだ。そんな、心の淡い人は、僕は嫌いだ。研究室を出てから、恵比寿駅に来るまでの間に、君の素直なよろこびのことばが聞きたかった。君が家へ来てまる四年になる。そんな淡々しい気持ちで僕に接している人と一緒にいたのかと思うと、言いようのない厭な気持ちにさせられる。」

先生の言われることはよくわかった。そしてこんなとき、私が何かを言うことは、先生の憤りを一層はげしくすることも十分承知していたけれど、私も言いたい心を押さえることができなかった。

幼い頃からの私の家の躾では、こういう折り目切り目をつけなければならぬことは、きまって父親の前に坐って手をついて、言わせられた。それまでは、母や兄弟にも告げてはならなかった。道の途中や電車の中で言ったのでは、その折り目切り目がつかないような気持ちがした。それに、西角井教授のことばが、先生に通じていないことに私は気づかなかった。先生もそのことを知っていられて、やはり途上では口にお出しにならぬのだと思っていた。

私の弁解は、やはり先生の怒りをさらにはげしくした。

「そういう形骸にとらわれたそらぞらしい礼儀を、僕がどんなに嫌っているか、まだ君にはわかっていないのか。そういう君の説明を聞いていると、君の心がもっともっと卑劣なものにみえてくる。いったい、西角井君のあの短いことばで、納得がいくというのが不思議だ。今日はじめて聞いたのではなくて、もっと前に君は西角井君から知らされていて、僕にかくしていたにちがいない。そう鈍感でない僕に理解できなかったことばの内容を、そばで聞いていた君がすぐに理解できるはずがない。前に聞いて知っているから、素直なよろこびが表現できないのだ。」

こういうときの先生の心は、怒りの故にいよいよ鋭くなり、きわめて機敏に回転する。そして、相手の心理を複雑に拡大して、相手がそういう行動をとった原因について劇的な構成を築きあげてゆく。声は低いけれども、心をえぐるようなはげしいことばが矢つぎ早に口をついて出る。ひとこと弁解すれば、それがたちまち、のっぴきならない反証になって身にはね返ってきて、こちらは、先生の繰りだされる緻密な論理の糸の中に、身動きもできない形にしぼりあげられてゆく。

坐高の高い先生がしゃんと背を立てて坐って、上からひたと眼を見据えてものを言われるから、こちらも眼をそらすわけにはいかない。その眼が、怒りの深まりとともに、ほんとに燐の火のように燃えるのである。その眼の恐ろしさに耐えかねて、中途半端なところでおわびを言うと、先生の劇的な推理をすべて認めたことになってしまうのだ。

よろこびを素直にあらわせなかった私の形式主義の卑屈さはよくわかったけれど、先に話を聞いていて、先生にかくしごとしていたといわれることだけは、どうしても承服できなかった。

五時間あまり、夜中の二時過ぎまで、先生とむかいあって私は坐っていた。とうとう先生は、

「僕のいったことも大体わかったようだ。残りはもう一度、明日考えてみよう。」

といって、手洗いにゆき、二階の寝室に入ってしまわれた。

翌朝、二階の雨戸をあけにゆくと、

「強情っ張りのおっさんは、昨夜《ゆうべ》はとうとう寝なんだらしいな。」

と、なごんだ声でおっしゃった。

しかしこれが、三十代、四十代の先生であったら、とてもこんな程度の怒りではすまされなかったはずである。先生が自分の怒りを詠まれた印象深い歌が、歌集『海やまのあひだ』にある。

除夜の鐘つきをさめたり。静かなる世間にひとり　我が怒る声

大正の五年の朝となり行けど、膝もくづさず　子らをのゝしる

「自歌自註」によると、それは次のような怒りであった。

「大歳の夜、吹き出した微風に、ぎい〳〵と音のする赤門前の昌平館の三階に、年を送る晩だといふので、早く寝た者のほかは、起きて上野・浅草の鐘の鳴るのを待つてゐた。そのうちどの寺

かで撞く除夜の響きが聞え出した。かういふ場合に最几帳面なのは、鈴木だから、おそらく此時も金太郎がしたのだらう。私の前に坐り直して、『先生おめでたうございます』その声につれて、伊勢清志・伊原宇三郎、近い第一高等学校の寄宿舎から、休暇を取って正月をしに来てをった萩原雄祐などが、その語をついで『おめでたうございます』と言った。其時私の発した怒り声が、此歌にまだはりついたやうにして聞える。若い素直な心は、私の言ふことを尤だと思ひ、圧迫を感じながらも、正しいことを新しく聞いたと思ってゐたらしい。併し、その真面目な顔が、一層私の怒りを激しくした。口は極めて静かで、論理は意地悪く澄み切ってゐた。正月をめでたいといふやうな伝襲的《コンヴエンシヨナル》な考へを、若い者は口にする必要はない。さういふことを思ふのが間違ひだし、思はないでも言はないでもいゝ世の中になるやうに、しなければならないお前達が、『おめでたうさま』としんから言ってゐるのが残念だ。出発点はそれでも意味はあったのだが、段々言ひすゝんでゐるうちに、私自身も、何だか理を非に曲げて、若い心をねぢ曲げてゐる気のして来たことを覚えてゐる。」

正月になったとたん、几帳面に師の前に手をついて「おめでとう」を言う若い教え子の心を、伝襲的な卑屈さだとして怒る先生の思いの底は、先生自身のその頃の窮乏に耐えた厳しい生活と関連させて考えないと、よくわからないのだ。そして、実は三十五年後の追憶の中で述べられたこの「自註」には、地理的、時間的な錯誤がある。

大正四年の夏には帰郷して家人に窮状を訴え、大阪に帰ることを条件にして、つぎつぎに先生をたよって上京してきた教え子たちの分も含めた下宿の立て替え金五百円の支払いを長兄や叔母に頼み、十月にはいよいよ東京を引きあげるつもりで、昌平館の生徒を転宿させてのち、小石川金富町の鈴木金太郎氏の下宿先に一時身を寄せ、そのままいついてしまわれることになるのだ。
だから、大正五年の正月を迎えたのは実は金富町の下宿でのことである。

そういう記憶の違いはあるにしても、この文章には、先生の怒りの様子がよく出ている。「口は極めて静かで、論理は意地悪く澄み切ってゐた」にちがいない。弟子の言う一切の弁解や主張を容赦なく論破し去って、じりじりと、相手の心を焼き尽してしまうような、はげしい呵責のことばの流れが感じられる。先生自身は、三矢重松先生の血走った大きな憤りの眼の怖さをいわれたけれど、折口先生の眼は、怒りが深まれば深まるほど、澄みに澄んで蒼く燃えるのであった。

先生の怒りはいつも、相手の現在の時点での過ちを叱るというより、先の先を見通しての叱責であったように思う。相手の心理を複雑に拡大した言い方も、その心の底にある小さなひずみにレンズを当てて、拡大した形で相手に見せてさとらせようとしていられたような気がする。

怒りを浴びているときは、不当なことのように見える先生の論理の網を、どうにかしてつき破ろうつき破ろうとしているからよくわからないのだが、後になってしずかに考えると、胸の底に納得のいくことがあった。

大正十一年の「零時日記」の二月二十三日の条に、『神の憎み』を抱く事が出来ない。だから、我々の感情はいつもをりを持って居る。一挙にすべてを破壊する事の出来る怒りを、我々は欲する」ということばがある。前後に脈絡のないただこれだけのことばだから、いろいろに解釈できようが、先生の怒りが後になっていかにもさわやかな感じがするのは、その怒りの純粋さと激しさの故であったと思う。

先生の生活に、ときとして教育者の臭みや、厭みがあったという人もある。必要なときには人を見て法を説かれることもあったろうけれど、稀に発せられる本当の怒りの中には、もやもやとした澱《お》りがなかった。怒りの過ぎたのち一挙に心すすがれたようなすがしさのなかで、詩人の純粋さと、宗教者の奥深さを、その怒りの底に感じないわけにはいかなかった。

これまでのこの文章で、私はたびたび「先生に叱られた」という言い方をしてきたが、それは、同じ家にいる者に対する、先生のお小言や注文のようなもので、怒りというものではない。怒りをうけたのはこのときがはじめてで、この後も、ほかの人に注がれた怒りの場に居合わせたことはあるが、私が怒られたことはなかった。晩年の先生は、怒りが少なくなっていた。性格が円満になられたからだ、などとはいいたくない。気力よりは、むしろ体力に欠けてこられたのであったろう。それだけに、私にはたった一度の、かけがえのない思いである。

研修部の講師になってはじめて講義をするという日の前夜、もうだいぶん夜が更けてからだった。なにしろ、はじめて教壇に立つのだから、念には念を入れて作ったノートをひろげて、も一度読み直していると、

「さあ、明日の講義の口述をしてあげるから、ノートを持っておいで。」

という声が、隣の室からかかった。全く予期していなかったことだった。先生はいつもの口述筆記のときのような調子で、はじめて歌を作る者に必要な心がまえについて述べてゆかれる。一時間あまりで口述が終ると、

「教場で講義するつもりで、それを読んでいってごらん。研修部は五十分授業だから。」

といって、はずしてある腕時計をとりあげて、時間を確かめられた。先生はいつもの癖の、ゾリン

ゲンの鋏を頬にあてたり、爪を摘んだりしながら聞いていられて、「歌はかならず二度繰り返して読んで」とか、「も少し声を張って」とか注意してくださる。最後まで読みあげてみると、十分ほど時間が余ってしまった。

「明日はもっとゆっくり話します。」

というと、

「いや、それは駄目だ。教壇に立つと、ゆっくり話しているつもりでも、つい速くなってしまうものだ。もう二十分ばかり話すから筆記しなさい。」

追加の口述が終って、はじめからもう一度読み直して、「まあ、それでよかろう」ということになった。

次に先生は、教壇に立ってはじめの間は、思いつきで黒板に字を書いたりすることをけっしてしないこと、教壇からの眼の据え所に気をつけなければならぬことなどについて、こまかな注意をしてくださった。

はじめの年は歌や文章を作らせて、添削し批評して返すのが主だったから、講義することは割合少なかった。

その頃の研修部の学生には、大層なお年寄が何人かまじっていて、いつもいちばん前の机で、ノートを取らないで一時間中じいっとこちらの顔ばかり真剣に見つめている人たちがあった。白い鬚をはやしたその顔が眼につきだすと、一体こんなお年寄に、自分などが何を話すことがあろうか、という気がしてくることがあった。先生にそのことをいうと、

「うーん、そういうのは話しづらいね。だから最初のときに、視線は後の壁際の学生の頭のあたり

に散らしておくのがいいといったろう。しかしまあ、学生ひとりひとりの顔が気になりだしたのは、馴れてきた証拠だよ。」

とおっしゃった。

二十七年には、「源氏物語」の「桐壺」の巻を講義することになった。これはもう毎週、講義の前日にきちんと一時間分を、口述していただいた。

先生の仕事がいそがしくて、時間がとれなくなってくると、

「桐壺の巻は長恨歌の知識がないとわからない。二、三時間かけて長恨歌を講義しなさい。電車の中でも、歩きながらでも口述してあげるから、君の筆記しやすいように、小型の手帳に、長恨歌の原文を二行あきくらいに書いておくといい。」

といわれる。先生は長恨歌を全部暗記していられて、道を歩きながら、口から流れ出すように講義をしてくださった。二十八年は「玉かつら」の巻を講義した。

こうして、先生のいらっしゃった間の私の講義は、その隅々まで全部、先生の口述の口うつしなのであった。これはありがたいことだけれど、実はかなり苦痛なことでもあった。教場で話していて、ふっとそのことが気になりだすと、ノートを眼で追ってゆきながら、心がふさいできてならなかった。そして私は、予科の教場で「伊勢物語」を教わった春洋先生のことを思い出した。あまりノートから顔をあげないで、しずかな声で単調に話をつづけてゆかれる春洋さんの顔も、ときどき、鬱陶しい翳りを見せていることがあった。

春洋さんの残されたノートや、加藤守雄氏の話をうかがっても、先生が、家にいる弟子に対して、その講義の一字一句にいたるまで、こまかな神経をゆきとどかせていられたことがよくわかる。先

生のことだから、ときどきそういう弟子の心にきざす憂欝さもすっかり知り尽していられたにちがいない。

「今日はここまでにしておく。もし、時間が余っても、そこで講義をやめておしまいよ。自分の考えを述べて、時間をつなごうなどと考えるんじゃないよ。」

口述のあとで、こちらの心の底を見すかしたように、おっしゃることがあった。

とてもそんなことが言えるものではなかったが、もしそんなときに、「いつも先生の口うつしばかりで話しているのでは、こちらもいやになってしまいます」とでも言おうものならどうなったろう。おそろしく苛烈な、そして神のような自信にあふれた先生の怒りのことばが、口を衝いて流れ出てきたにちがいない。

しかし稀にはふっと、いっぺんそれを思いきって言ってみたいものだという、天邪鬼な誘惑が、ひそかに心の底で頭をもちあげることがあった。

十四

二十五年の関西旅行ののち、神経痛はすっかり先生の持病のようになってしまって、冬の間や梅雨どきには、随分苦しまれるようになった。

二十六年の正月三日、歌舞伎座のこけら落しの日も、先生は家で寝ていられて、私が夜の部の招待状をもらって代りに見に行った。昼の部を見終って劇場の階段を下ってくる人々のなかに、輝くような白髪、血色のいい顔色の長谷川如是閑氏の姿が眼についた。氏が先生よりも十以上も年上のはずだと思うと、先生の健康のことが気にかかって仕様がなかった。

それでも、二十六年の先生は、ときどきおこる手足の痛みをこらえながら、慶應と国学院の週四日の講義や教授会にもよく出られたし、日本学術会議・文化財保護委員会・国語審議会・ＮＨＫ宗教放送委員会、さらに、宮中御歌会・明治神宮献詠歌会・毎日出版文化賞委員会・読売文学賞委員会など、さまざまな会合にほとんど連日出席していられる。

一月二十五日には、国学院の授業を早めに終って、四時から始まるはずの「北原白秋を偲ぶ会」に出席された。出席者の顔がそろって会が始まるまでに、一時間半も待たされた。

席上、井上康文氏の話。後に井上氏の妻になった人の家で、井上氏の身元調べを、小栗風葉の弟に頼んだ。そこで、風葉から秋声に、秋声から白秋に問い合わせの手紙が出されて、白秋の返事がよかったので、縁談がまとまった。

矢代東村氏の話。白秋はよく外泊して遊ぶことがあった。家へ帰ると、「昨夜は矢代のところへ泊ってきた」といって言いのがれをしていたが、矢代氏との連絡がとれていなかったため、ある日それがすっかり白秋夫人に露見してしまった。

先生の話。白秋は酔っぱらうと、人のそばへにじり寄ってきて、迷惑がることを考えないで、夢中で人の体を揉みながら話をする癖があった。

先生の手真似がよく似ていたらしくて、隣席の北原菊子夫人をはじめ集まっている人々が、声をあげて笑った。

四月十三日には「三田文学」の主催で、「鉄幹・晶子を偲ぶ講演会」が読売ホールで開かれて、先生も講師の一人だった。六人の講師が三十分ずつ話すという講演会だったが、佐藤春夫氏・久保田万太郎氏・小島政二郎氏の三人が、期せずして同じ事柄についての話になった。佐藤氏と久保田氏、久保田氏と小島氏の間にそれぞれ別の講師がはさまっていて、自分の時間間際に講師席に姿を現わした久保田氏と小島氏は、一人おいて前の講師が何を話したかを御存じなかったからであろう。話の内容は、慶應義塾の沢木四方吉教授が、国文科の教授としてふさわしい人を、鷗外のところへ相談にゆくと、鷗外は晶子をすすめた。ちょっと意外だったので、も一度、奥さんのほうですかと聞き返すと、言下に、そうだ、主人のほうには何事も聞く興味は持たぬ、と言った。しかし結局は晶子が夫を推薦したので、鉄幹が教授になった、という話である。

私には、三人三様の話しぶりが面白かった。佐藤氏はきまじめに、一部始終を話し、久保田氏は要領よくぱっぱっぱっとかいつまんで、鷗外のことばのところで話を切ってしまわれた。小島氏は、巧みなきめこまかい話術で三度目に聞く話だという感じをおこさせなかった。

先生は、歌においては晶子よりも鉄幹のほうがすぐれていたことを作品をあげてこまかく話された。前々から先生は、人間としても鉄幹のほうにより複雑で深いものを感じるといっていられた。

会が終ってのちの帰り途で、先生から聞いた話。

「戦前、たしか、日本詩歌懇話会という会があった。俳人は結社も多くてうるさいから、詩人と歌人との集まりにしようということになって、僕もその設立の相談を受けた。会の規約をつくることになって、案文が配られてきた。読んでみると何かもって回ったような文だ。隣に掛けていた佐藤春夫に、『この文章は、いかにもまずいですね』といったら、佐藤春夫は椅子にふんぞり返るように向き直って、『それは僕が作ったものですが……』といった。しまった、と思ったね。言うにこと欠いて文章の大自慢に、人前でひどいことを言って怒らせたものだと思った。でも、頬をふくらませ、口をとがらせた佐藤春夫の顔は、子供が自分の得意をけなされたことに抗議しているような愛嬌があって、僕も素直にあやまったよ。あとあと、そのことであまり僕を恨みに思ってはいないようだね、思われても仕様がないんだが。佐藤春夫は気むずかし屋で、室生さんとも仲が悪かった。

　そういえば、この会の会計をやったのが室生さんだった。あるときの会の席上、帳簿の金額のことについて、白秋が何か文句をつけた。室生さんは、いかに詩の先輩でも、そういう推測した言い方はひどいと言って怒った。こんな点では白秋は、自らの卑劣さを示すような、つまらないところがあった。」


　六月の中頃は、また神経痛で苦しまれた。皆で一度精密な診断をお受けになるようにすすめた。ちょうどその頃、慶應病院の事務長の頼みで、病院の女子職員の短歌の指導に行かれることがあった。そんな関係で事務長の計らいもあって、七月十六日に慶應病院で精密検査を受け、さらに院長の大森博士にも診断を受けた。病院を出てから、先生は、

「予診の若い医者が、性病の経験はおありですか、といってたずねたよ。不愉快だね。」

「口や咽喉にいろんものを不遠慮に入れるけれど、あれは一人一人きちんと消毒するのかね。」

などと、不機嫌だったが、その日の検査の結果は、血液・血圧・血沈・尿など、いっさい異常はみとめられない、ということだった。

　後から考えると、あのとき、消化器系統の検診をもっと厳密に受けられるようにすべきだったと思う。しかしそれからしばらく後に、武田祐吉先生が肝臓を悪くして入院されたのをお見舞いに行ったことがある。胃液を取るために口から入れた管の先を、鼻の脇に絆創膏でとめたまま、ベッド

に横たわっていられる武田先生の枕もとに、およそ十分ほど、ほとんど口をきかないで、立ちつくしていられた。友人の苦しそうな姿を見てよほど大きな衝撃を受けられたにちがいない。

「武田もかわいそうに。家族がいるから、強いられてあんなむごい検査を受けさせられている。僕は死んでもあんなひどい目にはあいたくないね。」

そんなふうに、つくづくとつぶやかれた先生だった。胃液検査などすすめても、頑強に断わられたにちがいない。それを押していうのは、やはり血肉をわけた家族にだけしかできないことであったような気がする。しかし、せっかく精密検査を受けながら、もう一息、こまかなところに気のとどかなかった私どもの心の浅さが、口惜しく省みられるのである。

二十七年の一月二十九日、国学院の研究室へ、朝日新聞社会部の牧田茂氏から電話があって、硫黄島の戦死者を供養するために、元海軍大佐和智氏の一行が明日飛行機で出発することになった。朝日・読売・毎日三社の記者も同行するから、何かお役に立つことがあったら、島へ行く記者に頼むからということである。先生は短冊に春洋さんを悼む歌を書いて、春洋さんの陣地があったと推定される東海岸の砂の中に埋めてもらうように頼まれた。

三十一日の夜、先生は同窓の橿原神宮宮司の高階氏に頼まれて、紀元節復活のことで、文部省宗教課へ行かれた。紀元節については、池田弥三郎氏が『まれびとの座』に先生のことばを、次のように記していられる。

「――紀元節の復活が別に封建制の復活でもなかろう。節というのは問題かも知れないが、神話節でも伝統祭でも、言い馴れて気持ちのいい名がいい。われわれの生活の久しさ、生活の根底の深さを思って、われわれがすっかり失った自信を回復しようとするのに、反対するのはどうかしている。国の始まった記念の日を仮に設定して持ちたい。昔はそれがはっきりしていると不反省に思っていたのが、今それがはっきりしていない、というだけのこと。」

だから、記念日そのものには反対であったわけではないが、一方では、神職が白衣を着て街頭を行列するような復活運動には反対であった。

「ああいう連中が、あんな形で運動をするから、敏感になっている国民が、紀元節と戦前の体制の復活とを結びつけて考えるのだ。」

と、怒りの表情を示された。

高階氏の依頼にもあまり気が進まない様子だったが、「学生時代からの友人だからね、あんなに頼まれれば、断わるわけにはいかないよ」といって出かけられたのだった。

宗教課の隅で、課長室に入られた先生を待っていると、牧田さんから電話がかかってきた。いま出た読売新聞の夕刊に、硫黄島の洞穴で発見した書類の写真が出ていて、それに春洋さんの名が、はっきりと読みとれるということである。早速、文部省の玄関へ出て新聞を買ってみると、ぼろぼろになった考科表副本の氏名欄に、藤井春洋という筆の字が、あざやかににじみ出ていた。

早く先生にお見せしたいのだが、課長との会談は、さっきから予定の時間を越えて長びいている。この夜先生は、も一つ別の会があって、そのほうの約束の時間も過ぎていた。

やっと出てこられた先生を待ちうけて、次の会場にゆくタクシーの中で、ルームライトをつけさせて、先生に新聞を見せた。室内灯の乏しい光でも、写真の春洋さんの名前ははっきりと読みとれた。

その翌日、島の砂と、島の植物の葉をとどけてくださった牧田さんに頼んで、硫黄島へ行った読売の記者窪見氏と会う機会を作ってもらうことになった。

窪見氏に逢ったのは、六日の夜のことであった。以下、窪見氏の話。

○飛行機で上から見た硫黄島は、島の南端の、摺鉢山だけが、火山島らしい形で盛りあがっていて、他の部分はまるで飛行場となるためにできたような平坦な島である。米軍の手によって、表面だけは平和な島のような外観が整えられてはいるが、一歩島の上におりたってみると、この島の戦いの言語に絶した激しさが、ひしひしと感じられた。砂鉄のようになった砲弾の破片で、黒く色が変ってしまったのだという海岸の砂を、ちょっと掘れば、砲弾の破片がそのままころがり出してくる。これは、単なる記者としての感情で仕事をすべきではない、この島のもつかなしみを、何とかして、日本の人々に知らせたいと思った。

○摺鉢山の下の西海岸陣地は、敵の攻撃を最初に受けて駄目になった。この書類の発見されたのは、北の元山村のあたりの洞穴である。西海岸の陣地をすてて、ここに移ったのではないかと思う。

○西海岸の陣地の洞穴は、今なおほとんど手をつけないまま残っている。これは非常に粗製の手榴弾をもったまま、沢山の兵士が亡くなっているので、その手榴弾が危険で入って行けないのである。

○洞穴は少し入ると、にわかに急勾配で下っていて、さらにその下はジグザグと不規則に曲っている。これは砲爆撃の爆風を防ぐためであろう。通路の両側のあちこちに、ちょうど人間がひとりかがまって入れるくらいの穴があいていて、そこで爆風から身をよけられるようになっている。しかし、しばらくそこにじっとしていると、背中が地熱で耐えられなく熱くなってくる。この洞穴は、最初中隊別で掘っていたが、それでは駄目だというので、小隊さらには分隊別で掘るようになった。だから、隣の分隊がどんなふうに掘ってくるのかわからず、偶然、隣分隊の壕とぶっつかった場合は、そこに通路がもうけられた。したがって壕は一つ一つ違った形に掘られていて、思いがけない横道ができている。

○壕の中で戦った人は、火焔放射でやられたというよりは、むしろ、猛烈な砲爆撃の衝撃で、窒息したようになって、意識を回復したものだけが壕をはいだして、他の安全な所へ移るというふうであったようである。

○考科表は記者がみつけたのではなく、アメリカの屑鉄会社の下請け仕事をしている、高野建設の労働者がみつけてきたもので、今もその事務所に保管してある。火にやけたのではあるまいが、硫気と風化のために、紙の半分はぼろぼろにくずれてしまっている。われわれも他の壕で藁半紙の束をみつけたが、手に取ろうとすると、たちまち灰のようにくずれて、白い埃が手について残るだけであった。考科表の名前の字は一枚一枚違っているから、あるいは自分で書かれたものであろうか。われわれはそうした遺品を集めて持って来たかったが、許されなかった。

○全員玉砕したといわれた後もなお生きていた人たちが、千二、三百人はあったらしい。さらに一年後まで生きていて、敵にとらえられた人が、百五十人ばかりあったが、皆ハワイや米本国におくられて、調べられた後、二十一年から二十三年にかけて日本へ帰って来ている。

しかし、それらの人々は、ほとんど硫黄島の生残りだということを人に知らせないでいる。稀に今度の報告講演会などの後で、親にも子にも島の状況はあまりに凄惨で話せないが、あなたの話を聞いて、このまま黙ってはいられなくなったといって、島の状況を断片的に告げてくれる人がいる。だがそれらの人も、住所や氏名は告げてくれなかった。やがては、私たちの手でもう少しまとまった記録を集めることのできるときが来ると思う。
○今度の発表でさえ、外人の間では過激であるとして、一部でやかましくいっているようだ。今度のくわだても、和智氏などが行くのに、報道関係者が行けないのは、いかにも片手落ちだとせまって、やっとあの短い間の訪問が許されたので、今後は国民の大きな力で、遺骨の収容がなされなければならないと思う。

窪見氏の話は、こうして整理してみると、要領よく、的確に島の状況を伝えている。しかし、先生も今までに出た書物や、春洋さんの部下であった矢部氏の話や、記録映画などでかなりくわしい知識を持っていられて、うなずいたり、質問を出したりして、話は進められたのである。

その夜、家に帰ってから、いつものように春洋さんの写真の前の湯呑にたっぷりとお茶を注いでのち、先生はしずかに話された。

「いままで、春洋の戦死について、一片の通知書や、形ばかりの遺骨を受け取っても、どうしても心に納得がいかなかった。今日はじめて、春洋は硫黄島で戦死したのだということを、心の底から信じることのできる気持ちになった。そしていままでにない、心のしずまりを得ることができた。もしできるなら、いつか硫黄島に渡って、春洋の死んだ洞窟に入っていって、自分の眼でその跡を確かめてみることができたら、さらに心が落ちつくことだろうね」。先生の声は、ちよっと意外に思われるほど、しずかに明るく、なごんでいた。

先生の小説「死者の書」は、岩窟の中の大津皇子のよみがえりを描くところから始まっている。そして、未完のまま終った「死者の書続篇」には、死後もなお鬚や髪の伸びるという空海上人を安置した、高野山の開山堂を開こうとすることが描かれている。

先生がもし戦後における「死者の書」を書かれることがあったら、それはまず、春洋さんの亡くなった洞窟にみずからが尋ね入って行かれるところから、書きはじめられるにちがいないと、その夜の先生の話を聞きながら、私は思った。

二十七年の一月二十日、先生は伊勢神宮の献詠歌選者として、戦後再び伊勢へゆかれることになり、私もお伴した。伊勢神宮奉賛会会長の宮川宗徳氏、神宮少宮司の秋岡保治氏がともに国学院での同級生だったから、健康のすぐれない先生も、何となく心やすい気持ちで引き受けられたのだった。

伊勢へ着いた翌日、秋岡氏が、敬神家のお婆さんで按摩の上手な人がちょうど来合わせているから、揉んでもらいなさいとすすめられて、按摩をしてもらうことになった。年のわりには不思議なほど肌のつやつやした小肥りの婆さんで、言うことばのはしばしに、宗教的な気分がただよった。おそらく世間で、おがみさんといわれているような人であろうと思った。揉みだして二十分ほどすると、先生は珍しく、いびきをかいてぐっすり眠り込んでしまわれた。婆さんはなお揉みつづけながら、「このお人は不思議なお人ですな。肌はまだ四十代の若さなのに神経は随分と疲れてられますな。こんなに神経をきつう使われる人にはいままで逢うたことがありません。そばについている人が十分気をくばってあげんといけませんな」と私に言った。揉みおわって後も、先生はよく眠っていられた。

帰る日の朝、秋岡氏に頼まれて色紙に即興の歌を書かれた。旅先で色紙や短冊を頼まれるのが嫌いだったが、橿原神宮の高階宮司や、伊勢の秋岡少宮司などのように、古くからの友人に頼まれると、「神主は欲張りやから何枚でも書かしよるなあ」と口ではえげつないことを言いながら、紙をさし出されるまま、何枚でもたのしそうに、新しい歌を書いてゆかれることがあった。このときも、たちまち、五、六首の即興歌ができた。

しづかなる朝餉なりけりおりたちて庭ゆただちに旅ゆかむとす

友三人たれ先だちて死にゆかむおそらく我とおもひたのしき

ほかにも何首かあったけれど、はじめに書かれた、この二首はおぼえている。いままでの先生にないような、ものさびしい心弱さが歌の上に出ているように思われた。

十五

先生は前々から、春洋さんと一緒に一夏を過した軽井沢へ、また行ってみたいという気持ちがあった。

「箱根の夏もいいけれど、ときどき気晴らしに町を散歩するたのしみがないから、長くなると飽きてくる。今年の夏は軽井沢に適当な家を借りて、気分を変えてみよう。」

と言い出されて、貸別荘の下見に出かけたのは、たしか二十七年の五月の末、まだ落葉松の若芽の美しい頃だった。室生犀星さんに紹介していただいた人の案内で、四、五軒の貸別荘を見て歩いた。

いちばん先生の気にいったのは、ゴルフ場の近くの、落葉松林の中に建った大きな家だった。広い芝生があり、十幾つかある部屋の窓には、清潔な青い金網が張られていて、家具も贅沢で、見るからに住み心地がよさそうだった。ただ、私には一夏十数万円の借り賃のことが、気がかりだった。

東京へ帰っていろいろ計算してみると、物価の高い避暑地での二か月の生活費を合わせると、先生の今の貯金額を、どうしても少し上まわってしまうことがわかった。結局、ゴルフ場の近くの家はあきらめて、愛宕山の中腹にある山荘に決めた。

軽井沢へ発ったのは七月五日だった。布団など大きなものは先に送ってあったが、ついてゆくのは私一人で、こまごまとした荷物がかなりあった。伊馬さん、池田さん、三隅治雄君に朝早い上野駅まで送ってもらった。

愛宕山の家は、水楢の林の中の南向き斜面に建っていた。一階は、テーブルをかこんで椅子の五、六脚置かれた広間があり、その東側に六畳の洋間と四畳半の日本間、西側に台所・風呂場があった。広間の南側は、白樺の木で手すりを組んだバルコニーになっていた。二階は十畳ほどの洋間と八畳の日本間。下の広間で食事をしたりお茶を呑んだのち、先生は二階にあがって仕事をしたり、寝ころんだりなさっていた。家の南は五十メートルほどの林をへだててアメリカ人の家族の住む家の屋根が見え、北側は竹煮草などが生い繁った空地で、その上の家には外人の老夫人がひっそりと住んでいた。町のほうからあがってくる道は家の西側を通っていた。

この夏は規則正しい生活をしようとおっしゃって、六時起床、七時半朝食、六時夕食というふうに軽井沢での時間割を決めた。

着いた翌日、すでに軽井沢に来ていられる室生さんのところへ、先生と挨拶にいった。お宅は町の通りから、テニスコートの脇を入った林の中にあって、庭も建物も、東京の馬込のお宅をそのまま少し小さくした感じの家だった。室生さんは、堀辰雄さんのことや、最近放送になった伊馬さんの放送劇の、鉢の中の金魚と話をするところが面白かったことなどを話された。それから、ふと思いついたように、戸棚の中から黒塗りのお椀を出してこられた。蓋を取ると、真綿をつめた中に、小さな春蟬のぬけがらが一つあった。

「いま盛んに、このあたりの林で鳴いているんですよ。たしか、あなたにも春蟬をよまれた歌がありましたね。」

「ええ。ふるき人みなから我をそむきけむ身のさびしさよむぎうらし鳴く」

「そうそう、麦うらしでしたね。」

軽井沢の室生さんは、東京でお会いするときより気軽に、楽しそうに話をなさった。お手伝いさんらしい二人の少女が、裏山から苔を取ってきて、庭のはげたところに、丹念に手で押しつけていた。室生さんはときどき部屋の中から、指図の声をかけていられる。室生さん特有のぽきぽきとぶっきら棒なもの言いの中にも、少女にもの言うやさしさがこもっていた。少女たちの手で土に押しつけられる苔の緑が、いかにもやわらかそうだった。

夜、風呂をわかして先生が入られたのち、

「ここは風呂屋へゆくのもたいへんだから、君もお入り。でも、客が来たときは、町の風呂へ君が案内していっておくれ。結婚生活を知っている者に、同じ風呂に入られるのはいやだからね。」

といわれた。風呂桶は注文して、新しいものに入れ替えてもらってあった。

それから二、三日たったある日の朝、御用聞きに来た八百屋の女の子が、「今日の四時頃おたずねします」という室生さんのことづてを持ってきた。この八百屋も室生さんが紹介してくださったのだった。

午前中、『日本古代抒情詩集』のための口述筆記をして、午後町へ買物に出ると、その帰り途、愛宕山の下で、八百屋の女の子を案内にたてて訪ねてこられる室生さんと一緒になった。

室生さんは私を見ると、実はすでに昨日独りでたずねて来たのだ。たしかにここが折口さんの家のはずだと思うのに、道からのぞいてみると、庭に前掛けをした若い女の人がいて、コンロで煮物をしていた。折口さんの家に女の人がいるわけはないから、家を間違えたと思って引っ返した。今日は大丈夫なように、この娘を道案内にしてきたといわれた。

その若い女に見えたのは実は私だった。竈がうまく燃えないので、庭にコンロを持ち出して、風呂敷を前掛にし、手拭をかむって、夕飯の支度をしていたのだった。黙っているわけにもいかないから、それを言うと、室生さんは大笑いされた。そして、急に八百屋の娘にむかって、「ああ、そうそう、あんたはもうお帰り。どうもありがとう」といって返された。よほど先生が女嫌いだと思っていられるのだなあと、今度は私のほうがおかしかった。

先生はベランダの椅子に掛けて待っていられた。自分で選んで矢野さんに仕立てさせた、役者の着るような大きな碁盤縞の浴衣を着ていられた。

その日の先生の様子は、室生さんが、恐ろしくなるような鋭い眼で見とどけて、『我が愛する詩人の伝記』の中に次のように書き記していられる。

雨の多い年で見渡すかぎり濡れた木々、昆布色のうすぐらい曇った空気が、まだ午後の三時も廻らないのに、日暮れめいた鬱陶しい景色を幾重にも木々のかたまりを重ねて見せていた。迢空は白の碁盤縞の浴衣を着て、この人らしく戯談一つ言わない窮屈さで、とぎれがちな話を私達は交わしていたが、この年の翌年の初秋にはもう迢空は死んでいた。だから後になって私は、この最後の訪問が憂欝で鬼気の迫ったものであることを、無言と無言の間にいまから汲みとらぬわけにはゆかない。その日は話というものが後に印象づけられることが一つもなかったこと、かなり重大な無言だったことに気づく。懐中汁粉というものをすすめられ、私は世にも厳粛な顔付で啜ったものである。そして迢空博士も客にすすめたからには、これも美味しそうに食べざるをえなかったらしい。迢空の身の廻りのことをされる岡野弘彦も、自分で作った懐中汁粉をうやうやしく、べつの、少しはなれた椅子の上ですすっていた。迢空の身の動きの些細な事にも、私が煙草の箱からつまみ出すかさかさという音の中にも、お互いの無言を知り尽したくらいである。私の眼はそのあいだにもちらりと迢空の額の痣を見て、山小屋の暗いじめじめした中で、今日はほとんど、痣という感覚のないほど額の痣が暗さに紛れていることを知り、私の悲しみがそれに集まらないのを嬉しく思った。

……………………

その日の帰りに、迢空は私を送るために山小屋から、雨でつぶれ川になった山道を一緒に下りた。真中が掘られた山道はがらがらの小石と泥で、飛び飛びにぬかるみを避けて歩かなければならなかった。

「あの男の歌は全部はったりですよ。はったりを取ったら何ものこりはしませんよ」

迢空はこの人には、まれに見る激しい口調でそう言い、心の憤りが足もとに勢いづいて、石を避けてがつがつ歩いたが、足もとが危なかった。ふとした話で私は迢空の怒りというものを見たのだ。

室生さんが懐中汁粉と書いていられるのは、実は東京から持ってきた練羊羹をとかし、白玉粉を練って浮かべて私が即席に作った汁粉だった。大急ぎで作ったのだが、おいしくなかったらしい。先生は、「室生さんのところの緑茶にはとてもかなわない。ちょうど紅茶があるから、いいシュークリームを買っておいで」とおっしゃるので、町中さがしたが、まだ少し避暑の季節には早いので、いい洋菓子屋は店をあけていなかった。考えた末、和製シュークリームのつもりで、最中を買ってきたのだが、あまりおいしくなさそうなので、即席の汁粉に変更したのだった。あとで先生に話すと、「なるほど、最中は和製シュークリームといえないこともないね。せっかく買ってきたのだからそれを出せばよかったのに」といわれた。

この日、室生さんは軽井沢にふえたアメリカ兵の話や古物商の話などをされた。殊にパンパンといわれる女たちへの観察がおもしろかった。

「ああいう女たちは、町の中ですれちがっても、けっして人の顔をまともに見ませんね。細い道をこちらが三、四人並んで歩いてゆくときでも、こちらの顔と顔の間の空間にちらっちらっとす速い視線を通り抜けさせて、すれちがってゆきますね。」

などと話された。

軽井沢へ来てしばらくの間は、午前中、口述筆記をして、午後には先生も気軽に散歩に出られた。軽井沢に出張店を開きはじめた東京のデパートや本屋をのぞいたり、以前に春洋さんと一緒に過した家のあたりや、有島武郎の自殺した家のあったあたりを歩いてみたり、ときには足をのばして、碓氷峠への道を途中まで歩いてみることもあった。

しかしどことなく先生の健康はすぐれなかった。格別ここが悪いというのではないのだが、眉間のあたりに欝陶しそうな皺を寄せて、暗い部屋の寝椅子にじっと寄りかかって、楢の木の梢を透けてくる蒼い光線の中で、林の奥にじっと眼をこらしていられる時間がだんだん長くなった。

そんなある日、「鯉のあらいが食べてみたいね。小諸までひと走りいって、いきのいい鯉を買ってきておくれよ」といわれる。買物などに不便だろうというので、伊馬さんから自転車を貸してもらってあった。軽井沢から小諸までは下り一方の道だから、一気に馳せ下って、懐古園のそばの家で池から大きな鯉を一尾あげてもらった。ところが帰りの道は登りばかりで、しかも厚く敷かれた砂利が邪魔になって自転車がすすまない。日中の陽はじりじりと照りつけて、新聞紙につつんで荷台につけてある鯉が死にはしないかと心配である。川があるたびに止っては鯉の包みを水にひたしてひと休みした。やっと沓掛のあたりまで来て時間を見ようとすると、ズボンのポケットに入れていた懐中時計がなくなっている。

この時計は先生が「読売文学賞」の選者をなさった記念の品で、裏蓋には先生の名が刻んである。二か月ほど前に私の時計がこわれて、先生からいただいたばかりだった。

おそらく、途中の川のほとりで休んだときに、ハンカチを取り出すはずみにすべり落ちてしまったにちがいない。また道を引き返して、心当りのところを一つ一つさがしながら、とうとう小諸までもどってしまった。帰りには道の上を眼に沁む汗をふきふき夢中でさがしながら走ったが、どこにも見つからなかった。再び軽井沢にもどったときには、すっかり夕方の陽ざしになっていた。首すじから額のあたり一面に塩がふき出して、ひりひりと痛かった。軽井沢と小諸の間を、ほぼ二往復したのだから、百キロ近く走ったことになるだろう。体の疲れよりも、時計をなくした残念さで心がいっぱいだった。山荘に帰り着くと先生は、「随分時間がかかったね。疲れたろう。甘いものでもおあがり」とねぎらいのことばをかけてくださる。そんな先生に、この間いただいた時計をなくしましたとはとても言えなかった。

肝心の鯉は、長い間荷台で陽に照りつけられて完全に息絶えてしまっていて、あらいにしていくら冷たい水をかけても、ちりちりと締ってはくれなかった。

先生もがっかりなさったにちがいないのだが、

「まあいいさ。帰りの登り道のことを勘定に入れとかなかったのが失敗だったね。」

といって、古い魚の刺身のようにだらりとなったあらいを黙って食べていられた。

記念の時計をなくしたことは、とうとう最後まで先生にはうちあけることができなかった。いまでも汽車で軽井沢から小諸の間を通るときには、あの夏の日の苦しさがよみがえってくる。


先生の体の異和感はずっと取れなかったらしい。

「視界のなかをちらちらと黒い蝶の姿がよぎるように、形にならぬものの姿が眼に入って来て、気になってしようがない。」

といって、水楢の林の奥に眼をこらして見入っていられることがあった。まるで水の底にでも沈んでいるような、林の中の薄暗い緑の光線が、先生の神経を一層刺戟して、幻覚をおこさせるようであった。しかしそれはかならずしも不快な感じをおこさせるばかりではないとみえて、

「昔、『死者の書』を書いていたときにおこったような、奇妙な感覚が久しぶりでよみがえってくるときがあるよ。変にあたりがからりと明るくて、しずかで、コカインをのんだときのように心が冴えてくるのだ。」

などといわれることもあった。

七月十七日には、理髪屋の高橋金之助君が来て先生の髪を刈り、一晩泊っていった。「金ちゃん

がせっかく来てくれたのだから、一緒に鬼押出しへ行っておいで、僕は留守番しているから」といわれるので、十八日には先生を残して出かけた。健脚で、山歩きの好きな先生にしては珍しいことであった。

十九日には金ちゃんと入れ替りに、本多喜世子さんが、六つと四つくらいのアメリカ人の子供をつれて来て、三晩ほど泊っていった。先生の家へ、こういう幼い子供が来て泊ることはほとんどないことだった。小さい子に接したことのない先生は、その前日あたりからしきりに、「どんなふうに扱えばいいのだろうね。日本語も話せるんだろうね」「夜中に親を恋しがって泣きだしたりすると困っちまうね」などといって気をもんでいられたが、来てみると、躾のいいおとなしい子供たちだった。先生も気分が変って、一緒に町を歩かれるだろうと思ったが、やはり私だけに案内させて、家にこもっていられた。

借りた家が、愛宕山の中腹で、どこへ行くのにも坂道を上り下りしなければならぬのが、先生の心を重くしてしまうらしかった。しかし、そんなことをおっくうに思われるのは、いままでの先生にはないことだった。

ただ、食卓をにぎやかにして楽しむことはふだんとちっとも変りがなかった。「今日は裏通りに、新しいものを置いている小さな魚屋を見つけましたよ」とか、「ケテルの店が出張してきましたよ」とかいうと、「それじゃ行ってみよう」といわれることが多かった。ケテルで食事をしたり、万平ホテルへ夕食を食べに出かけることもあった。

ケテルの店で出す、酸っぱいキャベツの古漬の味がお好きだった。

ある日、ケテルの店の前を歩いていると、先生の足がぴたりと止った。ショウ・ウインドの隅の大きなボールに、さまざまなハム、ソーセージの切れ端がいっぱいになっているのを見つけられたのだ。「おっさん、あれ全部買っとおいで」といわれる。まっとうな売り物にはならない切れ端だから値段はうんと安かった。それを大きな鍋で、四つ切りにしたキャベツと一緒に煮た。いろんな種類のハム、ソーセージの味がまざりあって、すばらしいスープができあがった。

翌日はそれに、とれたてのトウモロコシを摺りつぶして入れて、とろりとしたポタージュにした。次の日はケチャップで味つけして、ボルシチ風にした。最後には醬油で濃厚な味にして、二人で四、五日食べつづけて飽きることがなかった。軽井沢の夏の野菜でいちばんおいしいのは、トウモロコシとキャベツ、それに胡瓜である。先生はいち早くそれを見抜いて、きわめて手軽ですばらしい料理を考えつかれたのだった。

食べ物にかけては掏摸のように敏捷で貪欲な先生だった。そして、若い私でも肌がべとべとするほど脂ぎって、いささかうんざりしているのに、先生は平気だった。

七月の末頃だったろうか、角川源義氏が来られて、一緒に追分の堀辰雄さんのところへ行かれることになった。先生は、「君はどうする」と尋ねてくださったけれど、私は留守番をしていることにした。

実はその二、三日前、私だけで室生さんをお訪ねした。すると、室生さんは、「堀君に、折口さんが軽井沢へ来ていられるよ。そのうちにきっと尋ねてこられるよといったら、堀君は、『折口さんに来られたらたいへんだなあ。僕ははじめからしまいまで、ずうっと寝たままでいますよ。絶対に起きませんよ』といってましたよ。堀君はきっと甘えているんだな、折口さんに」とおっしゃった。私は先生と堀さんのしずかな時間を、少しでもみだしたくないという気がして、ついて行かなかったのだ。

それに、確かその前々年の秋、長野での講演の帰りに、一度先生に従って堀さんのお宅をお訪ねしたことがあった。その記憶が、この上もなくあざやかに、まだ私の心に残っていた。

その日、信濃追分の駅に降りると、細かく冷たい雨がしとしとと降っていた。同じ汽車を降りた女学生に道を聞いた。雨具の用意のない先生の肩に、その女学生は黙って傘をさしかけてくれた。歩いているうちに、雨は冷たいみぞれに変った。暗い落葉松の林の奥のあちこちに、紅葉した櫨の木が赤く燃えていた。

堀さんのお宅の前まで、女学生は送ってきてくれた。何の前ぶれもしてなかったのだけれど、多恵子夫人はものしずかに先生を堀さんの床の敷いてある部屋に案内された。

私は床の足もとのほうに坐って、寝たままの堀さんと、その枕もとに坐っていられる先生との話の様子を見ていた。

「こちらの窓をあけると、浅間が真正面に見えるのです。」

堀さんがそういって示される小さな切り窓のそばの柱には、

　わが門のうすくらがりに人のゐてあくびせるにもおどろくわれは

と歌を記した芥川龍之介の短冊がかかっていた。病む人の部屋にはふさわしくない暗い短冊だなと思った。しかしまた、この歌が掛けられるのには、堀さんの寝ていられるこの部屋以上にふさわしい場所はないような気もした。

上を向いて寝たままの堀さんの顔は、上気したようにほのかに赤みがさして、若々しかった。先生と似て、きっと皮膚の薄い人だろうと思った。

「前にいたところは宿屋がそばにあって、休みになると東京の女学生たちが大勢で泊りに来るのです。毎晩、集まって怪談をするらしくて、それまでがやがやと話していた声が、変にしいんとなったと思うと、きゃあとけたたましい声が湧きおこるのです。それを毎晩おそくまで繰り返されると、こちらの神経にひびいて、ふだんの静かなときでも、いまにあのきゃあという声がおこりはしないかという気がしてたまらないのです。この家は静かで、ほんとによかったと思っています。」

「四季」の話、角川書店から出ている堀さんの作品集の話、お二人の間の共通の友人の話など、いろいろ出たのに、この話だけが妙にはっきり記憶に残っている。健康な女子学生たちが夜中にあげる突拍子もない声を、じっと耐えていなければならない堀さんの夜の時間の苦しみが、痛切に私の心にもひびいてきた。

先生は、「ここにいる岡野は、あなたの作品のたいへんな崇拝者なので、連れてきました」と、例のいたずらっぽい笑い顔で紹介してくださった。私はすっかり気恥ずかしくなってしまって、とうとうしまいまで何も言えなかった。先生の紹介の仕方が少しうらめしかった。おいとまするとき、多恵子夫人の立って見送っていられる門のそばの山椒の実が、真っ赤に色づいているのが眼に残った。堀さんは自分の家の庭の、この木の実の赤さを知っていられるだろうかと思った。そういえば、さっき堀さんの枕もとの棚に、紫の実をつけたあけびの蔓が活けてあった。夫人の心づかいであったろう。先生の遺稿のなかにある、

堀辰雄の家のうしろゆひらけ来る　追分村の雑木の紅葉

追分の停車場出でゝ　宵の雨　ぬかれる道に　雪となり来ぬ

という歌は、このときの印象にちがいない。

そんな記憶を思い合わせて、室生さんのことばを考えてみると、堀さんはあのときも、床の上に起きあがったり、机の前に坐ったりするくらいのことは、きっとできたのにちがいない。それをしないで、じっと寝たままでいられたのはなぜだったろう。

「堀君はきっと甘えているんだな、折口さんに。」

という室生さんのことばは、意地悪いほど堀さんの心の奥を見通したことばだと思った。

冬いまだ　寝雪いたらず
しづかに澄む　水音―
君ねむる。五分、十分―。
ほのかなるけはひを覚え
おのづから　睚をひらく

（『現代襤褸集』「堀君　二」より）

自分のことをこんなふうに歌う折口先生の眼が、寝たままの、彫りの深くなった、少し上気して赤らんだ自分の顔の上にあたたかく注がれるのを、「燃ゆる頬」の作者は、軽く閉じたまつ毛の間からじっと遠い幻を見るように見あげていたかったのだろう。堀さんは、いちばん自分の心にかなう会い方で、押しとおしたのにちがいない。

こんども、先生が訪ねて行かれれば、お二人の間には濃密な時間が流れるだろう。しかし私はもう、あの秋の日の堀さんの記憶だけで十分すぎるほどのものが、心に残っている気がした。私は、先生について行くことをしなかった。

先生は、夕方になって帰ってこられた。軽井沢には珍しい暑い日だった。先生は、ぐったりとして、深い疲れを感じていられるようだった。

これがお二人の最後の邂逅になった。堀さんは翌年五月に亡くなられた。

『日本古代抒情詩集』のための口述は七月中で大体終って、八月に入ると論文「民族史観における他界観念」にとりかかられた。格別の参考書も、ノートもあるわけはない。二階の先生の部屋にむかいあって坐って、私に口述筆記させてゆかれる。その先生の口述がいつものようにはすらすらとすすまない。いままでの口述は、私が書き取れる程度の同じ速度を保って、なだらかに話されるのだが、こんどは、その速度にむらがあり、ところどころで、三分、五分とことばが途切れる。それはことばを選んだり、表現の仕方を考えるというより、もっと心の奥のところで、自分の新しい論を構築し、未分明の問題を追求してゆかれる苦しみの時間であったろう。先生の表情は苦しそうで、眉のあたりに重い皺が刻まれていた。

四、五回に分けて口述が終ったので、清書して机の上に置いておくと、またそれに先生の手で、赤や青のインクの、判読に苦しむほどいっぱいの書き込みが加えられてくる。もう一度清書し直すと、また書き加えがついてきた。こうして書き加えがふえていったのだが、どうも私には、最初の口述の話がいちばんよくわかって、書き加えがかさなるたびに、論旨はいよいよ複雑に難解になってゆく気がして仕方がなかった。

その頃先生はしきりに、幻影のようなものが、蝶のようにちらちらと視界の隅をかすめて、気になってしようがないと訴えられた。そういう重苦しさのなかで、先生の生涯の課題であった、日本人の異郷意識や、祖霊の問題についてもっとも困難な領域に切り込んだあの難解な最後の論文は書かれたのであった。

この仕事に一段落のついたある日の夕方、珍しく、山を歩いてみようと言い出されて、愛宕山に登った。急坂を二百メートルほど登って、頂上近いところに、山肌の巌が十五メートルほども垂直に切り立って露出しているところがあった。巌の下には数体の石仏が祀られていて、そのまわりには、賽ノ河原のように、誰かの手で積みあげられた小石の塔が幾つも立っていた。淡い噴煙をなびかせた浅間が、まるで手のとどくかと思われるほど近々と眺められた。一時間近くそこで過して、空の色が夕の静かな深さに変るのを見とどけて、山を下った。

後に発表された「埃風」十八首の作品は、この夏の軽井沢の生活の記憶から生まれたものである。

かそかなる幻―昼をすぎにけり。髪にふれつゝ　低きもの音

山深く　ねむり覚め来る夜の背肉《ソジヽ》―。冷えてそゝれる　巌の立ち膚

まさをなる林の中は　海の如。さまよふ蝶は　せむすべもなし

こういう作品の一首一首の奥に、あの年の夏の、不調和な健康状態や、重苦しい心の翳りのあとが刻まれているのだと思う。しかしまた、幻視がおこってくるときの心の状態は、不安定さの中で異様に冴えたなまなましい感覚が働き出すらしくて、詩人としての先生はそういうあやうい瞬間にとらえ得た不思議な世界を作品の上に見事に定着させていられる。

十六

八月末の数日、伊馬さん、池田さん、戸板さんが来られて、一緒に上林温泉や志賀高原へ出かけたりなどして、いくらか気持ちを変えることができた。

しかし、どうにも軽井沢は体に合わないらしいから引きあげようということになって、九月一日いったん帰京し、三日から十七日まで、箱根の山荘で過した。

十七日の夜、箱根から東京に帰ってのち、私は郷里に用があって四日間帰郷した。その間に、先生の健康の上に大きな故障がおこっていたのである。

後になって、先生から聞いた話はこういうことであった。

十九日の午前、国学院の神道研修部で、私のための代講をしてくださった後、東京劇場と新橋演舞場をかけもちで見て、だいぶん疲れて帰られたらしい。

――帰郷した私のために、先生が講義を代講してくださるなど、申しわけないことだが、先生はそういう方だった。自分の代講に弟子を立てることはけっしてなさらなかったが、弟子のための代講には自ら立たれることがあった。――

二十日は、西脇順三郎氏に会うためにまず慶應へ行かれた。それから国学院へ回って、宗派神道の講習会で二時間ほど講演をされた。聴講者が大勢で、相当声を張って話されたようだ。終り頃には、鼻がすうすうと通り過ぎるような感じがおこってきて、言ったことばが声にならずにどこかへ漏れていってしまうようで、どうにも頼りない気持ちにおそわれた。これはきっと、脳貧血にちがいない、このままいては倒れると思ったので、話を途中でやめて、研究室で一時間ほど休まれた。

しかしまだ、ＮＨＫで「朝の訪問」の録音を取る用が残っていたので、車を呼んで行かれた。新橋へ着くと時間が早すぎるので、駅の近くをしばらく歩いているうち、何かにつまずいたようになって転んでしまわれた。ときどきあることだから別に気にもとめなかったが、後で考えてみると、どうもあのときの倒れ方はおかしかった、と先生はいわれた。

二十一日の早朝、私は帰京した。先生は起きていられたが、「どうも少し疲れすぎているようだ。今日は一日静かにしていよう」といって二階で床につき、枕もとの私に十九日、二十日のことを簡単に話してくださったけれど、先生も私も、ちょっとした疲れだろうと思って、気にもとめないでいた。

二十二日、私は朝から、箱根の山荘へ出かけた。夏のあとかたづけや、いたんだ箇所の修理を管理人に頼むためだった。その留守のことである。昼近く、先生は廊下やガラス障子のそばに立って庭の猫を見ているうち、急にすうっと意識が薄れて、そこに倒れてしまわれた。かなりな物音がしたらしい。矢野さんが驚いてかけつけると、顔が少しひきつれて、まだ倒れたままだった。しかし、すぐ気がついて、常態にもどられたらしい。かかりつけの水神病院の河合医師を呼んで診療を受け、二階の寝室に休まれた。

二十三日、夕方、私は箱根から帰って、はじめて病気のことを聞き、先生から十九日以来の詳しい話をお聞きした。今朝も往診に来られた河合さんは、「血圧は百七十、発作のときはおそらくもっと高かったでしょうが、しばらく静養なされば、たいしたことはありません。風呂もぬるいのなら結構です」といわれたそうである。

その後、二十四、五、六日と毎日河合さんの来診を受けられた。血圧は二十六日には百六十にな

った。先生は、
「ときどき床の中で、顔や手が、こわばるような気がするけれども、たいしたこともなくもとにもどってしまうよ。」
と割合気軽におっしゃった。

先生の体におこる軽い発作の様子を、私が自分の眼ではじめて見たのは二十八日のことだった。その日は日曜で、河合さんの来診もなかった。先生は寝たり起きたりして、一日のんびり過された。夕方になって、入浴を終った先生は、居間の畳の上に置いた椅子に深く腰をおろして、何をするともなく、ほうっとしていられる。私はその前に坐って、机のまわりにたまった手紙や雑誌の整理をしていた。先生の咳ばらいが、少し頻繁すぎるように思った。しかしそれも、多少神経のいらだっているときの癖だから、別に気にもしないでいた。

しばらくして、矢野さんが夕食を運んできた。「さあ、食事にしましょうか」と言いながら先生の顔を見あげて、私ははじめて、その表情の普通でないことに気づいた。顔全体が能面のようにこわばった感じで、右頬がひきつれるのか、唇の右端が少し吊りあがっている。その顔の前へ、先生は左手をゆっくりあげていって、まるで奇妙な人形の動きでも見るように、自分の指をじわじわと握ったりのばしたりしながら、見つめていられる。その動作が奇妙にもどかしい。私が顔を見つめているのを知って、先生が何か言おうとされるのだが、そうすると口の右側が、吊りあがって、ことばがはっきりしない。

私はすぐ二階の水枕を取ってきて、先生の頭をその上にそっと置いた。脈搏七十、顔色も平常とほとんど変りはない。二十分ほどそのまましずかにしていて、「もう直ったよ」といって、頭をあげられた。

先生の説明では、五、六分前から、何となく変な予感があって、そのうちに、顔の右半分が重くしびれた感じになり、左手の動きが自由にならなくなるのだそうである。

翌日、河合さん来診。血圧、最高百七十、最低百。別段、心配なことはない。そういう発作も、だんだんに間遠になっておさまってゆくだろう、とのことである。
二、三日たって先生が、「あのときの僕はどんな顔をしていた」と聞かれる。私はいつか先生に連れられて横浜を歩いていて、小さな映画館で一緒に見た「ジキルとハイド」を思い出した。ジキルが薬をのんで、徐々にハイドの顔に変ってゆく、その最初の二、三秒間の表情とよく似ているというと、「うん、なるほど、そういわれると自分でもよく感じがわかるね」といわれた。
先生に対して随分、無神経なむごい言い方をしているようだけど、その頃は、遠慮も何もないもの言いができるようになっていたし、何よりも、まだ先生の健康に対する安心感があって、むしろ二人で、そんな会話をたのしんでいたのである。

その翌年、先生の最後の夏、箱根ですっかり病状が重くなったときでも、先生は床の上で急に両手をばたばたさせて、変な声をあげられることがあった。びっくりしてとんでゆくと、「いまのは嘘や。おっさんをびっくりさせたろうと思って、ジキルとハイドの真似してやったんや」といって、弱々しく笑っていられる。そんなことが何度かあった。これはもう、どうにもやり場のなくなった、心と体の鬱屈を振り払うための、先生の、命ぎりぎりのユーモア、というような切迫感があって、私は先生の弱々しい笑いに和するどころではなかった。

二十七年の秋から年末まで、先生はほとんど、学校も休講にして静養された。河合さんのほかに、慶應病院から専門医にも来てもらって診察を受けたが、その発作はおそらく神経性のもので、神経の一時的な痙攣であろう。専門の仕事から離れて、のんびりしていられれば直るだろう、とのことであった。

神経痛治療のための灸や鍼は体に傷がつくからいやだといってやめてしまわれたのち、家に指圧師を呼んで治療を受けていられた。しかしその指圧師は揉み方がきつすぎた。うんうん唸りながら耐えていられる先生の様子を見ていると、それが体にいいとは思えなかった。

以前、先生の古い友人の石丸梧平氏を木更津にお訪ねしたとき、石丸氏の門下で、アメリカで指圧術を学んできて、伝通院前で「日本指圧学院」を開いている浪越徳治郎氏を紹介されたことを思い出した。訪ねていってみると、一月間毎日通ってくれば、全身のひととおりの揉み方は習得できるとのことであった。十月いっぱい、私はその指圧学院に通った。いまテレビなどで好評を博しているだけあって、浪越氏の教え方は当時から実に上手だった。テキストも何冊かあって、毎日、二、三時間揉んだり揉まれたりして一月たつと、体の各部分の揉み方は大体会得できた。

それからは、毎晩、眠りにつかれる前に、先生に指圧をした。体全体を指圧するには一時間あまりかかるのだが、十分か二十分すると先生は寝息をたてて寝入ってしまわれるのが常だった。痛みを感じさせるような激しい指圧ではなかったが、それでも、揉み終ると私のほうは汗びっしょりになった。先生もこの治療は気に入っておられたとみえて、亡くなられる一月ほど前まで、ほとんど毎晩欠かさないでつづいた。

二十七年いっぱいを静養された先生は、年が改まると、気分も新しくなるせいか、急に元気をとりもどされた。一日、あるいは半日の小旅行をして体力の自信を深めながら、一方では、「自歌自註」の口述を、楽しそうにすすめてゆかれるようになった。先生と共にした七年間の生活のなかでも、いちばんこまやかな記憶の残っている時期である。平凡にすぎるかもしれないが、しばらく、私の日記に記してあることを中心に、日を追って書いてみる。

一月一日。大晦日の夜は、矢野さんも私も除夜の鐘の鳴るぎりぎりの時間まで、掃除や料理などにおおわらわで立ち働いている。先生は独り、居間の炬燵でひっそりとして、本を読んだり、手帳にものを書きつけたりしていられる。つれづれなようで実は充実した時間を過していられるので、先生の得意な、歳末年始の歌の多くは、そういう時間に先生の手帳に書きとめられてゆくのである。

やっと仕事を終って、風呂屋に行き、どこからともなく聞えてくる除夜の鐘を聞きながら帰ってくると、門の前に背の高い学生が一人、さむざむと心細げにたたずんでいた。研究室へもよく出入りしていたU君で、大晦日が締切りの卒業論文がとうとう書きあがらず、たまらなくなって先生の家まで来てしまったのだという。仕方なく私の部屋へあげて話を聞く。先生もちょっと私の部屋をのぞき込んで、口の重いU君の話を聞いていられたが、「あとは、岡野によく話しておきなさい」といって、居間の炬燵にもどってゆかれた。

U君は一時間半ほどいて、しまいには涙を流しながら、それでもいくらか心おちついた様子で帰っていった。

「とんだ大歳のまれびとだったね。でもUも、あれで、いくらか安心して年を迎えるだろう」といって、先生が二階の寝室へあがってゆかれたのは、もう二時過ぎだった。私は布団を敷くのも面倒で、先生の部屋の炬燵に寄りかかったまま、寝てしまった。

二十八年の元日は、先生の体のことを思って例年集まる人々も遠慮したためか、来客も少なく、六時頃にはその少ない客も皆帰ってしまわれた。例年の年末の買物にも先生は出られないので、私だけで買ってきたお正月の料理はいつもより控え目で、何となくものさびしい元日だった。

三日。午後、雑誌「コスモス」のための原稿の口述筆記。二百字で十枚。「宇宙の花」という題がつけられた。

四日。先生の使いで、鳥船同人の塚崎進さんの宅へお香奠を持っていった。塚崎さんの母堂が年末に亡くなられたのだ。途中、街頭のテレビで秩父宮の亡くなられたことを知った。

昼頃、大森駅で先生と落ち合って、郊外散歩。病後はじめての、足ならしのつもりの散歩である。戸塚で電車を下りて、二万五千分の地図を見ながら、柏尾——舞岡村——丘の上の日ぎり地蔵を経て、永谷まで歩き、バスで桜木町に出て、南京町華勝楼で夕食を摂って帰った。

一日中風のない暖かい日だった。正月の静かな村を抜け、丘を越えて、偶然に行きついた小山の上の日ぎり地蔵は、ちょうどこの日が縁日で、小さな祠の前には新しいのぼりが立ち並び、綿菓子やおもちゃなどを売る屋台も二、三軒出ていた。赤い毛氈のかかった腰掛に並んで、甘酒をすすりながら、近在の農家から出かけてきた老人たちの話を聞いていると、いかにものどかで、東北の山村にでも入り込んでいるような気がした。この日は六キロくらい歩いたろう。

六日。国学院の卒業論文の採点。二階の雨戸を閉じたまま、一日中籠っていられた。夕食後、夜半まで、岩波映画の「雪祭り」のためのシナリオの口述筆記。口述が速くて、筆記が間に合わないほどだった。

七日。早朝、雪祭りを伝える長野県新野から、雪祭りの故事にくわしい仲藤増蔵氏来訪。午前中、やはり「雪祭り」シナリオ口述。電話で伊馬さん、池田さん、三隅治雄君などを呼んで「雪祭り」について相談なさった。夜は論文の採点。二時頃、全部の論文の採点が終った。

十四日。九時過ぎ家を出て、久里浜からバスで三崎へむかう。

先生は、昔、白秋が発表した三崎の歌を見て、同じような刺戟を得たいと思って、何度もこの道を歩いたことがあったと思い出を話された。ときには引橋の茶屋のそばの林に入り込んで、昼寝をされたことがあった。そのときに出来たのが、

森ふかく　入り坐《ヰ》てさびし。汽笛鳴る湊の村に　さかれる心

此《コ》は　一人　童児坐《ヰ》にけり。ゆくりなく森のうま睡《イ》ゆ　さめしわが目に

などの歌だということであった。

帰りのバスでは、三崎の魚市場の前から、大きな鰤を一尾まるのまま手にさげて、乗り込んでくる人が何人かあった。先生は、ああいうのを一つ買って帰りたいと、本気でほしそうであった。

帰りには、また南京町の華勝楼で、夕食を食べた。華勝楼の食卓についてから、「珍しく空腹を感じた」といわれた。考えてみると、朝も昼も食事を摂っていなかった。先生はもともと昼食はあがらない。私も先生の家へ来る前から、昼食は食べないことが多かったから、何の不自由さも感じないで先生の家の習慣になじんでしまっていた。しかし、朝食も摂らないで一日歩いたり車にゆられたりして、二人とも空腹を感じなかったのは、ちょっと異様なことだった。運ばれてくる大きな器の料理を、つぎつぎに先生と分ちあってあけていったが、七つめ八つめの皿になると、さすがにだんだん手が出なくなってしまった。それでも先生は、空腹を感じて食卓につく幸福を久しぶりに

味わったといって、楽しそうだった。

三十一日。九時過ぎ家を出て、曾我村の梅を見に行った。まず国府津で下車。「国府津館にはいま、柳田先生が滞在していられるはずだが、お邪魔しないでおこう」と駅前を素通りして、線路沿いに大磯のほうへ三町ほどもどってから左手の蜜柑山に登った。登るにつれて、小淘綾《こゆるぎ》の磯が眼下に広がってくる。蜜柑山の道はしずまり返って、遠くで、畑を打つ音がよくひびく。地図を頼りに、目じるしの二本松の立つ丘の頂から、上町《かのまち》に下り、さらに六本松を経て曾我村へ越えた。あちこちの村はずれに立つ道祖神は、さい祭りがすんで間もないせいか、まわりが綺麗に掃き清められ、その前にこわれた石臼がいくつも積みあげられているのもある。

六本松は曾我物語の山彦山である。頂に石碑が建っていた。曾我村側の急な斜面を下りきるまで、ほとんど人に逢うことがなくていかにもひっそりとした、間道の感が深かった。

曾我村の梅にはまだ早すぎたけれども、枝に残っている蜜柑がつやつやと豊かに陽に照って、早春の野歩きにふさわしいおだやかな一日であった。曾我の寺を辞する頃には、日も落ちて、肌寒さが身に沁みた。

こういうときの先生の歩みは、足の運びこそゆるやかだが、ほとんど休むことがない。この日も六本松の峠にかかるとき、路ばたの枯草の上に一度腰を下されただけだった。そして、この日の散策で、体力の回復に自信を得て、少しずつ遠くへ足を伸ばされるようになった。暑さに弱い先生は、うすら寒い早春の季節が、いちばん好きであり、お元気でもあった。

二月八日。昼過ぎ急に思いたたれてこの前三崎へ行ったとき、バスから美しく見えた下宮田の海岸へ出かけた。久里浜でバスに乗る頃から、空が急に曇り、雪がはげしく降りはじめた。この村にある二軒の旅館をたずねて、宿泊料、部屋の様子などを見た。四月に行なう予定の鳥船社の旅行の下見である。雪の中を早々に引きあげた。

夕食の後ふと、茂吉の『作歌四十年』のように、五百首ほどの自分の歌について、その成立の事情や注釈を作ってみよう、と言い出された。それから、月しろの話、千樫や茂吉・赤彦の話などをなさった。
○月しろは、月ののぼる前に空の明るくなってくることだと、辞書には書いてあるが、もっと深い意味がありそうだ。二十三夜待ちと関係がある。沖縄では、月しろ・なわしろ、といって尊んでいる。日本で月魄という字をあてるのも、もっと底の意味があるだろう。
○「千樫の歌集が、なかなか出なかったのは、茂吉の『赤光』から圧迫感を感じたためでしょうか」と尋ねたのに対しての答え。
そういうことも推測していえるけれど、何よりも千樫は不精な人だった。それに、お金の要り用があった。前に金を受け取った仕事は、かならず果している。もっと豊かであったら、もっと自由に歌を作った人だ。茂吉のほうは名声はあったが、もののわかった人や千樫自身は、作品の上では拮抗した力を具えていると考えていたろう。しかし、茂吉と対立したのは赤彦だ。その赤彦の圧迫に、正面からではないがともかく反撥したのは千樫で、茂吉は気が弱いから反撥しなかった。
○赤彦が『万葉集檜嬬手』を出すのを、私が手伝った。早稲田図書館へ行って本を写したのは、伊原宇三郎だった。橘守部の後嗣の橘純一さんに許しを受け、橘家の写本も見せてもらった。赤彦はそのお礼に橘さんのところへ真綿を持ってゆかせた。こちらには何も礼はしてくれないかわりに、茂吉・千樫についで「アララギ」の選者にしてくれた。

十一日。大工を呼んできて、書棚を作らせた。私も手伝って大急ぎで昼までに書棚を三つ作りあげた。午後は図書の整理。読売文学賞などの銓衡委員だったので、寄贈本が急速にふえ、どうにも書庫には収まらなくなっていた。

夕刻来客があり、遅い夕食を終って、先生が二階に上ってしまわれてから、はじめて今日が、先生の誕生日であったことに気がついた。

このことを「自歌自註」の最初のところで、先生は次のように述べていられる。

「二十年ほどこのかた、誰かゞ私の誕生日を覚えてゐて、それでも祝ひらしいことを考へてくれたので、何といふことなく、二月十一日の生れ日を祝うて来た。ところが今年は、去年の九月から思ひがけない病気をして、それにかまけてをった。祝ひなど言ひ出す人々も、祝ひを考へるゆとりがなかったのであらう。十一日がすんでから、昨日がさうだった、など言うたことだった。」

私の日記の二月の予定欄には、ちゃんと「三日　節分」「十一日　先生誕生日」と書いてあるのに、矢野さんも私も、それをすっかり忘れてしまっていた。この翌々日、「自歌自註」の口述がはじまって、最初にこのことばが先生の口から出たとき、私は申しわけのないことをしたという思いがしきりにした。こうして、先生の最後の誕生日はお祝いをせずに終ったのだった。

もともと、誕生日などというものには、きわめて冷淡で、ことごとしく改まってお祝いをすると、常識的だとか、伝襲的だとかいって厭がられることが多かったのだが、そうかといって、毎年、そばの者がささやかに繰り返してきた誕生日の祝いを、まるまる忘れてしまっていたことは先生にも、何かものさびしいことだったにちがいない。

十三日。午後、東京を発って、伊豆長岡の旅館「石橋」に泊った。一週間ばかり、のんびりと早春の伊豆で過して、その間に「自歌自註」の仕事をすすめてゆこうという予定だった。

早速、夕方から三時間ほど口述がつづく。原稿紙にしておよそ二十枚くらいすすんだろう。『折口全集』の「自歌自註」（一九九七年版全集三十一巻所収）でいえば、書き出しから十二ページの終りまでである。

口述のなかに、「私の最初に作った歌と言ふのは、六十年もたって、幸か不幸か私自身いまだに覚えてゐる。だがそれをこゝに書き取るだけのあつかましさはない。……」ということばがある。その歌は、医学を学ぶために上京したえい子叔母さんの送って来られた、折本の東京絵図の見開きに、幼い筆の字で書きつけてあったものらしい。叔母さんの上京は明治二十七年で、先生の数え年八歳のときのことである。どんな歌なのか知りたかった。

口述が終ってのちにたずねると、先生はちょっと照れたような表情を浮かべながら、

「――旅ごろも暑さ寒さをしのぎつつめぐりゆくゆく旅ごろもかな――というのさ。旅ごろもは、お坊さんの墨染の衣のつもりなんだね。幼いながら、旅路をめぐりめぐりしてゆく、僧侶の身の上といったようなものを考えていたんだろうね。」

といわれた。五つ六つの頃の先生は、父上から朝の床の上で、「枯れ枝に……」だの、「古池や……」だのいう句を口うつしに教えられたという。西行や芭蕉の文学への、幼い、しかし幽暗なあこがれは、すでにこの時分から芽生えはじめていたのであろうか。

後に、先生は加納諸平の、「旅衣わわくばかりに春たけて茨《うばら》が花ぞ香に匂ふなる」という歌が好きだったが、それは、諸平の歌のなかにある、若い身そらの旅のかなしみに心ひかれていられたの

にちがいあるまい。

歌の話に引きつづいて、「そう、あの頃山田美妙たちが金港堂から出していた『都の花』を父がとっていて、僕もときどきのぞき見していたね」などと思い出話がつづいたが、残念ながら、こまかいことを私は書きとめていない。

その月の「文芸春秋」に出ている、芥川賞受賞作の「喪神」を声に出して読んでいるうちに、先生はこくりこくり居眠りをはじめられたので、床に入ってもらって指圧をした。

十四日。朝、大仁から穂積忠さんが来られた。午後、先生は『日本古代抒情詩集』に加筆。私は昨日の口述を清書した。夕食後、三時間ほど、「自註」の口述筆記があって、口述が終ってのちの話。


国学院予科の学生のとき、独りで十国峠を越えたことがあった。途中で気分が悪くなり、びっしょり汗をかいた。ところが頂上に来て、眼の下はるかに熱海の町の見えるところで、急につきものが落ちたように気持ちがさわやかになった。いま、熱海にむかって飛びおりれば、すうっと飛んでゆけるという気がして、飛びおりてしまった。たいした怪我はしなかったが、それから、山へ独りで登るときには同じことがおこらないように注意している。

とらえどころのない、全く他愛ない話のようだが、先生はこのときばかりでなく、ふっと思い出したように、こういう体験について語られることがときどきあった。こうして文字にいくら書きとめても、話をじかに聞いているときの私の心に感じられていた、ある諒解のようなものは伝えることができない。先生の話には、丘の上に登って子供が感じるような、単純な衝動とは、少し違った内容が含まれているような気がする。

先生の青年時代に書かれた小説「口ぶえ」のなかにも、この話と似たような描写がある。主人公安良が、友人の渥美と善峯寺の崖の上から下界を見おろすところである。

断言する自信はない、あるいは私の思い過しかもしれないが、この種類の話には、自分自身で自分に課する厳しい生活の戒律を保とうとする先生の心と、その心を保ちがたくさせるまでに、若い体の中に渦巻き、盛りあがってくる、情欲との相剋というようなことに関連しているのだと思う。こういう話をされるときの先生には、そういうものを感じさせるある情緒があった。

十五日。朝の食膳の隅に、開きそめた沈丁花が、一、二寸の長さに切ってのせてあった。昨日は二、三輪の花をつけた梅の小枝がのっていた。座敷へは顔を見せることのない料理人の、ひそかな朝の挨拶のような気がする。昔に使われたコカインのために、完全に鼻のきかなくなっている先生も、「記憶の匂いがよみがえってくるね」といわれた。

午前午後、先生は『日本古代抒情詩集』の原稿に加筆。夜は二時間半、口述筆記。

いろは館の赤彦のところへいって、はじめて赤彦から歌の批評を受けるところや、さらに、「アララギ」を去る遠因となった、横山重氏の皮肉なもの言いを、じっと耐えていられるところなど、先生の話しぶりに、自然に力が入ってくる。

筆記が一段落ついてから、「横重には悪人の持つ特異な才能がある。それは普通の人間が努力して得たものとは違った、不思議な力だ」といわれた。

先生と横山氏との交際は、その後も相当長くつづいたのだし、先生を慶應に招くためにも尽した人なのだから、お二人の心の底は、余人に簡単に憶測できない微妙なものがある。「自註」のこの章の最後の、「其後も、この直言家とは数年間、心平らかなつきあひをしてゐた。そして終に別るべき機会が来て、而もほゞ荒立てることなく、そのまゝに別れ去った」という二行は、しばらく私に筆記以外のことを話していられて、ふと思いついたように付け加えられたことばである。

十六日。午後、散歩に出て、壗之上《ままのうえ》・南江間・珍場《ちんば》・珍野などの部落を回った。道祖神の像を探しては写真に撮った。

宿に帰ると国学院での古い教え子で、「多磨」系の歌人の穂積忠さんが来ていられた。今日は口述筆記はやめた。夜、穂積さんは宿の人のマージャンに加わって、もどって来られない。「穂積君らしいね。たまにしか逢えないで、話したいことがいくらでもあるのに……」と、さびしそうな顔をなさった。

十七日。先生は疲れが出たようで、私だけ、長瀬・小坂・大野などを歩いて道祖神を写した。夜、「奥熊野」の連作の自註を筆記。

十八日。五日泊ったこの宿を発って、蓮台寺に行く。

宿を出るときになって、ちょっと困ることがおこった。この宿の主は穂積さんと縁つづきで、先生とも以前からお知合いだった。茶代など置くのはかえって失礼だから、お礼は帰ってから改めてすることにして、宿料と女中への心づけを女中に渡した。おかみさんが挨拶に来てのち、先生の機嫌が俄かに悪くなった。「ここはきちんとした宿なのだから、女中への心づけを渡したら、女中はそれをおかみさんに言い、おかみさんはそれを挨拶の中で言うはずだ。それがなかったのは、あれをお茶代と間違えたのだろう。そう取られては、こちらがたいそう安い払いをしたことになる。君の言い方が悪いのだ」といわれる。

こういうことには人一倍細かな気を使われる先生だから、払う前に十分相談し、お金を渡すときのことばも、先生から教えられ、復唱し、そのとおりに先生の前で女中に言ったのだから、いくら厳しい顔をして叱られても、私もすぐ素直にあやまる気持ちになれない。宿から、お互いに、一言も口をきかないでバスに乗った。

並んであいていた席の、窓側に坐られた先生は外ばかり見ていられる。仕方がないから私も意固地になって、反対側の窓から景色を見ていた。湯ヶ島を過ぎる頃から雪が降りはじめ、天城にかかるとますますはげしくなった。先生は依然として不機嫌に口をひきむすんでいられる。そういうときの顔は、ほんとにとっつきようもない意地悪さに見える。私も、自分のほうからは、けっして口などきくものかと思っていた。

バスが天城の頂上に着いて、十分の休憩がある。先に降りて、真っ白に雪の積った道の傍で小便をしていると、先生が後からすうっと来て、隣に並んで自分も用をたしながらおっしゃった。「これから下って里に入ると、また道祖神が多くなるから、気をつけていてごらん」。

何だかあっけないような形でとじめがついてしまったが、やはりほっとして嬉しかった。そして、いつもは誰もいないほうへちょこちょこと走っていって用をたされる先生と、並んで立ち小便をしながら話したのは、珍しいことであった。この旅行は、それから、蓮台寺・下田・今井浜を回って二十一日に帰京した。

二十七日。午後、鎌倉の香風園へ行って仕事をした。高い丘の中腹、笹原を前にして遠く海の見える部屋で、三時から七時まで口述筆記。「野あるき」「麦畑」「夏相聞」「左千夫翁五年忌」「山および海」などの作品の自註である。進度は早くて、原稿紙にして四十枚ほどになった。

わざわざ鎌倉まで来たのは理由があった。前々日の二十五日に斎藤茂吉さんが亡くなられて、昨日は新聞社や雑誌社からしきりに電話がかかってきた。ちょうど、自註の口述も茂吉に関連の深い時期の歌に及んでいる。亡き人との交友のあとを、外からわずらわされないで、しずかに省みてみたいという気持ちが、先生を動かしていたのである。だから自註の随所に茂吉のことが出てくる。今日ここで「写生論を書いてゐるのも、一つは新しい故人に対して、供養でもあり、感謝にもなるつもりなのである」ともいっていられる。

香風園で夕食を摂って、月の冴えた道を鎌倉駅まで歩いて帰った。

十七

三月二日。斎藤茂吉のお葬式の日である。朝から冷たい雨が降っていた。こういう日は神経痛のため、手首から指のあたりがはげしく痛んで、先生は自分でネクタイを結ぶのにも、服のボタンをかけるのにも、苦痛な表情をなさる。だから先生にマネキン人形のように立っていてもらい、矢野さんと私が着付けをするのである。お腹を冷やさないためにいつも腹に巻きつけてある布の上に、毛糸の腹巻きをし、モーニングのズボンをつけると、はち切れそうになってボタンがうまくかからない。先生はいらだたしさを、一所懸命押しこらえる表情で、つっ立っていられた。

新聞には葬儀は一時からと出ていたが、昨日伊馬さんに相談したとき、一時は告別式だろうから、先生は十二時に着くように行かれたほうがよい、とのことだったので、そのつもりで出石の家を出た。本願寺に着くと、やはり早すぎたようで、あまり人影もなかった。受付で挨拶を受けられたのは、佐藤佐太郎氏であったと思う。

田中隆尚氏の『茂吉随聞』には、当日の会葬者名簿が記されているが、先生の名は見当らない。

そういえば、おそらくまだ記名簿が出ていなかったのだろう。先生があのとき、名を記されたという記憶は私にも残っていない。

案内の人につれられて、いちばん奥の控え室に入った。薄暗い室の中の大きなテーブルを囲んで、どっしりとした革の椅子が二十脚ほど置かれている。その真ん中に安倍能成氏がたった一人で、坐っていられた。先生は安倍氏に軽く会釈して、一つか二つ椅子をあけて坐られた。私はいちばん部屋の隅に近い椅子に掛けた。お二人の間に、二、三度短い会話が交されたが、その後は安倍氏は半ば眼を閉じて黙然としていられたし、先生は胸の前でしずかに指先をまさぐっていられた。指の痛みが気になるのか、最近ではそれが先生の癖のようになっていた。カメラマンが二、三度フラッシュをつけて写真を撮ったときも、お二人はほとんど表情を動かさないで、自然な沈黙の中にいられた。

およそ二十分くらいたって、中年の男の人が、忙しげに入って来て、入口のところでレインコートをぬぎ、洋傘を傘立てに立てようとしていた。そのとき、開け放しになっていたドアのところに、一人の婦人がすうっと立った。ぴたりと身についた喪服で、明るい廊下を背にして立った婦人は、驚くほど背が高く見えた。

「広野さん。」

張りのある、よくひびく声であった。これが茂吉夫人で、いま入ってきた男の人は「アララギ」の広野三郎氏だな、と思った。

「あなたは、あちら」。夫人は広野氏に隣の室のほうを指さし、

「ここは大臣方の控え室です。釈さんくらいなら、まあいいけれど」と、さらにつけ加えた。

広野氏はあわてて、傘とコートをかかえて出て行かれた。

広野氏に指さした指がそのまま、部屋の隅にいる私のほうに、すうっと伸びてきた。

「あなたは、だれ。」

案内されてこの部屋に入るとき、確かに、二つ三つの部屋の前を通った。広野氏への指示を聞きながら、私もあらかじめその部屋にいるべきだったのだと、自分の迂闊さに気づいたけれど、こうなってしまっては、どうにも素直にこの部屋を出る気になれなかった。黙ったまま坐っていると、夫人は、

「ああ、秘書ね。」

といって、くるりと身をひるがえして外に出ていってしまわれた。

その間も、部屋の中央のお二人は、黙然としたままであった。私には、部屋の空気が、いたたまれぬほど重く、肩にのしかかってくるように思われた。しばらくして、四賀光子氏が入って来られて挨拶が交され、部屋の気配が少し動いた。私は救われたような気がした。

葬儀の式場に入って、正面にかかげられた茂吉翁の写真を遠くから仰いでいると、私ははじめて素直に、このすぐれた歌人を悼む思いになることができた。その写真は、頬杖をついたような形に、白い鬚の顔が少し斜に傾いて、やわらかなまなざしを放っていた。何にもこだわらないけぶるような温かさの底に、深い哀愁の思いがたたえられているようにも見えた。

葬儀が終ってのち、先生は、「この近くにいい鯨の肉を売る問屋があったはずだ。そこへゆけばいまでも、鯨が買えるかもしれない」と言い出されて、築地一丁目、二丁目のあたりを探して歩いた。歩きながら、茂吉の話をいろいろ聞いた。私が写真の顔のよかったことをいうと、「うつしみ

の吾がなかにあるくるしみは白ひげとなりてあらはるるなり」という歌を茂吉が詠んだのはかなり早い時期であることや、「わが体机に押しつくるごとくにしてみだれ心をしづめつつ居り」という歌について話された。そして、「茂吉は、鰻やとろろ汁のような、ぬめりのあるものが好きだったね」といわれた。私は、お葬式の帰りに、鯨を買おうと思いつかれた理由が、こういうところにあったのかと、おもしろい気がした。

茂吉夫人には、その後もう一度お目にかかっている。それから半年後の、先生のお葬式のときだった。祭壇のそばに坐っていると、拝を終った夫人が私に気づいて、

「この前の方はあなたね。あのときの安倍先生と釈さんの写真にあなたも写っているんですよ。」

といわれた。

私はまだあのときのことを、――生意気な人だ。お偉い方と一緒に写真にまで写って――と叱られているような気がして、何と返事したらいいのか、とまどってしまった。

しかしそれは、私の思い過しであったという気がする。茂吉夫人は、先生のお葬式に来てそこに坐っている見おぼえのある私に気づいて、思い出したことをそのまま率直に言われたのだろう。ただ、私はそういう悲しみの場での、そうしたもの言いに馴れていなかったのである。二度目にお会いした茂吉夫人の印象は、いまは、さわやかなものとして、心に残っている。

三日。昼頃、日本民俗学研究所の大藤時彦氏が来られて、話していられるうちに、先生の舌から血が出て止らなくなった。舌の真ん中に小指の先ほどの黒ずんだ水ぶくれができて、血がじわじわとにじみ出てくる。

大藤氏に入れ代って国学院の佐藤謙三氏が来られた。その後も出血は止らないので、水神病院の

河合医師に診察を受けに行った。たいしたことはないとのことで、出血を止めてもらって帰宅。後で考えると、こういう小さな異状も、すでに先生の体が次第に冒されていた前兆であったように思われる。

四日。馬込の室生犀星氏のお宅へ、新しく本になった『かぶき讃』をとどけに行った。そのときの口上は、「こんなものを書きました。おなぐさみに御覧下さい」というのであった。三、四年前の三月三日の節供に、室生さんのお使いで朝子さんが赤飯をとどけてくださったことがあった。先生は留守で、矢野さんだけが留守番をしていた。そういうときは誰からも物をいただかぬ定めになっていたから、矢野さんはお断りした。後で先生はそれを聞いて、室生さんに悪いことをしたといって、伊馬さんと私とでおわびにうかがったことがあった。昨夜もそのことを思い出されて、明日『かぶき讃』をおとどけして来なさいといわれたのだった。

門の石段を二、三段上ったところで、低い開き扉についた小さな鉄の鈴を振ると、たいていは室生さん御自身が、稀に朝子さんが出て来られて、扉をあけてくださった。みがきあげたような庭の飛び石をつたって、長火鉢の置かれた部屋にあげていただき、室生さんの前に坐って、先生からの口上を伝えると、後はもう何も言うことがなくなって、私はいつも困ってしまった。

室生さんが顔をくずして笑われたのを私はあまり見たことがない。いつか、私の田舎から石楠花の花を持って来て、半分を室生さんのところへお持ちしたとき、あの壺に活けよう、いやこの瓶のほうがいいと大変喜んでくださったけれど、喜ばれれば喜ばれるほど、室生さんの顔は真剣に引き締っていった。

室生さんはいつも、小さな急須に、程よくさました湯を注いで、盃のような小さな湯呑に茶をついでくださる。舌の上をすべる香油のようになめらかで美味しい茶は、すぐなくなってしまう。なくなるとまた、何度でも繰り返しついでくださる。火鉢のそばに、長い口付の煙草が出ていて、すすめられる。いただいて、吸殻を捨てるときに気がつくと、火鉢の中の灰は美しい目が立てられ、真ん中が、銀閣寺の庭の吟沙灘のように白々と盛りあげられていて、どこにも吸殻をつき刺す隙が見つからない。室生さんはそういうこちらの動作を、口をこころもち尖らせたように引き締めて、見ていられる。

そんなとき、奥さんか朝子さんがそばにいられるとほっとした。折口先生が、「あの人は童女のような人だ」といわれた奥さんは、体が中風で御不自由なのにいつもにこやかな顔で坐っていられて、気さくにものを言われた。襟のところに二、三本、爪楊枝がさしてあって、ときどきその一本を抜いて使われる。室生さんが神経をいらだたせたような表情で、「それは人前で失礼だからおやめなさい」といわれても、にこにこと笑いながらそんな室生さんのことばなど無視して楊枝を動かしていられる。朝子さんは朝子さんで、男のような鷹揚さで煙草を吸い、長い吸殻をさっと銀沙灘の中につき立てて、すましていられた。

室生さんのお宅を辞して後、私はいつも考えさせられた。室生さんの家の庭は、土の一粒一粒がつややかに生きているし、折口先生の家の庭は椎や楓がぼうぼうと茂っていて、外観はまるで違っているが、何か共通した雰囲気があった。それは、家の主の体からにじみ出て、ただよっている厳しさであった。先生の表情や動作は、ぼきぼきとした感じの室生さんより、ずっとやわらかであったけれど、内からにじみ出てくるものは、お二人とも同じように厳しかった。室生さんの身辺には、その厳しさをやわらかくいなしたり、押し包んだり、ときには押し伏せたりする人々の動きがあった。しかし、先生の身辺にはそれがなかった。

後に、室生さんは小説の中で、堀辰雄にも、津村信夫にも、その死の床で、かゆいところへもくまなくとどくような、あたたかい女人の手があった。釈迢空の死の床には、それがなかった、ということを書かれた。室生さんのお宅へ使いに行った帰りに、私がいつも感じるのも、そういうことであった。

伊馬さんや、矢野さんや、私と、先生との間に、うすうすと冷たい風の通うような心の隙間があったわけではない。しかし、春洋さんが出て征かれて後、先生には家族はなかった。ときには罵倒し、押し伏せてでも、先生の意志を翻えさせたり、身に沁みついた生活を変えさせたりすることは、もう誰にもできなかった。

先生の怒りの激しさは、目のあたり見た者でなければわからない。二時間でも三時間でも燃えつづけている燐の炎のような眼に逆らって、敢えていうことは、なみなみの気迫ではできなかった。ひとつには気稟の違いである。

そうした強烈な人間の業と業との闘争を敢えて繰り返して、しかもなお心の結びつきの失われないためには、夫と妻、生みの親と子というような、どろどろの人間の業の底のところで結ばれた、生涯断ち切ることのできない絆が必要であった。師と弟子の愛はどれだけこまやかであっても、それだけでは、業の底にまで到ることはなかった。

室生さんの美しい表現でいわれた、「くまなくとどくあたたかい女人の手」はまた、男の体のかすかな隈々にまでもとどく、ぬれぬれとした手でもあった。そういう手があったら、先生の命はもっと久しかったにちがいない。けれども、先生はそんなことは百も承知のうえで、春洋さんの亡き後は、淡くさわやかな家の生活に馴れてゆこうとしていられたのだと思う。

五日。昼からの四時間、「自歌自註」の筆記。どんよりと曇って暗い日。カフェイン錠を七錠のんでもなお眠い。

夜、三時半まで筆記を整理。原稿紙で三十枚になる。

十二日。昨夜の嵐は、明け方からしずまったようだ。庭を見ると、梅の蕾が沢山落ちている。書庫の上のトタン板は十六枚も飛ばされた。家主の松山へ、その模様を話しにいった。

明日は、ＮＨＫの「音のライブラリー」のために、詩歌の朗読を録音することになっている。夜、その練習をなさった。

朗読は詩三篇、歌十首の予定であった。先生の詩歌の朗読は、「新万葉集」の編纂せられた昭和十三年頃、その選者たち十人が、一面ずつレコードに吹き込まれたのが、コロムビアから売り出されていた。レコードで聞くと先生の声はあまりに高すぎて、聞き苦しいと思った。そのことを先生に言うと、練習するから聞いてほしいといわれて、三度ばかり繰り返し朗読された。

ところが先生が亡くなられてのち、昔のレコードをそのままＬＰ盤に収録し直してコロムビアから売り出したのを聞くと、どの歌人の声も、しっとりとしていい声になっている。前田夕暮や土岐善麿氏のは、前のものも立派な声であったが、斎藤茂吉や与謝野晶子の朗読は、著しく個性の出たものであった。ＬＰ盤では、それがすっかり美しい声に変っていて、両方を聞きくらべると、その差に驚かされる。一体どちらがその人たちの肉声に近いのか、私にはもうわからない。

人間の声をあんなに自由自在に変えてしまう機械の力を思うと、何か不気味な気がして仕様がない。

十三日。早朝、ブリキ屋を呼んできて、屋根の修理を見積らせた。古いトタン板も使って、三千円でする、という。

一時に先生を文部省に送って、近藤書店・伊東屋などで時を過し、四時前に迎えに行った。文部省の用は、無形文化財の会合だったと思う。慶應の平松幹夫氏と共に放送局へ行き、「音のライブラリー」に吹き込み。今日はだいぶん声を押えて朗読されたが、機械の故障で途中から一度取り直しをした。

放送局からもどってしばらくすると、ＮＨＫ会長の古垣鉄郎氏から電話があって、私用でおうかがいしたいとのことで、道順を教えた。古垣氏は、きっちり約束の時刻に来られて、きっちり約束の時間だけ話して帰られた。古垣氏の自作の詩についての御相談らしかった。帰り際に、道順の教え方について、「これからは、こういうふうに言われるのがいいでしょう」と私に模範を示して、去ってゆかれた。なるほど、世の中にはこういうきっちりずくめの生活もあるのかと、私は感心した。

先生が亡くなられてお葬式のとき、出石の家でＮＨＫの人たちが、この録音を聞かせてくれた。聞き終って後、鈴木金太郎さんが、昔にコロムビアで吹き込まれたほうが、声に張りがあってよかったといわれた。

その朗読が、

わが為は　墓もつくらじ――。
然れども　亡き後《アト》なれば、

すべもなし。ひとのまにく――

かすかに　たゞ　ひそかにあれ

…………………………

という、詩「きずつけずあれ」で終っているのも、先生の遺言を聞いているのだという思いを、私たちに感じさせずにはおかなかった。

十八日。箱根の山荘へ発つ日。荷造りしてみると、大きな荷物が五つにもなった。いつもこういうとき一緒に行かれる伊馬さんの都合が悪いので、塚崎さんが同行。

十時過ぎ、東京駅で電車を待っていると、偶然、国学院で私より一級上であった金田元彦さんがいられて、荷物を手伝ってもらう。車中、暖かく、先生の顔も明るかった。

仙石原のあたりは、まだ二十センチほどもある雪におおわれていた。この月いっぱい、箱根に籠る予定であった。

その頃の私の手帳に、随時書きとめてある先生の話を、記しておく。

○中学校の頃、金尾文淵堂という本屋へよく行った。主人が、「いくらでも本を持って行きなさい」といってくれた。そこへは、いろんな文士が集まって来た。松崎天民という新聞記者が、「あなた文学をやるんですか」といった。「ええ」というと、「これから、なかなかたいへんですね」といってくれたのを覚えている。

○それより前、中学の入学試験を受けに行ったら、男前のいい、こわいような先生が試験官で、「君はなにになりますか」と聞かれた。「私は文学博士になります」と答えた。後から恥ずかしくて、あの先生に教わらなければいいと思っていた。それが三矢重松先生であることを後に知った。先生は教わらないうちに、東京へ転任して行かれた。

○金尾文淵堂の主人の話に、水谷不倒氏が紀海音の墓を調べたがわからないといっていた、と聞いて、学校の休み時間に、走って行って見つけて、知らせてやったことがある。中学の三年頃だった。近松の墓の、二つある一つのほうも、その頃見つけに行った。

○三社の田楽は中門口だけ。それを関東ではなまって、「ちょうまぐち」という。ちょうまは鶫《つぐみ》のことだから、「つぐみ打ち」の意味だということになった。

○畔《くろ》と畦《あぜ》――畔は田のへりの広いもの。畦はごく狭いもので、境さえわかればよい、水さえ溜ればよいというようなものをいう。

○泉鏡花の不良時代があるはずだ。掏摸みたいになったことがあるにちがいない。これは秋声がそれとなしに書いている。秋声は、紅葉の家で、机を並べていたのだから。秋声は、人間としては鏡花より完成していた。

○風葉・秋声らの作品の画期的なものの中に、真山青果の代作したものがあるにちがいない。それを見つけ出すことは、大きな問題だ。青果は、いくらか新しい中里介山みたいな男だ。何かに書いて残しているかもしれぬが、わからない。こればかりは、筆つきでは判断できぬ。

○露伴の小説「珍饌会」は、当時としては全く新しい、会話ばかりの小説だった。いろいろ珍しい食物が出てくる。雪の下のてんぷら――（便所のところの）。ねずみの子――（噛みつぶしたら、しん粉細工だった)。

○私が、詩人たちがよく、「詩のわからぬ連中が詩を批評する」といって抗議することについて、先生の考えを聞いた。

「それは無理がないんだよ。詩人が、自分の作ったものは、その仲間だけ、または自分だけにしかわからぬものだと思うのは。」

そんな限られたものを押し通そうとするのは、どういうことでしょう、とまた、私がいうと、

「それはわかるじゃないか。つまりそれが、次の常識になっていくのだから。茂吉なんかにも、十分表現しきってしまわないで、読む人にまかせてあるものが多いよ。」

○前の会話の気分が、まだつづいているときに言い出された話。

古今集に、「わが庵は三輪の山もと。恋しくばとぶらひ来ませ。杉立てるかど」という歌がある。ところが、「顕註密勘」には、伊勢の猟師がある日、女を家に連れて来て、夫婦になった。子供が生まれてのち、「恋しくばとぶらひ来ませ。ちはやぶる三輪の山もと。杉立てるかど」という歌を残して去ったという話が出てくる。女は三輪の神女だったのだ。平安朝の末には、もうこれだけ、同じ歌が下品になって伝えられている。これがさらに下落すると、「恋しくばたずね来て見よ。和泉なる信太の森のうらみ葛の葉」の歌になる。民衆というものは、つまらぬものでなければ、伝えてゆかなかったものだろうか。

昭和二十八年春の箱根山荘の滞在は、三月十八日から半月間ほどであった。

その間、「自歌自註」の口述は、先生の気の向くままにつづけられて、三月の末には『海やまの

あひだ』の分を終って、第二歌集『春のことぶれ』に入った。

口述は、先生の気分の熟したとき、夜の十時からでも十一時からでもはじまって、二時、三時までつづくことがある。筆記している私のほうは、たまには昼の疲れが出て、いつの間にか眼の前が朦朧となってしまう。口述の声の途切れているのにふっとおどろくと、先生の眼が、行を乱してみみずのようになった私のノートの上にしずかに注がれているときがあった。

先生が口述筆記を好まれたのには、いろいろ理由があるだろうが、その一つは、自分で書くことのじれったさから逃れるためだったろうと私は思っている。原稿を自分で書いていて、気分がのってくると、頭の回転はどんどん早くなって、ペンを持つ手の速度は到底それに追いつけない。まごまごしている手を置き去りにして、頭の中ではもう次の論理を追っている。そのもどかしさを耐えてゆくのは、大変なことだったろうと思う。先生の学術論文は実例の引用がなくて、実証性が欠けているとよくいわれるが、書いている最中に、考えを中断して書棚の前に行き、本を開いてその一部分を引用するなどいうことは、とてもまどろっこくして、できなかったにちがいない。それは先生の自筆原稿を見ればよくわかる。少しでもペンのすべりのよいようにと、特別にあつらえたアートペーパーの原稿用紙に、ます目を無視して判読に苦しむような速筆で走り書きされている。殊にコカインを使っていられた頃の原稿などは、書いているうちに鼻からしたたり落ちた血の跡が点々と沁みていて、鬼気迫る感じがする。他人に筆記させることにすれば、書くことはもう他人まかせであって、自分がいくらいらいらしても、どうにもならない。どうにもならぬと決まれば、それであきらめがついて、かえって心が鎮まるのであったろう。もし先生の生前にテープレコーダーが今日のように自由に使えるようになっていたら、『折口信夫全集』は今の何倍かの量になっていたにちがいない。

だから、先生とむかいあって筆記している者が、眼の前で居眠りしている、そんな頼りない姿を見るのは、きっと耐えられないほど心のいらだつことだったにちがいないが、それを先生がことば荒く叱られたことは一度もなかった。

伊豆の今井浜の宿では、みみずを書いている私の前に昼間稲取の町で買ってきた大きな飴玉をころりところがして、「はい、これ目ざまし」といって、しずかに笑っていられた。

またある夜は、とうとうたまりかねたのか、「おっさんは、煙草を少し吸いすぎるよ。煙草をやめると、疲れが軽くなるんじゃないの」といわれた。先生のしずかな、何かものさびしそうにすら感じられる言い方が、心にこたえた。私はその夜から煙草をやめて、先生が亡くなられたときまで、煙草を口にすることをしなかった。

前年原稿のできあがった『日本古代抒情詩集』は、校正刷が出てきたが、ページ数が少し足りないので、歌の索引を作ってつけることになった。

箱根にいると、魚や野菜の買出しに毎日仙石原の村に下ったり、朝夕の食事を作ったりする用が多かった。東京にいるときよりもさらに、食卓が豊かになることを望まれるから、毎日の献立には工夫が要《い》った。夜寝る前に翌日の献立を考えておいて、一日をよほど手順よく立ち回らないと、口述筆記や校正のための時間が足りなくなってしまうのであった。

先生の健康はほぼ回復したように思われた。ときどきお腹の具合が悪くなって下痢止めの薬をのみ、また秘結したといって下剤をのまれるのは、以前からの習慣のようになっていた。

この頃、夜の床についてから、体が痒くて寝つかれないと訴えられることが多くなった。医者は、老人性の掻痒症で、格別の治療法もないのだといった。

いつもならば、かなり熱い湯の出る温泉が、この年の春はどうしたことか温度が低くて、四十度以下にさがってしまう日が多かった。ぬるい湯に入ったのちは一層痒さがひどくなるらしくて、夜遅くなっても寝つかれないからといって、炬燵に寄りかかって起きていられることが多かった。

箱根から帰ってのち、四月七日には伊豆の古奈で「鳥船」の歌会を開いた。鳥船社が東京から外へ旅行に出て歌会を開くのは、ここ何年かなかったことだった。今年の春、先生の体が回復してあちこち小旅行に出られるようになって、その旅先で、しきりに「鳥船」の会はここにしよう、あそこにしようと考えられた末、二月の伊豆旅行のときに滞在した、古奈の石橋旅館に決ったのだった。

ところが、いざその日になってみると、久しぶりに東京を離れての歌会なのに、出席者が二十人しかなかった。そのことが先生の心をむなしくさせ、憤らせた。その頃の会員名簿を見ると、会員六十名のうち半数近くは、地方で教職にあたる人たちである。学年始めを間近にして、動けない理由があったのだろう。しかし、そういうことは先生に対して弁解の理由にならなかった。

その頃の先生は、鳥船社の今後の進み方について、新しい構想を考えていられたようである。「鳥船」以前の門弟の、西角井正慶氏や穂積忠氏なども含めて、もっと大きな形にしてみようかなどと漏らされたこともある。現に古奈での会には、大仁の穂積さんをお客として招いてあった。

また一方で、現鳥船会員の中でも、「鳥船」の研究会には出て先生の学問に触れたいけれども、歌を作ることは苦痛だという人々もできている。そういう者は「歌友」として会に出るようにするのがよかろうと考えていられた。

そういうときに、歌会に集まる者が少なく、会員の熱意の淡いことが、先生を憤らせたのである。歌会の席ではそれほど厳しいことばはなかったけれど、いちばん先輩の藤井貞文さんや伊馬さんには、きっとはげしい不満を漏らされたにちがいない。

歌会が終って、別の宿に泊られる先生を送っていった。床につかれた先生を指圧している間も、心が鎮まらないのか、いつものようにすやすやと寝入っていかれることがなかった。それでも帰り際には、「この宿の風呂は大きくて気持ちがいいよ。入ってお帰り」となごんだ声でいわれた。

「石橋」に帰ってみると、会はまだつづけられていて、来月から毎月一回、会誌を発行することや、二か月以上の欠稿者は以後、投稿を許さないというような、新しい定めが決められていた。

その頃、雑誌「新潮」から短歌を十首、先生に頼んできた。代表的な歌人数名の作品を見開き二ページずつに掲載し、次号にそれについての詩人や評論家の合評を掲載しようという計画らしかった。戦後急速に、文学の世界から領域を狭められてしまった短歌に、場を与えてみようという試みであったろう。

先生は叙事的な連作を考えていられるようで、私も一緒に横浜の外人墓地のあたりへ散歩に出かけたが、なかなかうまくまとまらないようだった。

私が郷里の春祭りの手伝いに三日ほど帰郷して、四月二十一日の朝早く出石に帰ってみると、二階から下りて来られた先生は、

「君が国へ帰っていた間に、も一度横浜へ出かけていって、これを作った。見てごらん。」

と原稿を示された。

「をとめありき。野毛の山に家ありて、山を家として、日々出で遊びき。血を吐きて臥し、つひに父母のふる国に還ることなかりき。稀々は、外人墓地の片隅に、其石ぶみを見ることありき。いしぶみは、いと小くてありき。さて後、天火人火頻りに臻りし横浜の丘に、亡ぶることなく、をとめの墓は残りき」

こういう詞書きをもった、「嬢子塋《おとめばか》」という連作だった。万葉や大和物語に伝えられている古い処女の墓の伝説を下に踏んで、外人墓地に眠っている異国の少女を詠んだみずみずしい、先生の得意の抒情的叙事歌だった。

特別のモデルがあるというのではないが、私には思い当ることがあった。当時、外人墓地は今のように出入りが厳しくなくて、元町のほうの入口から、金網の戸を押して入ることができた。入口のそばの、番人の家らしい小屋の暗い窓から、外をのぞいている外国の少女のさみしげな顔が見えたりした。また、墓地をひと回り歩いてのち、いつも立ち寄る元町の角のコーヒー店にも、質素な服を着た外人の少女がいて、人なつこい笑いを見せながらコーヒーを運んで来た。そういう少女に、「あれはきっと白系露人の子だよ」などと先生は特別の関心を持っていられた。

すぎこしのいはひの夜更け、ひしぐと畳に蹈みぬ。母の 踝《クルブシ》

というような歌は、そういう少女の記憶から、連想が展開していったのであろう。

くれなゐの　野樝《シドミ》の花のこぼれしを　人に語らば、かなしみなむか

という歌の上の句は、単なる叙景ではないような気がしたので聞くと、「詞書きにいってるだろう。少女が喀血したのさ。そんなのはすぐわからなけりゃ」と、いわれた。私はもう一首、

我つひに遂げざりしかな。青空は、夕かげ深き　大海の色

という歌の一、二句の意味も聞きたかったのだが、前の歌の説明があまり簡明だったので、聞くとまた鈍感だといわれそうで、聞きそびれてしまった。何か不思議になまなましい官能の流れている連作である。

「こんどの歌はほんとに苦しんだ。歌を作るのはマゾヒズムみたいなもんだね。もう、若い者に、歌を作れなどと、けっして誣《し》いるまいと思った。」

先生は作り終えた明るさのなかで、つくづく疲れたという感じであった。

われわれには写生歌をやかましくいって作らせられるのだが、先生自身は単なる叙景では満足なさらないから、叙事的な一つの内容を心につかみとるまでに苦心が要るのであったろう。

それにしても、先生が歌に関してこんな弱いもの言いをされたのは、はじめてのことであった。

四月二十七日には、伊馬さん、池田さん、戸板さんと共に、先生に従って、川奈ホテルに泊った。二月に出版された『かぶき讃』は、この三人の方の手で編集せられたもので、先生がそのお礼に招待せられたのである。

誰もゴルフをする人はないのだが、ゴルフ場のあるホテルに泊るのも、先生の新しいもの好きの一つのあらわれである。

夕方、人影のなくなったゴルフ場を散歩してのち、私は与えられた部屋の柔らかい椅子に腰掛けていた。芝生は夕べの光線の中で冴えた緑に燃え立ち、その向うにつづく海の上の空は、淡く夕焼けていた。この上もなく静かで、満ち足りた風景を眺めているうちに、私の心に突然異様な感動が湧きあがってきた。

敗戦の数日後のことだった。茨城県鉾田町の町外れの寺の庭で、私たちは三八式歩兵銃の銃身に刻まれた菊花の章に、鏨《たがね》をあてて潰していた。銃は明日、連隊本部のある鉾田中学の校庭に集めて焼いてしまうのだという。せめてその前に、菊花の章だけは自分たちの手で消しておこうと、誰いうとなく言い出したのである。言い出したのは勿論、私たちのように軍隊に入ってまだ日の浅い者たちではない。この銃一つに命を托して、中国で四年も五年も戦いつづけてきた古年兵たちだった。私たちは、傷つけたといってはなぐられ、手入れが悪いといってはなぐられる銃に、むしろ憎悪をすら感じていた。殊に私の入った部隊は、野間宏氏の『真空地帯』の部隊の別れの隊であった。戦えば日本一弱いといわれた部隊だが、それだけに新入兵に対する制裁は、いかにもねちねちと陰湿であった。剣道と相撲に自信のあった私は、個人同士の闘争では一度も負けはしなかったが、集団をかさに着た制裁には、いささかうんざりしていた。敗戦の半年ほど前、私たちの部隊が大阪から鉾田に移動してくる途中、東京で列車が空襲を受けて、初年兵ばかりが二十人ほど焼け死んだ。寝入りばなの空襲で、うっかり銃を持たないでとび出したことに気づいて、火のトンネルのようになっている車内に引き返して焼け死んだのである。天皇陛下から賜わった、御紋章のある銃を火中に忘れてきたとあっては、どれほどむごい制裁を受けるかわからなかった。その制裁の恐ろしさよりも、むしろ火中に身を投じるほうを、初年兵たちは選んだのである。

しかし、戦いに敗れた今、友が命にすら代えようとした銃が、むざむざと焼却せられるということになると、その銃に対しても特別の思いが湧いた。盛りあがるように見事な花をつけた百日紅の古木が、庭土の上に、菊花の弁の一つ一つを鏨でつぶしている私たちの肩に、しきりに花をふらせていた。

ふと、私の前の土に黒い影がさした。顔をあげると、日露戦争の勇士だったというこの寺の住職が、衣の両袖に、まだ小学校前の二人の幼い孫の頭をかかえるようにして立って、じいっと私たちを見おろしていた。「お前たち、この兵隊さんの姿をよおく覚えておけよ。忘れるでないぞ」。孫に言いきかせる住職の声は、太くたくましく響く、よく鍛えた声だった。私はくやしさと恥ずかしさに、目の前の影が立ち去ってゆくまで、顔があげられなかった。土の上に散った百日紅の花が目に沁みた。

ホテルの満ち足りて豊かな夕食後のひとときに、どうして敗戦直後の苦渋の思いが俄かに心にふきあがってきたのかわからないまま、私はその思いを手帳に書きとめた。それは自然に歌の形になって、何首でも歌が詠み出せそうな気がした。

そのときにできた歌のうち五首を、五月から発行されるようになった「鳥船」の第一号に出した。歌会の席で、同人のいろんな批評があったのち、先生が珍しく長い批評を私の歌のためにしてくださった。

今になってみると、つたない歌だが参考のためにその歌と、先生の批評を記しておく。

銃身の菊花の章を　潰せといふ。敗れし日より　五日を経たり

あきらかに彫りたる弁の　ひとつ　ひとつ　鏨《タガネ》をあてて　潰さむとする

鏨もつ指の疼きを　怺《コラ》へをり。眼に沁みてくる　百日紅の花

歩兵銃のかくはかなきを思ひみし　ことすらなきを　悲しみにけり

戦に敗れし悔いの　身に徹る音なりしかば　一生《ヒトヨ》忘れず

先生の評言は次のようであった。

「われわれも誤解し、世間もまた誤解しているのだが、歌ならどんなことでもいえるという自信

のようなものがある。われわれが死んでから後、五十年百年たっても、われわれの歌がわれわれの思っているとおりの意味にとられるかどうか。歌は実際は表現力の淡いもので、作者の表現しようとするものと、読者の享受するものとが、離れ離れになっていることが多いのだ。後に読者のほうで、適当に矛盾なく意味を整頓してゆく。私など万葉集・古今集・伊勢物語の歌を見ても、従来の解釈とすっかり意味をひっくり返しているのもある。どうかすると、それがその作者の作ったときより正しい解釈をしていることもあるように思われもする。今では私どもの解釈でないと条件が揃わない。時が変ってゆくとまた、解釈を整頓してゆかねばならない。解釈は厳格にひとつだけのものではないのだ。その時代の違いで、二通りも三通りもの解釈があり、両方とも成り立つ場合もある。それを迷信で解釈はひとつだけのものと思っているだけのことだ。

岡野の歌を見ると、その問題がどの歌にもついてまわっている。これらの歌は、手に触れるもの、目に入ってくるものをそのまま歌にしている。斎藤茂吉さんも、そうした点では厳格な表現はしていない。今の人はそれを時の感情で解釈している。茂吉さんの歌を見ていると、調子の上に或る気分は感じられるが、意味と調子と別々なものが多い。気分化してしまって、調子ばかりを求めているのだ。茂吉さんの歌は、日本の歌が行きつくところへ、早く行っている歌だ。今の若い人は皆、その影響を受けているから、八九分は意味が通っていて、後はわからぬ歌が多い。そこに問題が出てくる。『百日紅』とか、いろんなものが入り込んでいて、それをシンボリズムでつないでいる。つなぎ得ていると思って受け取っている。悪いことかもしれないが、あるいはそれでよいのかもしれぬ。近代の歌とわれわれの歌との持っている違いは、表現の自由なことだ。しかしこれでは、自由すぎて問題が出てくる。われわれはやはり、努力して動かぬ表現を持たせるようにせねばならぬ。

若い者は自由をいちばん喜ぶのだから、さっきあった批評のように、ある一人が自分の考えで、この歌はこうなければならぬと縛るのはいけない。この歌で、そのままわかるのんき者もいるのだ。のんき者も認めてもらわねばならぬ。それを、一人だけの態度で狭めるのは、詩人の自由ではない。自分の考えだけで人を律しようとする心持ちはあさましいことだ。もう少し自由にしておく必要がある。今、われわれが楽しんでいる自由は、まるで仏さんから与えられたような自由だ。だがそれでも、自由は自由としてどこまでも保持していたいのがわれわれの痛切な願いだから、われわれより考えの足らぬ男に導かれるのは、いかにも情ない気がする。子供の持つ自由は認めてやることだ。人に強いる権利はない。

この歌、表現の足らぬことはたしかに足らぬが、それはシンボリズムの弊害で、それをおおっぴらに行なっているのだ。五首目の『音』は鉄砲の音と解釈する時代が来るかもしれぬ。作者の考えていることと違ったふうに考えられてくるかもしれぬ。いつまでも解釈は動かぬものだと思うのは、迷信だと思わなければいけない。一首目の『敗れし日より……』というのが、すでに動いている。これはこの作者の表現力が弱いからだ。

この歌には批評がないという批評があったが、そんな誰にでもわかる内容は浅薄にすぎる。しかし、歌の調子そのものに、体でぶっつかってゆくような、批評が出てこなければならないはずだ。」

私は、自分の歌に対して先生からこれほど長い批評をしてもらったのは、はじめてだった。先生のことばの中で、「さっきあった批評のように……」というのは、同人の一人が、「この歌には作者の思想がない。軍隊生活などというものに対して、われわれは心から憎悪をもたなければならないはずだ。それがこの歌には出ていなくて、肯定しているようにも、否定しているようにも受け取れる。その批判が出ていないのでは、どうにもならない」という意味の批評があったのに対していわれたことばである。このあたりの先生のもの言いは激しくて、私の歌についての弁護というようなことではなく、自分の信じる「詩人の自由」をはっきりと皆の胸に沁み透らせようとするようなきびしさがうかがわれた。

不思議なもので、あの川奈ホテルでのいっときの体験から、私は目の前の霧がふっ切れたようになって、それから半年ほどの間、自分で楽しいほど、歌を作ることに張り合いを感じることのできる日々がつづいた。

こういう点でも先生は批評の名手だった。今になってみるとよくわかるのだが、私のこんなつたない歌の、腰の坐らない表現の弱さをはっきりと戒めながら、同時に、歌を作ることに生きた興奮を見出しはじめた若者の心に、できるだけ張り合いを持たせようとして、意識して甘い批評をしていられるのである。

堀辰雄氏が亡くなられて、その葬儀が芝の増上寺で行なわれたのは、六月三日のことだった。葬儀の場で弔辞を述べることになっていた先生は、二日の夕方になって、

「僕は弔辞に詩を読むことにした。しかし、ひょっとすると室生さんも、詩にしようと思ってられるかもしれないから、君ちょっと行って、室生さんに聞いてきておくれ。」

といわれた。馬込のお宅へうかがって、

「折口は明日のお葬式に、詩を読むことにしたいと申しておりますが……」

先生から言われたとおりのことばで室生さんにお伝えすると、

「僕は普通の形の弔辞を、型どおりに読もうと思っています。」

というお返事だった。

三日の昼近く、加藤道夫氏が迎えに来られて、同じ車に馬込で室生さんを乗せて増上寺にむかった。

室生さんは、「昨日はわざわざ岡野君をお使いにくださって……」と挨拶され、それから、芥川龍之介のお葬式のとき、泉鏡花が弔辞を読んだが、まず祭壇の前でしずかに眼鏡をはずして、前の台に置いてから弔辞を読んだ。その眼鏡のつるをつまんで耳からはずす何でもない所作が、実に深い哀悼の情を示しているように感じられた。あれは何か作法の型のようなものがあるのでしょうか、と先生に話された。室生さんらしい、鋭い眼のとどいた話だった。

そのあと、車内にはふっつりと話が絶えてしまった。私は先生の脇に坐って、助手席の加藤道夫さんの、喪服の背中ばかりを見ていた。少しちぢれっ毛の加藤さんの頭も、何か思いつめたように、前を向いたまま動かなかった。

このときの車中の人は皆、すでに亡き人である。三月のちに先生が亡くなられ、さらにその三月のちに、若い「なよたけ」の作者も自らの命を絶ってしまわれた。

増上寺へ着いて、控えの間に通じる階段をあがってゆかれる先生の足もとが、心もとなかった。この前の斎藤茂吉さんのお葬式のときのことが思い出されたが、先生の手を支えて階段をあがりかけると、上から「あ、折口先生」と声をかけて先生の背をいたわりかかえ込むようにして手を伸ばしてこられた、大きな体の人があった。中村真一郎さんだった。先生はこの方におまかせしておけばいいと、私はほっとした気持ちになって、式場になっている本堂に入っていった。

会葬者でいっぱいの本堂の柱に背をもたせかけて、神西清氏が黙然と腕を組んで立っていられるのが眼についた。神西さんのそういう姿を、私は去年の夏に何度か軽井沢で見かけていた。いつもパイプをくわえ、遠い空の一点にふわりと視線を据えて、あたりの人間など眼中にないというような姿だった。

今日はさすがにパイプはくわえていられないが、皆の坐っているなかに、腕を組み天井を仰いですっくと立った姿は、軽井沢で見た飄々としたところがなくて、独りの厳しさだけがむき出しに見えていた。野の中に孤立した裸木のようなその姿が気になって、眼をそらそうとしても、ついそちらへ視線がいってしまうのだった。

先生の弔辞は、堀さんの友人Jさんに語りかける会話のような形で、実は、堀さんに訴えている詩である。Jさんはおそらく、神西さんにちがいない。後に、誰からだったか忘れたが人づてに、神西さんが、「折口さんはあんな形で僕を引合いに出して弔辞に読まれて……、僕は困ってしまった」といっていられると聞いた。

先生の弔辞の詩は、葬儀の場で聞いただけでは、十分に内容の汲みとれないようなところもあった。それよりも、葬儀委員長の川端康成氏が、挨拶のなかで、堀さんのなきがらを焼いた夜の月の出が、ちょうど『死者の書』の中の山越の弥陀の来迎を思わせるようだったと語られたことが、深い印象に残った。

先生の堀さんを悼む詩はもう一つあって、雑誌「群像」に発表された。「堀君の訃」という題である。私はその詩のほうがより深く心に残っている。この詩に詠まれた、先生の悲しみの場に、たまたま私も居合わせたからだ。それは五月二十八日の午後のことだったと思う。先生と上野の博物館に入っていった。学術会議か何かの後の寄り道だった。

……………………

友人の最後の息をひきとつた日に、
古代支那の墳墓のかをりを吸つてゐる私――。

さうして其が、友人の喪《モ》の第一日を過すもつとも適切な為方のやうに　考へてゐる私――。
古《フル》塚の墓土偶《ハカニンギヤウ》の　深い眠りに比べると、
私の友人は、つい今し方、静かな夢を　見はじめたばかりなのだ――。

今もこの詩を読むと、暗い博物館のガラスケースに額を寄せて、小さな陶俑の古風に飄げた表情に、呆然として見入っていられた先生の悲しみの姿が目に浮かんでくる。

堀さんの葬儀の後、半月ほどたった頃、神西さんがひょっこりと出石の家を訪ねて来られた。二階の部屋で、一時間あまり、先生との間に何か大事そうな話合いがつづいた後、玄関まで送ってこられた先生は、

「神西さんを、大森の駅までお送りしなさい。」

といわれた。駅まで十分ほどの間、神西さんはむっつりとして、何も話されなかったが、別れ際に、

「実は今日は、折口先生に大変御無理なことをお願いに来たのです。先生はそれを聴きとどけてくださいました。お見受けしたところでは、大層お疲れがひどいようです。どうか、先生をお大事になさってください。」

と、沈痛なほどふかぶかとした言い方でいって、去ってゆかれた。

家に帰ってみると、先生は陽の翳って暗くなった部屋の書棚の前に、何ともいいようのない憂鬱な表情で、ぽつんと立っていられた。

神西さんのことばを伝えると、

「そう、神西君はほんとに言いにくいことを言いに来たんだよ。堀君の全集を、角川書店から出そうという計画がすすんでいたのだが、堀君が亡くなってのち友人たちが相談して、新潮社から出させようということに話が変ったのだ。それで、角川が全集をあきらめるように、僕に説得してくれと言いに来たんだよ。教え子の角川のところから堀君の全集の出ることを僕がどんなに嬉しく思っているか、もちろん十分知っての上でだよ。よく聞いてみると、友人たちの決意はもうどうにも動かしようがないらしい。角川には可哀想だが、ここは歯を食いしばって、より大きくなるための忍耐をさせるよりしようがない。堀君のためには、角川も随分一所懸命になっていたんだから、容易には聞き入れないだろう。それにしても、神西君はよくも思いきって、僕に言いに来たものだ。堀のためならと思いきって来たのだろうが、堀君はうらやましいほど、いい友人を持っているね。」

と話された。

十八

六月の初め頃から、夏休みになったらすぐに箱根にこもって、しずかに過したいといっていられたが、六月の末で講義を終って、七月四日に箱根に行くことになった。

二日には、かかりつけの水神病院の河合医師に、念のため診察を受けに行った。去年の発作のことがあるので、まず血圧を計ってもらったが、百四十五であった。先生は、「この頃少し胃が張るように感じられてしようがありません。殊に下を向いて寝ていると、変な痛みを感じます」といわれた。医師は丹念に触診した後、「胃が少し弱っていますから、薬をさしあげましょう」といって、十日分の散薬を調合してくれた。

帰り途で、「血圧もすっかり落ちついたし、もう大丈夫ですね」というと、「そうね、今年の夏を越せればね」といわれた。そのときはあまり気にもとめないで聞いていたのだが、後になって考えると、先生の心には何か予感のようなものがあったのかもしれない。それでも水神病院から帰ってのちは自信を得られたのか、なかなか元気で、箱根へ持ってゆくための本を、あれこれと考え出しては、私にととのえさせられた。

荷物が沢山ある上に、伊馬さんも用があって一緒には来られないので、角川書店の車が、箱根まで送ってくれることになった。十日の朝私は田町駅前のうなぎ屋へ行って、うなぎを一貫目買ってきた。箱根で生かしておいて、ときどき蒲焼をつくろう、という計画だった。伊馬さん、池田さんに見送られて出石を出たのは、午前十時半だった。しとしとと雨が降っていた。

箱根の山にかかると、雨にぬれた玉あじさいの青が美しかった。この花の色の好きな先生は、私に指さし示しながら楽しそうだった。

雨は八日まで、五日間降りつづいた。それでも、朝は六時半に起き、夜は十一時頃には床を敷いて、指圧をしていると、軽い寝息をたてて眠ってゆかれた。箱根へ来てはじめの数日はいつもそうなのだが、一日に四度も五度も湯に入り、湯から出てくると、寝椅子の上に横たわって、雑誌や推理小説を読みながら、くつろぎきった時間を過される。そばで見ているこちらの体まで、だらりとしてくる程、怠惰な姿なのだ。そういう四、五日が過ぎると、風通しのいい所に机を据えて、誰にさまたげられることもない、楽しそうな仕事がはじまるのが常であった。


その年の夏、箱根はまるで呪われたもののように天候が不順だった。

「こう雨がつづいては散歩もできない。これでは山へ来た甲斐がない」といって不満そうだったが、先生の健康は割合よかった。嫌いな野菜や果物を何とかして食べてもらおうと思って、先生の反対を押し切ってミキサーを買ったのだが、それがいろいろに役立った。先生は先生で得意の独創的な料理をあれこれと考え出し、鶏肉やレバーをミキサーにかけては、自家製のフォアグラだなどといって、しきりに私を悩ませていられた。ミキサーに脂肪のあるものを入れると、あとの掃除が大変なのだった。

十日から十一日にかけて、「鳥船」の人たち十人がお見舞いに集まって、歌会が開かれた。これが、最後の鳥船歌会になった。

数日、晴の日があったのち、十四日から二十三日まで、また雨が降りつづいた。富士も芦ノ湖も外輪山もすっかり霧につつまれて、厚い雲の中にいるような感じだった。畳も布団もじっとりと湿気をふくんで、机の上の原稿紙は、インクがにじんで書けないほどになってしまっていた。ガラス戸の隙間から煙のように霧がしのび込んでくるので、雨戸をとざして、一日中、夜の世界のような家の中で、いらだつ心をじいっと押しこらえて日を過した。何一つ動くものの眼にとまらぬ霧の中で、風音だけが、ごうごうと鳴った。私はそれでも雨の中を買物のために仙石原の村に下ることがあったから、いくらか気がまぎれたが、普段でも雨風のはげしい日は心いらだつことの激しい先生は、身の置き所もないという顔をしていられた。

いくらかでも先生の気をまぎらすために、面白そうな小説を声に出して読んだりした。ある日は、雑誌に出ていた「夜明け前」のシナリオを読んだ。先生は、

「あの主人公の四男が藤村自身だ。藤村も長兄のことはよく思っていないように書いているが、柳田先生もその長兄が嫌いだった。台湾へ役人で行かれたとき、『春樹がたずねよといったから』といってその人がたずねて来た。後に柳田先生は、『春樹君はひどい』といって怒られた。そのことが、先生と藤村の仲たがいの原因の一つになっている。あの小説ではお粂がいちばんよく書けている。平田学派の理想をもっと広い面からとらえて書いたら、面白かったろう。佐藤信淵などという人間は、随分興味のある人物だよ」などと、感想を述べられた。

二十四日は、十日ぶりで雨があがった。私は手の皮のむけるほど、洗濯物をして干した。夕方になって、先生も三十分ほど散歩をなさった。

二十五日には、実践女子大の先生で、いつも国学院へ先生の源氏物語の聴講に来られる、於保みをさんがひょっこりとたずねて来て、一泊してゆかれた。この日、『日本古代抒情詩集』の再校を終った。先生の新しい書き入れがだいぶんあるので、三校をとることにした。

二十六日。昼前、サイレンを鳴らしながら救急車・消防車がしきりに走る。出入りの大工がやって来て、早雲山で山崩れがあり、何人かが生き埋めになったので、救い出すための人数を集めているのだと知らせてくれた。

二十七日。大阪の弟さん折口和夫さんから、山崩れの見舞いの電報がとどいた。「皆、若死して、たった二人しか残っていない兄弟だからね」といわれる。

八月に入って数日はいい天気であった。先生は毎日三十分ほど、山原を散歩してこられたが、何となく疲れがひどいようで、寝椅子の上にごろりと身を横たえているときが多くなっていった。

五日には、伊馬さんと池田さんが来て三晩泊ってゆかれた。先生も楽しそうにビールをあがられたし、庭の山百合の花の前で、伊馬さんが写真を撮られた。この夏の生活のうちで、最後の楽しい三日間であった。

十日からまた雨になって、七日間降りつづいた。この雨のために、先生の体も心も、すっかりバランスがくずれてしまったように感じられた。次第に食欲が衰え、風呂も日に一度しか入られなくなった。

夕食の後で、昔の家族の話、進兄さんの思い出話などをしきりに話された。

十三日から三日間は、いくらかお腹の具合もよくなったようで、机にむかって、土佐の生漉きの紙に詩や歌を散らし書きして、のどかに過された。

この年の秋には三矢重松先生の三十年祭が御郷里の山形県鶴岡で行なわれる予定になっていた。そのときに読まれるはずの祝詞もできたといって、浅葱色の紙にこまごまと書いた原稿を見せられた。

同じ頃、紙に書かれた歌に、

いまははた　老いかゞまりて、誰よりもかれよりも　低き　しはぶきをする
かくひとり老いかゞまりて、ひとのみな憎む日はやく　到りけるかも

という二首があった。歌の下には、僧形の老人が、布団から半ば身を起こし頭を垂れて思い入っている姿が画かれている。また、「遠東死者之書」と題する二十五首の歌の連作を紙に散らし書きに書き連ねていかれたのもこのときである。

しらとりのみはかも恵
我のふる市もなほしさ
びしく人ゆかずけり

ふたかみ山はれてしづ
けき朝いでゝみんなみ
すればかすむはなぞの

白鳥の陵、恵我の市、そして二上山など、少年の頃から歩き馴れた河内から大和への道のあたりを、先生の病み衰えた心はうつらうつらと夢心地にさまよっていられたのでもあろうか。

十五日、いつもより遅く仙石原の村へ買物に下って帰ってくると、もう薄暗くなっているのに、先生の部屋には灯もともっていない。不思議に思って、そっと入ってゆくと、家のまわりの萱原を

渡ってきた風が、網戸をとおして涼しく吹き込んでくる畳の上に、先生はひっそりと白い浴衣を着て仰臥していられて、その枕もとに、ここ二、三日のこうした歌を書き散らした和紙が、異様な白さで、ゆらゆらと風に舞い立っているのであった。

つねづねあれほど潔癖で、芝居の舞台で箒を使うのを見ても、すぐに口を覆ってしまわれるほど埃のたつことの嫌いな先生であった。それが今は、畳にごろりと身を横たえて、頭の上にゆらゆらと白紙の舞い立つのを、身から迷い出た自分の魂を見つめるようにじいっと見ていられる。

ことばをかけていいものかどうか思いまどいながら、私はしばらく部屋の外に立ちつくしていた。背筋の冷え冷えとするような、異様な光景だった。

このごろの先生のこういう姿を、どう考えればいいのか、私には判断のつかないことがだんだん多くなっていた。戦後の先生の詩や歌には、孤独のわびしさや老いの歎きを詠まれたものが数多いが、しかしそれは枯れきった老いびとの歎きではなかった。朝の床に溲瓶をくつがえしたり、靴下の破れからのぞいている指先をみつめたりしている先生の眼は、そのわびしさを見据えながら、まだ、ぬれぬれとした艶やかさ、あるいは貪欲さを失っていなかった。

一年ほど前、茂太氏に後から抱きかかえられながら、浅草の観音さまを拝んでいる斎藤茂吉氏の写真を雑誌で見たとき、先生はまだまだ茂吉よりは若く、たくましいな、とつくづく思ったことだった。

今年の春頃、つれづれに手帳に書きとめていられた詩や歌（一九九七年版全集二十五巻所収の遺稿のなかの、みつまたの歌や、東京娘——ミス東京——の歌、あるいは一九九七年版全集二十六巻所収の口語詩の道元禅師など）も、華やぎを失ってはいないし、人生に対する執意のようなものがつややかに光っていた。

ところが、この夏箱根へ来てからの先生の体と心の急速な衰えは、異様というよりほかなかった。毎夜の指圧のとき、指先に触れる肌の乾きや、筋肉のこわばりの具合で、一日一日の肉体の衰えの様子はありありと感じられていた。また、先生を知る人なら誰でも耳に残っているにちがいない、あの、咽喉の奥にからんだ痰を切るための、「クワッ」という鋭く力強い咳払いの声も、この頃はほとんど聞かれなくなっていた。

しかし何よりも、二、三日前に書かれたまま、机の上に置かれていて、ときどき風に舞い立っているこの老いの咳《しわぶ》きを歎く歌と、歌の下に描かれた僧形の老人の絵のさびしさはただごとではなかった。その絵と歌を見ていると、先生はひょっとすると生きるための執意をみずから絶ち切ってしまわれたのではないだろうか、という疑いが、打ち消しても打ち消しても、心に湧いてくるのだった。

十五日の夜、いくらか心しずかにいられる先生に、帰京して医者にかかるか、ここへ医者に来てもらって、診察を受けましょうと、今までにも何度も言った同じことをすすめたけれど、先生の答えはいつもと変らなかった。

「僕の体は、去年からあんなに幾人もの医者に診てもらったけれど、誰も原因をつきとめてくれなかった。暑い東京へ無理をして帰っても、何の得るところもないと思うし、今の僕には、この静かな生活を破られるのが、いちばんつらいのだ。ここは金《きん》と春洋が僕のために作ってくれた家なんだ。若し死ぬのなら、ここでこのまま死んでゆくのがいちばん幸福なのだ。僕がそう心を決めているのだから、君も同じように心を決めていてくれなければ、僕の心の負担が重くなってしようがない。」

ぽつりぽつりと言われることばはしずかだった。しかし、どうにも動かしがたい心を定めて、先生がここにいられるのだということが、私にはわかった。やはりその頃作られた詩「八月十五日」の中で先生が詠んでいられるように、終戦の詔勅を聴いてのちも直ちに、この山荘に籠って、国の行く末、みずからの生死を思い定めるための四十余日を過されたのであった。

箱根の叢隠居は、春・夏の休みの憩いの家であったが、また、先生の生き死にの思いを定められる、最後の魂の鎮めの場所でもあったにちがいない。

そんなことを理由にして、私がそばにいながら、先生の体をあんな衰弱の極にまでいたらせた私の責めをのがれようとしているのではない。

もしあの夏、先生と共に箱根にいられたのが鈴木金太郎さんであったら、あるいは折口春洋さんであったら……。当然、もっと果断な処置があったろう。鈴木さんをはじめとする心寛く温かい先輩の方々はどなたも、私に面とむかってそのことを責められたことはない。だが、先生が亡くなられた日から今まで、そのことに思いいたるたびに、私の心は片時も安らぎを得ることはない。これからも、私の心を責めつづける悔いにちがいない。

先生からも、「お前も同じ心でいよ」といわれれば、そのことばどおり、ひたすらに同じ心になろうとする努力しか持ち得ない、痴愚の弟子であった。

小さな我《が》を張っていさかうことはできても、ほんとうに先生の個性に正面から逆らってたじろがないような力を持つことはできなかった。ときどき角《つの》を出す私の小さな我に対してすら、先生は先回りし先回りしては、常にひしひしと折りひしいでゆかれた。

学問の上の師、文学の上の師であることはいうまでもないけれど、もっと別の意味で、先生は私の心の中にある。「おれの死にざまを、そこで坐って見ていよ」と言われて、言いつけどおり、胸の中のあらゆる私の感情を押しこらえて、その命の絶えゆく苦しみをじっと見つめていた人として、私の心の中にある。

そういう先生を憶うとき、私の心の中で、妻も子も、父や母ですら、遥かに遠いものになってしまうのである。痴愚の弟子というよりほかはないのであろう。

八月の十六日には、角川源義氏と牧田茂氏がたずねてこられた。二人が湯に入っていられる間に、角川さんの車の運転手が山形県の出身だと聞かれた先生は、「この間私たちをここまで運んでくださったお礼にあなたに色紙を書きましょう」といって、しばらく考えていて、

雪しろの　はるかに来たる川上を　見つゝおもへり。斎藤茂吉

と書かれた。「雪しろは御存じでしょう。雪しろ水のことです。これ、角川君に取られないようになさいよ。あぶないなあ」と、笑いながら渡された。これが先生の最後の作になった。

そのあと、ベランダで先生を中にして角川さんが写真を撮ってくださった。後にできた写真を見ると、雨の日で光線の乏しかったせいもあるが、頰骨がとがり、眼の光の衰えた先生のいたいたしい表情が写されている。

十七日の夜更け、先生の枕もとに坐って、手帳に歌を書きつけていると、「もう歌を作る気持もなくなってしまった。そばで、手帳に歌を書いているおっさんを見ると憎い。おっさんは鬼みたいな人だよ」といわれた。

しまったと思って、あわてて手帳をしまおうとする私に向けていられる先生の眼は、思いがけずなごんで、やさしかった。それまでしばしば、私は先生から歌に対する執著の淡さを叱られていた。

ところが、今年の春頃から、どうしたわけか歌を作る興味が湧いてきて、殊に箱根へ来てからは、苦しい日々の自分の心を支えるためにも、私は暇があると手帳に歌を記していた。そういう私の遅蒔きの執著を、認められてのうえのことばであったらしい。先生の表情から、叱られたり、皮肉を言われているのでないことはわかったが、その心弱いもの言いは、やはりいつもの先生のものではなかった。

いうことばもなく枕もとに坐っている私に、気を取り直したように話されたのは次のようなことだった。「こんどの戦に敗れたことはいうまでもなく大きな不幸だった。だが、その後に、棚から落ちてきたもののようにして偶然に日本人が得た自由は、それなりに尊いものだ。しかし、それは日本人が苦労して得たものでないだけに根の浅いものだ。うっかりしていると、また、不幸な時代がそばまで来ていたというようなことになるかもしれない。今のうちに、どんな時代になっても揺らぐことのない、真に力ある学問を身につけておくことだ」。

十八日の夜は、亡きのちのことについて話された。

「矢野のおばさんは、東京へくるにつれて、折口の家の人になるつもりで来たろう。また世間の常識からいえば、僕とおばさんの間がそうなっても、ちっとも不思議はないのだ。その点で、おばさんはきっと心外な気持ちを持ちつづけてきたにちがいない。僕が死んだら、残った僅かなものの中からでも、おばさんにゆくものを重くしてほしいと思う。おぼえておいておくれ。」

「慶應へは、お礼に例の重要美術の本を贈るようにしておくれ。」

「この箱根の家は鈴木が建てたのだから、売るなり、自分が使うなり、金《きん》の思うままにするようにいっておくれ。」

「あとに、姪・甥が十一人いるから、二、三万ずつまとまったものをやりたいと思うけれど、それだけ貯金が残るかしらん。」

「あと、いちばん気がかりなのは、あの、戦後になってあずかった『竹の里歌集』だが、これは柳田先生にわけをお話して、先生から、誰にも傷のつかないような形で、『アララギ』の人の手に渡していただくように、お願いしておくれ。」

こういう事柄は、それからも毎晩のように、繰り返し話された。法律的な遺言の形はとうとうお取りにならなかったが、一つ一つ私に要点を復唱させて、話してゆかれた。私は部屋へ帰ってから、それを日記に書きとめた。

十九日には信州の中村浩さんが来られた。ベランダの椅子に掛けていては暑いので、八畳の間に坐って、二時間ほど話をなさる。昨日、今日暑さがきびしく、先生は苦痛の表情が深い。風呂も食事も、一日に一回になってしまった。昼間も、寝台のような長椅子に横になって、小水も溲瓶を使われる。

二十日には仙石原の村の肉屋で氷を買ってきて、氷枕をする。東京では夜中に頭が熱くなってくるといって、熱のあるなしとは関係なく、ときには真冬でも、氷枕を使う癖のあった先生だが、箱根では、静かで心をさわがせることがないのと、氷を手に入れる不便さもあって、今までは氷枕を使われることがなかったのだ。村の製材所で鋸屑をもらってきて、林檎箱で即席の冷蔵庫を作り、氷を絶やさぬようにした。

この日も夕食の後、死後の処理について話され、さらに幼い頃の親兄弟についての思い出を語られた。食卓の下に切ってある囲炉裏の灰の中で、今年はじめてのこおろぎが鳴き出した。声は幼いけれど、先生の話の途切れたときなど、耐えがたいほど耳に沁み入ってくる。これからは夜毎、この声を聞きながら過すのかと思うと身の細るような思いがした。

二十一日。朝のうちに村へ下って、氷や食料をもとめて帰ってみると、池田弥三郎さんが、中尾達郎、清崎敏郎、西村亨の三氏を伴って来ていられる。十三日から長野県の盆行事の採集に出かけての帰りで、昨夜は強羅に泊って来られたとのことであった。机の前に坐って、大きく切って出した西瓜を一緒にあがりながら、こもごもに語る採訪の報告に耳を傾けていられる。そして先生も、「小野十三郎氏の詩集『大阪』には、すぐれた作品が収められている。自分の詩の上にも新しい刺戟を受けた」ということや、「『死者の書』を書いていた頃のように、空虚になってしまった自分に、自分が話しかけているような気がする」というようなことを話された。

三時間ほどいて帰ってゆかれる池田さんたちをバスの停留所まで送ってゆく途中で、「先生はどうしても山を下りようとはおっしゃらないけれど、伊馬さんと御相談の上で、できるだけ心静かに山を下りられる方法を考えて下さい」と池田さんに頼んだ。

その夜、夕食の食卓にはつかれたが、「御飯はもう食べたくない」といって、茶碗をお取りにならない。パンを煮とかしてミキサーにかけ、卵とミルクを加えた、濃いミルクセーキのようなものを、主食代りにあがられた。

指圧も、「どんなに軽く揉んでくれても、苦痛だから、もうやめておくれ」といわれる。

この日、東京では三十八度四分で、七十年ぶりの暑さだという。いままで、やや秘結していた便が、下痢に変った。私は昨日から歯が痛みだしたこともあって一睡もできなかった。

二十二日。朝早いバスで小田原に下って、歯の応急処置をしてもらった。帰途、仙石原の村で氷と車えびを買って帰った。夕食に車えびの天ぷらを三つあがった。

二十三日午後、寝椅子で横になっていられた先生が、急に私を呼んで、「いま二人、客が来たけれど、ここでは泊ってもらえないから、姥子ノ湯へ行って、部屋を頼んできておくれ」といわれる。何の変りもない静まりかえった家の内である。

はじめは冗談かと思っていたが、先生の眼のこらし方が真剣である。「それ、君の前に荷物を置いて、二人坐っているじゃないの」。

私ははっと思い当ることがあった。去年の夏の軽井沢にいたときにも、もっと軽いけれどときどき幻視を感じられることがあった。そういう気分のすぐれない最中に、二人の思いがけない客があって、鶴屋旅館や万平ホテルに部屋を頼んだが満員で、宿をさがすのに苦労したことがあった。そういう来客の扱いには非常に気を遣われる先生だったから、そのときの印象が強く残っていて、いま幻覚になって現われてきているのだろうと思った。

しばらく、じっと坐ったまま、先生の気の鎮まるのを待っていた。やがて「ふうっ」と深い息を吐いて、「やっぱり、僕の錯覚だったのか」とつぶやきながら、くるりと頭の向きをかえて、窓の外の穂萱のなびきに視線を移された。

近所の電話を借りて、伊馬さんに早く来てもらうように頼んだ。

二十四日午後、伊馬さんが来られた。先生も心が軽くなるらしい。夕食にすき焼少々、ビール少々をあがられた。頰の削げた先生の顔さえ見ないでいると、いつものようになごやかな夕餉の卓をかこんでいるのだ、というのどかな気持ちがふっと心をかすめてゆく。そして、そのあとのむなしさがたまらなかった。

伊馬さんはもう一日泊ってゆかれた。先生に下山のことを説得するためである。私は村に下りて、氷・伊勢えび・ハムなどを買った。夕食には伊勢えび片身、大きなハム一切れ、ビール少々をあがった。

夜はまたたびたび幻覚が襲ってきた。そして、その合間に、この夏『万葉集大成』のために柳田先生となさることになっていた対談を、果せないことをしきりに残念がられた。

「柳田先生にはとうとう負けたね。完全に負けた。くやしいね。」

「杏伯、明日先生をおたずねして、ようおわび申しあげておくれ。」

と、柳田先生に対するくやしさと、申しわけなさをこもごもに訴えられた。

二十六日。伊馬さんは昼頃山を下っていかれた。とうとう最後まで、先生は東京に帰ることを承知せられない。もう黙って事をはこぶよりほかなかった。

青いオレンジが食べたいといわれるので、伊馬さんに小田原で買って、バスの車掌にとどけさせてもらった。

夕方、うつらうつらとしていられると思ったら、ふっと顔をあげて、「『死者の書』を書く動機になった人が、いま夢の中に出てきた。あの人については、まだ書かなければならぬ因縁があるのだろう」と言われた。

『死者の書』の動機になった人とは、先生自身が、「山越しの阿弥陀像の画因」のなかで既に触れていられる。

中学生の頃、先生の心の底に、深い憧れの姿をやどしていて、その思いを告げることのないまま、若くして亡くなってしまわれた辰馬桂二氏のことである。その人への遂げられなかった深い思いが刺戟になって、小説「口ぶえ」が書かれ、さらに後年、『死者の書』が書かれたのである。

歌集のなかにも、辰馬氏への追慕を心に持って詠まれた歌が、あちこちに残されている。普通の人間ならば、少年の日の、同性の友に対するそこはかとない思いとして、やがて思い忘れてゆくであろう記憶を、先生は、五十年を経たのちまでも保っていられて、ときにはなまなましい形で胸によみがえらせつづけていられたのである。

「あの人については、まだ書かなければならぬ因縁があるのだろう」ということばに籠められている先生の執著の深さを考えると、怖ろしいような気さえする。

二十七日。朝、一日一回になってしまった入浴のために、ゆっくりと身を湯殿へ運んでゆかれる。今まで絶対に他人の手の触れることを嫌っていられた、肌の物の洗濯や、溲瓶の始末なども、ここ十日ほどの間に、一つ一つ私にまかされるようになった。しかし、家の中を歩くのに人の手で支えられることは、いかにも気力が衰えきってしまったようでいやだといって、自分で歩かれた。

湯殿は廊下を曲って、五、六段の階段を下りたところにある。まつわりつく浴衣の裾をさばきかねて、足もとがあぶない。ゆらりと体が傾いたら、すぐ手を伸ばせるようにして、先生の後からついて行った。

昨日からの雨がつづいていて、富士は見えないけれど、蒼くつらなる外輪山と、その裾に鈍く光っている芦ノ湖は眺められる。三面をガラス窓にした朝の湯殿の中は、まぶしいほど明るい。

肩まで湯にひたって、湯槽《ゆぶね》の縁にじいっと顎をのせていられる先生の顔を剃った。不器用な先生が自分で剃刀を使われると、もみあげや顎のあたりに幾つも切り傷ができるので、二、三年前からたいてい私が剃ってあげていた。馴れていることだけれど、この頃のように、病み衰えて、キリストの顔のように鋭く削げた顔を、首から上湯槽のタイルの上にのせて、眼をとじていられる先生を剃っていると、言いようのない不安で不吉な気持ちが襲ってくる。

かみそりの鋭刃《トバ》の動きに　おどろけど、目つぶりがたし。母を剃りつゝ
柩に収めるために母の頭を剃る先生の歌が思い出されてきてしようがなかった。

やがて湯槽からあがって、一月ほどの間にあばら骨の浮き出てしまった上半身を壁の鏡に写して、しばらく見入っていられた。そして、ここ二、三日、何度も繰り返される歎きのことばが、またはじまった。

「早くこの家を売って、その金を金《きん》に渡してやりたい。遺産のいちばん大きなものの分配が、それですむのだが……」

「春洋が生きていてくれたら。……僕がこんなに苦しまないでも、みなあれが受け継ぐことになったのに。……春洋ならきっと、しっかり守ってゆくにちがいない。こんなになって、後を残す者のないことがいちばん苦しい。……こんなに苦しいものだとは、今まで思ってみたこともなかった。……」

湯槽をあふれ出た湯がなめらかに流れてゆくタイルの上で、ぴちゃぴちゃと細った足を足踏みし、身を揉みながら、全身からしぼり出すうめきのように、それを言われた。

すでに春洋さんの死が確実になってのちに、「愚痴蒙昧の民として　我を哭かしめよ。あまりに惨《ムゴ》く　死にしわが子ぞ」という歌を詠んでいられる。しかし、独りのときはいざしらず、私などの眼の前で、先生がこんなにむき出しの歎きの姿を示されたことは、今までになかった。若く心乏しい私は、まだ、先生のこういうさし迫った、命終のもだえともいうべき苦しみを、ほんとうに心に

据えて理解できる心がそなわっていなかった。

戦い敗れたのち、昭和二十一、二年頃の先生は、「贖罪」「すさのを」「神　やぶれたまふ」「天つ恋―すさのを断章」というような詩をつぎつぎに発表して、われわれに示された。その頃の私たち若者の多くは、表面は無頼無慙な虚無の徒のように見えて、実は心の底で痛切な宗教的渇きを感じていた。

戦いをのがれ帰った自分の手を、夜の部屋でじっと見つめていると、てのひらの上にじわじわと血のにじみ出てくるような思いがあった。こんな自分を救い清めてくれる神は、どこにいるのだろうと思った。伝襲的にわれわれの心の中にある日本の神は、みなやさしく清らかにすぎて、われわれの経てきたなまぐさい血のけがれには無縁なもののように思えた。そうかといって、昨日まで敵であった国の人々の心の支えとなっている異国の神は、さらにわれわれの心からは遠いものであった。

そういう私にとって、先生の詩の中に見る「すさのをの神」の歎き怒る姿のすさまじさは、ひとつの驚異であった。日本の古代の神の感情を、このようにまざまざと心に保つことのできる詩人の心というものを、恐ろしくさえ思った。敗戦とともに萎えしぼんでしまった日本のどんな宗教家よりも、どんな宗教学者よりも確かな形で、日本の神の悲しみと怒りを今の世に具現している人がそこにいた。

そうかといって、先生の詩の中に私が素直にとけ込んでゆけたのではない。むしろ、真っ暗な空の最も遠い所に、自分たちとまったく違った清さをもって、ただ一つ蒼く輝いている星のようなものとして、それらの詩は私の心に沁みた。先生に対する畏敬の思いは、戦後の私のそういう心の中で、根ざしを深めていったのである。

神の世界をあれほど確かに見ることのできるはずの先生が、そして学者としても、何人かの専門家が一生かけて為すほどの仕事を独りで仕遂げた人が、その命終にこれほど心衰えて、常の者の何倍かの苦しみをもだえ苦しまねばならぬことが何故なのか、私にはほんとにわからなかった。

肉親のような感情で先生の衰えを悲しむ思いと、畏敬してきた心の柱の、眼の前に崩れるのを見ている苦しみと、二重の苦しみを私は感じていた。

今にして思えば、あの先生のもだえは、妣の国に焦れて、八握鬚《やつかひげ》胸前《むなさき》にいたるまで哭きいさちる、「すさのを」の歎きにかようものであったという気がする。古代の神の無碍なるはげしさを持っていられたからこそ、あれほど澱《おり》のない一途な感情の表白があったのだろう。しかし、当時の私にはそれがわかっていなかった。

極度に沈潜して鋭くなっている先生の心は、少しの刺戟にもはげしい反応を示した。午後、出入りの大工が山荘の修理費を受け取りにきた後でも、「戦後は職人がずるくなって、仕事に誠実さがなくなった。こんど払いをするときには、もっときびしく注文をつけなければ、甘く見くびられてしまう。やさしくしてやっているようで、実は相手を悪くしてしまっているのだ」といって叱られた。

夕方になって、手もとにあった雑誌「文芸」を読んであげようと思って、その目次を見ると、「芥川賞作家特集」になっている。何の気なしに、「今月は芥川賞作家総動員ですよ。どれを読みましょうか」というと、先生の顔つきが変った。

「何という軽薄なもの言いをするんだ。もともとこの雑誌の編集は、毎号狙いがあって、軽薄なんだ。そんな軽薄な編集者の意図にのって、君までが愚かな言い方をする。坊主のなかで誰が偉いかといったらすぐに有名な寺の管長なんかの名をあげるようなものだ。ほんとに偉い坊主はな、名もない田舎の荒れ果てた寺に入って、その村人の心にほんとの宗教的な情熱の火を燃え立たせて、そのまま土に沁み込む水みたいにその村の土になって消えてゆくもんだ。そういう名もない偉い坊主が沢山いたから、今日まで日本の仏教は支えられてきたんだ。愚劣な言い方をするもんじゃない。」

普段なら、先生の心の鋭くなっているときには、こちらもできる限り心をつつましく保っているのだが、今は何とかしてその沈んだ心を和めようと思うものだから、変にちぐはぐな失敗をしてしまうのだった。

それから話は何となく歌のことに移っていって、先生の表情も次第にしずかになった。

「赤彦でも千樫でも節でも、死の時期が近づいた頃、二十首なり三十首なり、自分の心の底からすらりとこぼれ出たほんとに珠玉のような歌を残していますね。われわれも、せめて死ぬ際に一首でも二首でも、そういう自分そのもののような歌が残せたらと思って、つねづね歌を作っていたらいいんでしょうね。」

私のことばに先生は大きくうなずいて、

「そうだ、そうなんだよ。しかしそういう気の長い執著を、短歌のような文学の上に一生保ちつづけられるかどうかだね。」

といわれた。ことばも表情もすっかりなごんでやさしくなっていた。先人の死期迫った歌のことを、この衰えた先生にむかって話すなど無神経なことだが、結局、心の浅いものが無理をして先生の心をまぎらそうとすると、さっきのようなちぐはぐなことになってしまう。そんな見えすいた配慮をするより、私は私の精いっぱいのことをいうより仕方がなかったのだ。

だがその夜は、さらに先生の怒りをはげしくすることがおこった。かなり夜が更けてからだったと思う。電話のある近くの家の人が来て、伊馬さんからの電話を伝えてくれた。それは、明日伊馬さんが来て下山の準備をととのえ、二十九日に角川さんの自動車が迎えにきてくれるということであった。その話の一部を、耳さとく先生が聞いてしまわれたのであった。「僕を一体どうしようというの……」としきりにおたずねになる。私は思いきって、電話の内容を話した。

「あれほど僕がいやだといっているのに、伊馬も君も、皆でよってたかって僕を殺そうとしている……」

はげしい怒りのことばがつづいた。私は床のすそのほうに坐って、先生の心のしずまるのを待っているより仕方なかった。

一時間あまりして、やっと、「今夜はもういい。君も寝なさい」とあきらめたようにいわれた。しかし、いよいよ山を下りるということになると、急に心淋しくなられるのか、半ば眠りながらも、一時間おきくらいに私を呼んで、何でもない用をいいつけられる。私は一晩中先生の床のそばに坐って明かした。しらじらと窓の明るみはじめた頃、「ゆうべはあんなに言ったけれど、僕も東京へ帰ることに心を決めたよ」といわれた。

二十八日。山を下りると決まったのちは、いくらか心が明るくなるのであろう。「医者にかかって早くよくなろう。三矢先生の三十年祭までには元気をとりもどさなければ」とか、「いま上方の役者が来て曾根崎心中をやっているから、すぐ杏伯に手配させて、昼夜とおしで見たいね」などといわれる。そして顔の上に山形県の地図をひろげさせて、三矢博士の記念講演会を開く予定になっている鶴岡や山形を確かめようとなさるのだが、視力が衰えてよく見えないらしい。何度も何度も私に指ささせて、確かめていられた。

昼過ぎ、台所で葛湯《くずゆ》をつくっていると、「おっさん、おっさん」と迫った声で呼ばれる。とんでゆくと、手をはげしく痙攣するような恰好にふるわせ、白く眼を吊りあげて口をぱくぱく動かしていられる。おどろいて手首をつかむと、すっともとの顔にもどってにやにやしながら、「はっはっ……おっさんびっくりしたか。おっさんがあんまりしょげているよって、ジキルとハイドでおどろかしてやったんや」と笑っていられる。去年の夏の発作の様子を、私がジキルとハイドの顔みたいだといったのを覚えていられてのいたずらなのだ。久しぶりに出た先生のいたずらなのだが、その細った手首や、弱々しい笑いを見ていると、とても笑ってなどいられない、いたたまれない気持ちになってしまう。涙など先生に見せまいと思って、歯を食いしばっていると、咽喉の奥を、涙がにがいしたたりになって落ちてゆく。どうしてこんなつらい思いを、先生と二人きりで分ちあわなければならないのだろうかと思った。

しばらくうつらうつらと眠っていられると思うとまた、急に眼をさまして話し出される。「いま変な夢を見たよ。おっさんが、一度行ったことのあるしずかな旅館へ案内するという。野原の一本道をどこまでもついてゆくと、『くさかげ荘』という看板のかかっている宿だった。あがってみると、この家とそっくり同じ間取りの家なんだ。あんなさびしい所へつれていくなんて、おっさんは大胆なことをする。」

幻覚と現実との区別がつかなくなっているのである。それにしても、何というさびしいことをいわれるのだろうと思う。幼い頃、父上から口うつしに教えられて知りそめたという芭蕉の句の寂寥を、命の際の現実に先生はたどっていられたのであろうか。

夕方、秋草の花を見たいといわれるので、取りに出た。山の秋草のなかで、先生のいちばん好きな松虫草の空色の花が一面に咲いている。松虫草ばかりを大きな瓶にいっぱいさして、枕もとに置いた。

夜、伊馬さんが来られて、先生も、紅鱒片身、ハム一切れ、ビール一杯をあがった。

夜が更けるにつれて、一時間おきくらいに、幻覚が襲ってくる。夜中に、伊馬さんと私を枕もとに呼んで、

「今やっと万葉集と皇統譜の問題がとけた。よく聞いていてほしい」といわれる。これは、万葉集巻一、二の編纂の上にあらわれた、皇室関係の作品の排列順と、皇統譜との関係から、万葉集成立の意義を明らかにしようとする研究で、長い間先生が心の中に持っていられて、慶應と国学院の大学院の最後の講義の主題になさった問題である。しかしなお、心に熟さないところがあるらしくて、ときどき、繰り返し考えていられた。その問題がいまはっきりわかったといわれる。伊馬さんも私も、一語も聞きのがすまいと息をつめるようにしているけれど、たちまち先生の頭の中を、霧のように錯乱の状態が去来するらしい。「系図の角々《かどかど》、三角形の角々をよく考えてみればよいのだ」と繰り返されるのがわかるだけで、あと、心をふるいおこして憑かれたように言いつがれることばは、何としても意味のとれないものであった。系図の三角形の角々、というのは、一つの皇統が、他の系統に移ったり、横に何代か継がれていた皇位が、縦に継承せられたりするときの、変りめのところをさしていられるのにちがいない。

この問題はかなり早くから先生の心にかかっていたとみえて、亡くなられてのち手帳などを整理

していると、自身で作られた古びた皇室系図が幾つも出てきた。『日本文学史ノートII』の中の「万葉集と皇統譜と」という一章は、昭和二十八年の慶應義塾大学院での講義を池田弥三郎さんが整理されたものである。池田さんの「あとがき」には、「昭和十二、三年頃、岩波書店の『文学』に原稿を求められて、それにこの問題を書かうとせられたのであったが、遂に生前には原稿にならなかった。これについては、先生はかなり執著を持ってをられ、度々それを私にもらされた事があった」と記されている。

その執著を、こんなにさし迫った、正気と混濁の交錯するなかでも、なお追いつづけていられるのであった。

二十九日。山荘の最後の日だというのに、とうとう湯にもお入りにならぬ。心があせるばかりで、時間の経過が正確にとらえられぬらしい。迎えの車は昼過ぎに着くことになっているのに、早朝から何度も時間を確かめ、「車はまだ来ないか」と繰り返し聞かれる。

一時半、車が着いた。あの「雪しろ」の歌の色紙をもらった運転手さんだった。

先生を自動車に乗せてのち、雨戸を閉めきった家の部屋の明りを一つ一つ消していった。ひっそりと暗い廊下に残された寝椅子は、さっきまで先生の寝ていられたままの形を窪みに残している。その形をじっと眼にとらえて、最後の電灯のスイッチを切った。

温泉荘一帯の別荘を管理している辻内さん一家の人たち、山荘の番を頼んである青年、皆、自動車のあとを追いながら送ってくれた。

先生も、座席に体を横たえたまま、手を振って、「さようなら、さようなら」とつぶやいていられる。大和洞川《どろがわ》から若い頃に出てきて、この箱根に住みついた辻内家の老夫婦と先生とは、三十年にも余る長いつきあいであった。そのお婆さんが、体を折るようにして、おろおろと何か言いながら後を追っている。最後まで車のあとについて、秋草の咲き乱れた山原を馳せ下っていた番人の青年の姿も、とうとう見えなくなった。

仙石原の村を過ぎているころから、しきりに、「まだ小田原へ来ないか」「まだ横浜ではないのか」と帰りを急がれる。二十分おきくらいに、錯乱がおこってくるらしくて、「誰も彼も急に強情になって、ちっとも僕のいうことを聞かなくなった」とか、「僕をこれから養老院へ入れるのだろう。そんならそうといえばよいのだ。だまって連れてゆくのはあんまりひどい」とかいわれる。そうかと思うと、私に耳を寄せさせて、「この運転手さんへのお礼は、どんなにしてあげたらいいだろうね」とこまやかな心をつかわれる。

小田原を過ぎる頃から、はじめて、左側の腹部にさし込んでくるような疼痛を訴えられた。痛みは間歇的にはげしくなったり、薄らいだりするらしく、それを耐えていられる声が、「あっ、あっ」と車の中に重くひびいたり、途絶えたりする。伊馬さんは助手席で、私は先生の足もとに坐ってそのお腹を押えながら、脂汗のしたたる時を耐えていた。

十九

自動車は大型の外車だから、先生は割合に楽な形で体を横たえていられた。だが、間をおいて苦痛のたかまってくるその体に、なるべく震動を与えまいとして、運転手はできるだけ静かに車を走らせてゆく。

塚崎進さんから前もって頼んでもらってあった渋谷の近山病院に着いたのは、予定より一時間おくれて、夕方の五時だった。病院の前の道路に、池田さんと加藤守雄さんが待ちかねたようにして立っていられた。

ぐったりとしていられる先生を背負って、待合室の長椅子の上に運んだ。診察の始まるまでの十分あまりの時間が、この上なく長く感じられた。

近山医師は、今までの経過をこまかく聞いたのち、かなり長い時間をかけて、診察した。殊に腹部は幾度も慎重にさすったり、押したりしている。先生は、いま医師の前にいるのだということはわかっているらしい。

「どうぞ、よろしゅうお願いします。私はまだまだ、死ねないのです。国学院も慶應も、私のあとを継ぐ者が、まだ十分に育っておりませんので、どうあっても、もうしばらくは、生きていなければ、困ります。」

苦しい息をこらえて、途切れ途切れに、かきくどくように言われる。涙を流していられるのではないかと思われるほど、哀切な声での訴えであった。

医師は手をやすめて、そばに立っている伊馬さんと私のほうに顔を向けて、「随分、お心を使っていられますね」とつぶやいた。後で聞くと、この医師は、慶應史学科の近山金次教授の実兄であった。

診察のすんだ先生を自動車に移してのち、伊馬さん、池田さん、加藤さんと一緒に、診断の結果を聞いた。

「胃から肝臓にかけて、大きなかたまりが感じられます。食道もほとんど通らないだろうと思われるほど大きくなっています。血圧は普通ですが、尿に糖が出ています。錯乱はそのせいでしょう。

精密な検査をしてみなければわかりませんが、おそらく癌だと思われます。」

立っている脚の力が脱けて、そのまま、床にくずれていってしまうような気がした。

「これだけ大きくなっているものが、今までの診察でわからなかったのが不思議です。それから、何か月か前に、食物の嗜好が変るようなことはありませんでしたか。好きな油物を、全く受けつけなくなるというような変化があるものですが。」

医師はそういって尋ねた。しかし、いくら考えてみても、食物の好みに関しては最後まで変化はなかった。

「ここしばらくで、病状が急変するということはないでしょう。できるだけ体力をつけられるようにすることです。あいにく今日は土曜日だから、明後日、慶應病院のような大きな病院へ入院なさるよう、紹介しましょう。」

出石の家にお連れして階下の書斎に床をとって、先生を寝かせた。薬がきいたのか、痛みはいくらか間遠く三十分おきくらいになった。

「杏伯、柳田先生に電話でお断わり申しておくれ。東京へは帰ってまいりましたが、あんまり疲れて、体が冷えきっておりますので、もう二、三日休ませていただきますと。」

「早う、先生に電話かけたらどうや。おっさん、早ういっとおいで。皆、強情になって言うことを聞かんやないか。お腹の痛みがとれましたら、明後日、いやそれは無理やから、二、三日過ぎてからうかがいますと、丁寧に申しておくれ……」

箱根から先生を運びおろしたのも、柳田先生の配慮なのだと思っていられるらしい。もう、柳田先生はよく御承知です、といっても何度も何度も、電話をかけよといわれる。私はそのたびに廊下を電話の前まで歩いて、そこでしばらく時を過して戻ってきては、電話して来ましたと報告する。しばらくすると、また言い出される。独り、暗い廊下の隅の電話の前に立っていると、涙が溢れてきて、これからこの心を、どう支えてゆけばよいのかと思う。

遅くなって、伊馬さんと池田さんが帰り、加藤さんだけが泊られた。矢野さんと三人で先生の床のまわりに坐っていた。

「皆、風邪をひかんようにして寝や。」

「おっさんは、今晩は早う寝んといかんよ。」

先生が気をつかわれるので、私だけ、隣の部屋で横になった。いつの間にかうとうとと眠ったらしい。また先生の苦しまれる気配に、はっとしてとび起きると、二時間ばかりたっていて、窓の白みはじめる頃だった。

三十日。午前中はいくらか痛みが去ったらしい。戸板康二さんが来られると、

「どうです。新聞の批評はよろしいか。」

と聞かれる。上方の役者の演ずる「曾根崎心中」の評判が気になるらしい。そのあと、何かフォークロアに関することを話しかけられるのだが、意味がよくわからない。

昼過ぎ、伊馬さん、池田さんが来られ、入れ替りに、加藤さんがいったん名古屋へ帰るからといって出てゆかれた。前から病気で入院中の藤井貞文さんは、ひそかに病院を抜け出して来られた。

二時頃、どうしても、入浴したいと言い出され、風呂をわかしてお入りになった。一度入ってのち、便意を催したといって便所に行かれ、また入浴なさる。小用のほうは溲瓶を使われるが、こちらのほうはどうしても自分で行って用を足すといわれる。お手洗も入浴も、体は衰えきっているの

に、気力だけで動いていられるのが、支えていてよくわかる。ものすさまじい形相で、体を前へ倒すようにしてぐいぐいと運んでゆかれた。

好きだった庭の萩の花にも、今年の春飼っていた山がらの餌がこぼれて縁先に青々とむらがっている麻の茂みにも、眼をとめられることもない。

食事は何も咽喉を通らない。サイダー・アイスクリーム・茶など液体しかあがらない。それでいながら、「もしゃはまだいるのかい。もしゃに御飯食べさせてやって」と気をつかわれる。もしゃは藤井さんのことで、その健啖家であることを、先生はよく知っていられたのだ。

近山病院へ電話して、病院への手配をもう一度頼んだ。日曜だからどうにもならないが、明日早くに連絡するという。

肝臓部の痛みが強くなると、そこを押えながら、「今、さし込んでくる。これが僕の命取りの病気なんだ」といわれる。先生はもうずうっと何年も前から、僕は癌で死ぬのだと自分で決めていられて、何か体に故障があると、「これが僕の癌の前兆なのだ」と自己診断していられたが、それがほんとになってしまった。

夜中を過ぎて、頻繁におこってくる錯乱のなかで、時間をしきりに気になさる。そして、早くどこか楽な所へ連れてゆけといわれる。腕時計を自分で見て確かめたいから、手にはめよとおっしゃるので、はめてあげた。時間を見ようとして手首を眼の前へあげてゆかれると、手が細ってしまっているために、腕時計の鎖はすぽっと肱のところまでずり落ちてしまう。そばから、手で押えて時計を眼の前に近づけてゆくと、じっと眼をこらして見ていられる。それでも、視力が衰えていて、文字盤が読み取れないのだ。

こんどは、あるだけの眼鏡を持って来させて、私に掛け替えさせて御覧になる。どれを掛けてもよく見えない。先生は泣くようにして言われた。

「この間まで僕の使っていた眼鏡はどこへやったの。あれがなくては何もできないじゃないか。おっさん、何とかしておくれよ。」

一日中降りつづいた雨は、夜中のしずけさのために、一層耳についてくる。その雨の音を聞いているだけでも苦しい、と訴えられた。

三十一日。六時、戸をあける。少し雲が切れて青い空ののぞいているのが、疲れた眼に痛いようだ。今日は雨の音に苦しまれることはないと思う。

十時頃になって伊馬さんから電話がかかってきた。伊馬さんはすでに早朝から、入院の手配を早くしてもらうために近山病院へ出かけていられたのだ。

電話の様子では、どの病院も病室があいていなくて、なかなか思うように話がすすまないらしい。刻々に時間がたってゆくのが、いらだたしい。

二時過ぎ、戸板さんが来られた。相談して、慶應病院の事務長の柳葉《りゅうば》さんに頼むことになった。先生が慶應病院の看護婦の中で歌の好きな人たちのために、何回か歌の話をしにゆかれたことがあって、柳葉さんは先生を御存じだった。

四十分ほどして、「いま都合して、一部屋あけた。病院の担送車をさしむけるから」という電話がかかってきたときは、ほんとに嬉しかった。角川さんが松原純一さんと共に車で来て、戸板さんを乗せて担送車のあとに従った。

病院に着いたのは、もう五時を過ぎていた。柳葉さんが、伊馬さん、池田さんと一緒に、病院の玄関で待っていてくださった。

病室は四階だというので、皆でエレベーターに乗った。ところがそのエレベーターが、三階と四階の間で故障して動かなくなった。寝台に横たわった先生を囲んだまま、五分、十分と時間がたってゆく。看護婦と外の電気室との間に電話で応答があって、急いで修理しているらしいが、なかなか動かない。

「窒息してしまうじゃないの。こんなことしていたら。」

先生が額に汗をにじませて、苦しそうにいわれる。

ほんとはそれほど長い時間ではなかったのかもしれないが、およそ二十分ほども、箱詰めになっていたような気がした。

やっと動き出して、四階の四一三号室に入った。すぐ、竹内主治医の診察を受けた。胃から肝臓のあたりに大きな腫れものがあって、それが何であるかは、詳細な検査をしなければいえない。衰弱がひどいから、まず体力の回復を計るようにして、休養してからでなければ、手術もできないとのことである。

すぐ、リンゲル液注射。

九時頃、伊馬さん、池田さん、戸板さん、角川さんらは皆帰った。

今夜から専門の付添婦として、派出看護婦を雇うことになった。付添婦に看取りを頼んで、床に腰をおろしてうつらうつらした。

十二時頃、水がほしいといわれるので、付添婦が吸呑みの水を呑ませると、先生はむせて、ひどく苦しみ出された。

「ああ、苦しい。春洋を呼んでおくれ」。あまりの苦しさに、今は亡き春洋さんに、救いを求められたのであろう。それからさらに二十分ほど、教壇に立って講義をしていられるつもりらしいうわごとの演説がつづく。医師を起こして注射をしてもらう。その後は静かにやすまれた。

九月一日。午前中は安らかに眠っていられた。付添婦は、床ずれができかかっているといって、その手当をする。血液型を見たり、血液検査をするために、病院の看護婦が何度も採血した。

葡萄糖注射・輸血も行なわれ、いくらか元気が出たように見受けられるが、先生は看護婦が体に触るたびにいらだって、何度も怒られる。

「おっさん、こんなにメイドが無遠慮にふるまうホテルは厭だ。こんな所では我慢できない。どこかもっといい所へ移ろう。早く準備をしなさい。」

前から気がかりになっていたことだった。女性が体に触れることを極度に嫌われる先生が、こういう状態に置かれているのだから、神経の落ちつくはずがなかった。

看護婦は先生の怒りの表情など気にかけないで、てきぱきと動いてくれるけれど、先生の心をなだめるのに困った。

その夕方から、しゃっくりがおこりはじめた。二十分つづいては三十分止み、又はじまって二、三十分つづく。医師が眉間のあたりを押えたり、何度も注射をしたが、どうしても止まらない。

六時頃、矢野さんが来た。しゃっくりが一時おさまると、なごんだ表情になって、

「なんや、おばはんか。なぜきたんや。」

と、けげんそうな顔をなさる。矢野さんは一時間ほどいてまた出石へ帰った。

腹が張ってきたので、ハッカの湿布をする。少しガスが出た。

夜更けて、伊馬さんが「幸福さん」の舞台稽古の暇をぬすんで、訪ねてこられた。

先生はしゃっくりを繰り返しながら眠っていられたが、三時から六時まではしゃっくりも止まって、しずかに眠られた。

二日。六時からまたしゃっくりがはじまった。午前、輸血・葡萄糖・ビタミン注射。しゃっくりのため疲労の度が急にひどくなったように思われた。

昼頃、長谷川教授の回診。すんでから、伊馬さん、池田さんと、容態を聞きにゆく。はっきりと病状を言ってもらった。

主なる病気――胃癌。（肝臓・膵臓に拡がっているかどうかは、精密な検査をしなければわからない。）

併発している病気――脳血管硬化による意識錯乱。また、肺の病気が重くなっている疑いがある。

熱はそのほうからくるのかと思う。

「親類の方にも知らせなければならぬが、見通しはどうでしょう」というと、「ここ一週間や十日くらいはまず大きな変化はなく、大丈夫だと思っていられてよいでしょう。体力のつくように、できるだけの努力をしています。ただし、万一の急変、殊に脳軟化症がおこると危い。ぼつぼつ、遠い親類へはお知らせになっておいたらいいでしょう」ということであった。

伊馬さんは、鈴木金太郎さんにまず電報を打たれ、親類や藤井巽さんには速達を出されたようである。塚崎さんは、佐藤信彦教授と相談して、病院の医務局長の羽生さんに頼んで、休暇中の主任教授の診察を受けられるように計られたらしい。

学校へも先生の容態が伝えられたから、この日はお見舞いの人々が多かった。私は部屋の中で、先生を看取っていて、どういう方々が来られたのだったか、どなたがどういう処置をとっていてくださったのか、ほとんど夢中で知らないまま過ぎていた。

夜おそくベッドのそばで、先生に少しでも早く完成した本をお見せするために、春洋さんの歌集『鶴《たず》が音《ね》』の最後の校正を伊馬さんとしていると、国学院の研究室の助手小松操君がたずねて来て、「あなたの体が心配だから、私が看病を代りましょう」といってくれた。私はまだ大丈夫だからといって、帰ってもらった。もう一時近い病院の暗い廊下を、小松君がとぼとぼと遠ざかって行くのを見送って、また校正をつづけた。

三日。午前三時、付添婦の動く気配に、はっとしてとび起きると、先生の様子がただごとでない。手や足の先が冷えて、爪が血色を失って青ずんでいる。「あっ、あっ」というふうに部屋にひびいていたしゃっくりが止まって、呼吸がせわしくなってくる。すぐ医師を起こして、強心剤を注射してもらい、手足の脇に湯たんぽを入れた。

午前中に、伊馬さんは、荒井さんや千勝さんにいって、大阪の親戚や、能登の藤井巽さんに電報を打たれた。

十二時頃、鼻呼吸・脈、きわめて微弱になる。五百CCの葡萄糖点滴注射は、二百CCの線を過ぎた頃から、ほとんど吸収しなくなってしまった。

医師や看護婦の出入りが激しくなり、伊馬さんと私は、心の底でおろおろとしながら、何一つ手を出す余地のないまま、部屋の片側に立ちつくしていた。

急にドアが勢いよく開かれて、内科主任教授の石田博士が、十人ほどの医師を従えて入って来られた。白髪、赭ら顔、がっしりと肩の張った博士の姿は、気迫と威厳に満ちていて、いま眼の前で、この人の手によって、きっと奇跡のような術が行なわれるのにちがいない、というような思いがした。

博士はすぐ、主治医に強心剤の静脈注射を命じた。脈の弱いためか非常に入りにくい。それが施されているうちに、先生の瞳がすうっと上まぶたのほうに吊りあがって静止し、咽喉が低い音をたてた。私ははっとして時計を見た。一時十一分であった。

石田博士の短く鋭い声が響いた。心臓に直接、強心剤を注射せよということであったらしい。主治医の持った注射器が一度、二度、刺されたが、うまく心臓に刺さらない。博士は無言で注射器をとりあげて、さっと一息に、心臓部に刺した。注射液の中に、心臓からの血が、一筋、二筋、赤い糸のように逆流してくるのを確かめたうえで、博士は静かに注射器を圧していった。注射が終ると、博士はすぐ、先生の体の上にのりかかって、人工呼吸をはじめた。それは、私が今まで漠然と考えていた人工呼吸というものとは全く違って、激しく力のこもった動作であった。一分、二分、三分、先生の表情には、何の変化もおこらなかった。博士は身を起こすと、ベッドの脇に立って、静かに先生にむかって頭を下げられた。一時十五分を少し過ぎていた。最後の五分間の施術は、治療というより、医師の手によって捧げられる、厳粛な儀礼のようなものであったろう。

医師や看護婦が皆引きあげていって、急にひっそりとなった病室で、伊馬さんと私は、ガーゼに含まれた水で、先生の閉ざされた唇をうるおした。ほんとうの悲しみの心は、まだ湧いてこなかった。そのことがわれながら不思議であり、またもどかしくもあった。自分がいま何をしているのかよくわからないまま、伊馬さんの動作を真似て、手を動かしていた。部屋の中が、まるで夕方のように暗く感じられ、先生の遺体と、その前に立っている自分が、いつか遠い日に見た映画のひとこまの中にいるような、変に現実感の淡い思いであった。

佐藤さんと塚崎さんが入って来て、先生の口をうるおし、すぐ出てゆかれた。

しばらくして、数人の看護婦が車のついた寝台を押して来て、先生の遺体をその上に移しはじめた。それまで呆然としていた私は、急に反射的に体が動いて、看護婦の動作を止めようとした。この人たちはおそらく、先生の肌を清めるだろう。そんなことをされては先生がたまらないだろうと思ったのである。先生の体をかばうようにして、伊馬さんを見た。しかし伊馬さんは動かれなかった。その顔は、「おっさん、もういいんだよ」といっていられるようだった。はじめて、私の心に悲しみが噴きあがってきた。気力の衰えつくす昨日まで、あれほど頑固に、女性の手の触れることを嫌っていられた先生は、もう亡いのであった。

二十分ほどして部屋にもどってきた遺体は、新しいしろじろとした浴衣につつまれて、さっきよりもずっとおだやかで、静かな面《おもて》になっていられた。

血の気の退《ひ》きはじめた薄く透明な肌の色は、私に「秘色《ひそく》の肌」ということばを思い出させた。青磁の肌の深いつややかさをいうそのことばは、先生の好きな用語であった。青年のしみひとつないかがやくような肌の清潔さを、先生は詩の中でこの語を用いてたたえられた。あじさいの碧も、松虫草の青も、好きな色はみなそれに通う色であった。そしていま、先生の肌そのものが、深い秘色の美しさを示していた。

私は、ふつふつと心の底から湧きあがってくる悲しみの中で、先生がこの世に生を享けたとき、うぶ湯をつかわせた人は誰であったろうかと思った。先生が終生変らぬ敬愛の念を持っていられた、たった一人の女性、えい子叔母さんが、きっとその場にいられたにちがいない。そして、やさしい手が、みどり児の先生の肌の上に、やわらかくこまやかに動いたにちがいない。七十年近い生涯のうちで、わずかにそのはじめと終りに、白くなめらかな女人の手が、その肌を清《すす》いだのである。先生の意志のとどかない世界での、そうしたほのかなかかわり合いを思って、私の心はほんのひととき、悲しみの中でかすかな安らぎを持つことができた。

病院側では、遺体を解剖して癌の進行度その他を調べたかったらしい。しかし、遺族のどなたも、まだ着いていられなかった。私どもで計らえることではなかった。そして何よりも、あの潔癖な先生の心が、それでは鎮まるまいという気がした。早々に病院を引きあげて、出石の家に帰った。

後になって鈴木金太郎さんが、「やっぱり先生は解剖してもらったほうがよかったのじゃないかしらん。病状がどんなになっていたかということも知りたいが、第一、あのすぐれて大きかったはずの頭脳がどんなに重かったか、身長や体重がどれだけあったかということを、正しく記録に残しておきたかったな！」といわれた。静かな心になって考えてみると、私もそういう気がする。

私の手もとにある「死亡診断書」の写しには、次のように記されている。

死亡診断書

氏名　折口信夫。

住所　品川区大井出石町五〇五二。

生年月日　明治二十年二月十一日。

病名　胃癌。

発病年月日　昭和二十七年九月。（推定）

初診年月日　昭和二十八年八月三十一日。

死亡年月日　昭和二十八年九月三日午後一時。
死亡場所　新宿区信濃町三五、慶應義塾大学病院。
既往症　糖尿病――三十年代。
胃腸疾患――青年時代より、この疾患に悩まさる。
神経痛――昨年六月治療を受けた。

発病より初診までの症状経過

昭和二十七年九月頃より、漸次全身違和感あり、講演途中にて、中止のやむなきに至ったことあり、又、眩暈と共に倒れ、意識不明となるやうなことがあった。当時眼底の動脈硬化症なりと言はれ、又、一時的の脳動脈の痙攣のためと言はれた。その後、症状稍軽快して、学校へ講義に行けるやうになった。本年七月四日、箱根の別荘へ静養に行かれた頃より、全身衰弱漸く著明となり、左側季肋下部痛、嚥下障碍を来たすに至り、衰弱著明となる。

初診時の症候

食慾欠損、嚥下障碍、左側季肋下部痛あり。全身羸痩、衰弱著明、脈搏整なるも微弱にして、九十前後を数ふ。意識概ね正常なるも、応答不明瞭、顔貌苦悶状、時に意識溷濁し、又、幻覚あり。腹水を認め、肝腫脹あり。又、心窩部稍左側に、表面粗糙にして固き、半拳大の腫瘤を触れ、圧痛あり。

初診より死亡迄の経過

昭和二十八年八月三十一日初診。直ちに入院す。当時食慾殆んど全く無く、左側季肋下部痛、及び嚥下困難あり。全身衰弱著明。脈搏整なるも微弱。九十前後を数ふ。意識概ね正常なるも、時に溷濁し、又、幻覚あり。腹水を認め肝腫あり。又、心窩部稍左側に表面粗糙にして堅固なる半拳大の腫瘤を触れ、圧痛あり。入院後直ちに輸血輸液、強心剤注射等を施行せるも、好転せず。同年九月三日午後一時十五分死亡す。

二十

遺体は二階六畳の寝間にお寝かせした。

夕方、石川富士雄氏が駆け込んでこられて、玄関の隣の六畳に私を引き入れるようにして坐り、膝をぶるぶると震える拳で叩きながら、「君たちはアプレだ。大アプレだ。先生をこんなにしてしまって」と慟哭しながら、私の顔を睨み据えていられた。これから先生の枕頭に集まってこられるどなたの胸の底も、皆、同じ思いであろう、と私は歯を嚙みしめて、頭を垂れているよりほかなかった。

夜十一時過ぎ、やっとドライアイスがととのって、階下の居間で納棺し、祭壇を設けた。遺族の方は明日の朝でなければ、お着きにならないであろう。葬儀が行なわれるのは、三日か四日の後と考えなければならなかった。私のいちばん心配なのは、幾晩もの通夜や葬儀に要する入費のことであった。先生の預金帳の額は三十万円しかなかった。箱根の山荘と書籍は別として、その三十万円が先生の全財産だった。そんなことは、おそらくどなたも御存じないことだったろう。戸板康二さんにその通帳をお渡しして、これだけで済ませていただくようにお願いした。戸板さんはそのために、随分こまかなところにまで心を配って、支払いの元を締めくくってくださった。

翌四日朝には、春洋さんの兄さん藤井氏、つづいて大阪の御遺族や鈴木金太郎さんが着かれた。佐藤信彦教授は御遺族の前にぴたりと手をついて、静かだけれどよく徹《とお》る声で、「慶應の佐藤信彦でございます。このたびは、先生の御最期を慶應病院で看取らせていただきました。治療の甲斐なくお亡くなりになったのは、まことに残念でございますが、慶應病院といたしましては、御入院後の四日間、最善の治療を尽させていただきました。殊に御臨終のときは、貞明皇后にお尽し申しましたのと同様の、格別の処置をほどこさせていただきました。その点はどうぞお心を安んじていただきとうございます」と挨拶された。こういうゆきとどいたことばを聞いていると、私の心も少しずつ平静をとり戻すことができた。

四日の午後一時四十五分から、御霊移しの儀が執り行なわれた。羽田春埜先生が「折口信夫之霊」と霊璽を記入され、国学院の祭式講師小野輝雄氏が斎主であった。

国学院から葬儀を校葬にしたいという申し入れがあった。慶應には、文学部の一人の教授のために、塾葬を執り行なう例はなかった。御遺族や鈴木金太郎さんの間に相談がすすめられた。先生が箱根で幾晩かにわたって、これは覚えておいてほしいといわれたことの中に、こういうことばがあった。「僕にとって、国学院は生まれ育った学校だ。親もと、あるいは自分の家《うち》といった間柄だ。いくらでも尽さなければならないけれど、また我儘も許してもらっていい。慶應は僕の勤めの場だ。そして、生活のより多くを支えられてきた恩義がある。戦後になって慶應と国学院の勤務を、本務と兼務に分けなければならなかったとき、だから僕はその義理をとおして慶應を本務にし、国学院を兼務にした。僕が死んだ後も、この筋は誤らないようにしてほしい。」

このことを折口和夫さんにお話して、御遺族の意志はほぼ決まった。鈴木金太郎さんと私が、武田祐吉先生にそのことをお話した。武田先生は、しばらく黙って考えていられて、「折口君の気持ちはわかりました。学長と改めて相談することにしましょう」とおっしゃった。

その後で、葬儀の日どりは次のように決まった。

四日　午後七時より九時まで、通夜。

五日　午後二時、出棺祭。午後三時、出棺。桐ヶ谷葬場において火葬。七時より九時まで、通夜。

六日　午前十一時、出石の宅において葬儀。午後一時より三時まで、告別式。葬儀の斎主は、西角井正慶教授。

国学院では、九月十二日午後二時から、大講堂において追悼祭が執り行なわれることになった。

四日の午後、少しの暇を見つけて散髪と入浴に行った。先生がいつも「金ちゃん、金ちゃん」といって頭を整えさせていられた高橋金之助君は、私の後に立つと、「あれ、岡野さん、急にあちこちに白髪が出ましたね。こういうことってあるんですね」といった。それからあと、何も言わないで、黙って髪を刈っていてくれるのがありがたかった。大勢の人の前でいるときは心が張っているからいいのだが、独りになると、思いが激してきて、どうにも感情が支えきれなくなってしまいそうだった。若く、心のこまやかな金ちゃんは、そういう私の思いを察していてくれたらしい。

先生のお元気だったとき、一緒に銭湯へ行って秤にかかると、二人の体重は大体同じで、六十一、二キロだった。それが、わずか二週間ほどの間に、私の体重も五十五キロに達しなくなっていた。自分のあばら骨の浮き出た体を見ていると、箱根の浴室での先生の歎きの姿が、また眼の前にまざまざと顕《た》ってくるのであった。どこにいても、先生の声が聞え、先生のまぼろしがついてまわった。

それから二十日ほどの間、食事を摂ろうとすると、食べ物が咽喉を通らなかったときの先生の苦悶の表情が眼の前に浮かんできて、どうしても御飯がのみ下せなかった。私はそうめんばかりをすすっていた。

五日の出棺祭の前に、先生の愛用の品々を柩の中に入れた。特に一冊だけ製本を急がせた春洋さんの歌集『鵠が音』、先生と春洋さんの写真、古事記、祝詞、風土記（いずれも有朋堂文庫本）、芭蕉連誹（江戸名著全集本を、さらに先生が装幀されたもの）、白文万葉集（岩波文庫教科書版）、源氏物語、冨山房百科辞典別巻の地図帳、先生と春洋さんの父子墓の記事の出ている朝日新聞、原稿用紙、眼鏡、万年筆（パーカー、ウォーターマン、シェーファー新旧型、計四本）、色鉛筆、目薬、ペニシリン軟膏、爪剪り、義歯、財布（千円紙幣と小銭）、緑茶三種類、菓子、などである。

今から思うと、後に保存しておいたほうがよかったと思うものもあるが、そのときは誰も皆、そうすることによって心が少しでも安らいだのである。

柩を火葬窯の中に押し入れて、鉄扉を閉じると、たちまち、遠い風音のような、ごおっというひびきが、窯の中でおこった。その瞬間、私の両手の親指に、異様な疼きがおこり、それが掌から腕を伝わって、痙攣のように胸に這いあがってくる。先生の体を指圧し馴れていた私の親指の先は、目に立つほど太くなり、いつでも、そこに神経を集めると、先生の体の各部の触感を、宙にまざまざと感じとれるようになっていた。あるとき、そのことを先生にいうと、「ほう、そんなものかね。もしこれが古代のマジカルな社会だったら、僕の魂はもうおっさんの意志のとおりになってしまうわけだね。ちょっと気味が悪いね」とおっしゃった。

鉄扉の奥の炎の音を聞いた途端、その指先は、私の意志のとどかない別の生き物のように、記憶の中の先生の骨格の上をたどりはじめていた。このままでいては、自分の心が押えきれなくなって、とんでもない醜態を演じることになるかもしれぬと思った。私は急いで建物を出た。

火葬場の事務所のまわりには、白と赤の白粉花が一面に咲きむれていた。この花を西洋ではフォアー・オークロックといったはずだ。もうこの花の咲く時間なのだな、と思って、心をまぎらわそうとした。それでも、その白と赤の色彩は、眼の中でたちまち抽象画のようににじみあい、両手の親指の感覚は勝手にうごめき、肩から胸への痙攣は痛烈な疼きを伝えつづけた。不意にその肩が後から強い力でがっしりと押えつけられ、私をぐいぐい待合所の縁先まで押していった。「おっさん、しっかりしろ」。はじめて声が発せられた。池田弥三郎さんの声だった。

葬儀は六日の午前十一時三十五分から、階下の八畳の居間と、隣の六畳を打ち抜いて行なわれた。斎主は西角井先生だった。

告別式は一時から三時まで、庭に案を設けて、玉串の奉献がつづいた。

そして翌七日、親族の方の滞在の都合もあって、日を繰り上げて十日祭が執り行なわれた。十日祭から後の祭りは、先生が三矢先生の後を弔ってなさった祭りの形に従って、祭主以下平服で、神饌も先生のお好きなものを調理した、所謂、熟饌をさしあげた。十日祭の神饌は次のようなものである。茶、菓子、酒、ビール、雲丹、鯛のうしお、鯛の塩焼、豚のソテー、オムレツ、ウイスキー、ジン、プレンソーダ、御飯、小松菜のひたし、漬物、果物。

この祭りは神式にはちがいないが、折口流の家庭祭祀というべきものであろう。

十日祭、三十日祭、五十日祭、百日祭は、すべて西角井先生が斎主となってつとめられた。ただ、九月二十二日の二十日祭だけはよんどころない御用があって、私が斎主をおつとめした。そのとき、先生の御霊前に申しあげた祭詞は次のようなものであった。

あはれ師の君、折口信夫の命や。むなしくも隠り給ひしより、かかなへて二十日は経つ。家の灯のとどく庭辺の、草かげにすだく虫の音、ほそぼそと澄みくる宵を、つくよみのさやけき時を、つどひ来《こ》し教へ子の十まり二人。すこやかにいましし日々に、しみじみとさとし給ひし、師が言《こと》の身に沁むふしを、つばらかに思ひいでつつ、うなかぶし寄りゐるさまを、隠り世のみ眼もさやかに、見おこせ給へ。

これの世にいましし時は、とこしへにいますものぞと、甘えよる心のまにま、みあとべに従ひまつり、みしりへにまつはりゐつつ、のどのどと過ぎて来にけり。忽にかくりし日より、とやなさむ、かくてあらむと思ひのみはやりてあれど、むらぎもの心まどひて、いたづらに日はかさねきつ。姿萎え侘びつつゐるを、しか我を歎かすなかれ、わが子らよ、我はさびしゑ、とぞのたまはすらむ。

いつまでもかくてならじと、ふり仰ぐ我どちの眼に、師が長き一生《ひとよ》をかけて、ましぐらに歩み来まししし、いちじるき二河の白道、けざやかに開け見えきつ。この道を踏みてぞゆかむ。いましめて、師が御心を傷つけずゐむ。今日の日の祭りの庭に、かく申す子らの誓ひを、おほらけき師が御心は、をぢなしと叱り給はじ。

師が常に語りいましし、旧里の飛鳥にちなむ、あすか鍋とゝのへ煮つつ、家の子の英雄が、みちのくの旅に覓《と》めこし、南部煎餅、ほつほつと喰ひ欠き持ちて、眼とづれば、頬をつたふもの。いつくしみいましし猫の、厨辺の暗きかたへに、生みし仔二つ、母が乳にしたひ寄りつつ、なよなよと遊ぶを見れば、いま更に歎かれにけり。年どしに眺めいましし、庭萩の長き垂り枝の、風のむたさやぐを聞けば、身にしみてあはれぞまさる。

かかる時、師はほのぼのと笑みていましし。かかる折、師はたのしとぞ言ひたまひし。偲びつつ言ひづることの、かへりこむすべもなければ、骨疼く悔いの心の、おのづからかよふ者どち、寄りゐつつ語らふなかに、白鳥の羽音さやかに、天つ道くだり来まして、ふつふつと煮ゆる鳥の身、うまらにも喰《を》したまはね。

今は一つ世に鎮まりいます、春洋の命も、ともどもに降りきませと、今日の日の斎ひ主弘彦、つつしみ敬ひて白す。

この祭詞の草稿を作ったのは、二十日祭の前日の夜中のことだった。その夜は今井武志さんが来て、矢野さんと私だけでは淋しいだろうからといって泊ってくださっていた。先生の祭壇のある部屋で午前二時頃までかかって草稿を作り終えて、さて寝ようと思って、隣の私の部屋へ入ると、いままでよく眠っていたはずの今井さんがむっくりと布団の上に起きあがった。

「今、先生が出てこられたよ。あんたはいままで、隣の部屋の机で祝詞を作っていたでしょう。先生があんたの後へ立って、しばらくじいっと見ているんだよ。そして、岡野、その祝詞はなかなかよくできた、といってほめるんだよ。やっぱり夢だったんだな。僕は心の中で、先生はもう亡くなったんだから、こんな姿で出てこられるわけはない、これは夢なんだぞ、と思って見ているんだが、その姿があんまりはっきりしているんで、これはやっぱり夢じゃないな、と思い直したりして見ていたよ。」

そういう今井さんの顔は、まだ夢からさめきっていないという様子だった。やがて灯を消して床に入ってからも、隣の間の祭壇の御灯《みあかし》が、欄間を漏れてこちらの天井にちらちらと模様を描いているのを見ながら、私はなかなか寝つかれなかった。

二十一

三十日祭、五十日祭と日がたつにつれて、出石の家はいよいよさびしくなっていった。加藤守雄さんが名古屋から出てきて、ずっと泊られるようになり、やがて、家主との交渉が行きづまって、家を明け渡さなければならなくなり、書物や家財の整理のために、大阪から鈴木金太郎さんが出てきて泊られるようになった。秋が深まるにつれて、家の者の立ち居の物音が、がらんとした夜の家に、痛いほどむなしくひびいた。その頃の矢野さんの作に、

残されし者ら集《つど》ひてしみじみとある夜は源氏読みいづる声

という歌がある。

先生が古代の文学を釈くときによくいわれた、主《あるじ》の霊魂が遊離したために、現実の国の姿や家のたたずまいがみるみる荒廃してゆくように感じた古代人の心の寂しさを、いま自分たちがじっと噛みしめているような思いのする日々であった。

大阪の折口家に送るもの、藤井家に送る春洋さん関係のもの、それぞれのゆかりの人へのかたみ分けの品など、鈴木さんの指図によってだんだんと処置が終るにつれて、私の心にいちばん気がかりになっているものがあった。それは、出石の家の玄関の神棚の上で、お伊勢さんや氏神のお札よ

りもはるかに優位な主顔《あるじがお》をして鎮まっている、男女の河童像であった。昭和九年に東北の民俗調査に行かれたとき、青森県の西津軽郡金木町の近辺の村で、村人の祀っていた水神像に魅《ひ》かれて、土地の仏師に模造させ、その旅行に同行された西角井先生に魂を入れてもらって、出石の家の守り神のようにして神棚に置かれていたものである。

像は台座の上に扶坐した姿で、男《お》河童は黒、女《め》河童は朱の漆が塗られていた。漫画にあるような愛嬌のある河童とは違って、鋭く吊りあがった眼と、くわっと開いた牙のある口が金泥で隈取ってあって、「水《み》天狗」あるいは「お水虎さま」というにふさわしい、水界の精霊としての威厳と、妖怪味を具えた姿をしていた。

昭和二十三年の六月、太宰治が玉川上水に入水したとき、友人の伊馬さんはいち早く太宰の仕事部屋にかけつけ、そこに山崎富枝さんの手で「この中のもの伊豆のお方へお返しねがいます」と書いて残されていた「斜陽ノート」を包んだ風呂敷包みを、他人の手に渡さないために持ち出して、伊豆の人に返すまでのしばらくの間の保管を折口先生に頼まれたのだった。ここならば、まさかジャーナリストの手もとどくまいと考えられたのであろう。

降りつづく梅雨の湿気を含んだように、ずっしりと重い、黒繻子の風呂敷包みは、先生の座の脇の、手文庫にしまわれた。まだ、入水した二人の死体は発見されていなかった。降りしきる雨の中に、再びあわただしく出てゆかれる伊馬さんを玄関に送り出したあと、先生はじいっと神棚の河童像に目をそそいでいられた。この河童像の本体が祀られていたのは、太宰の故郷金木町の、その隣り村だったことを私も思い出して、はっとする思いだった。今聞いた、堤の上に太宰たちが身を滑らせたらしい跡が残っていたという、その状景が、なまなましく眼に見えてくるようであった。殊に、朱の色をした女河童の漆の肌は、しっとりと露を吹いたように光って、不気味に妖しいなまめかしさがあった。

先生が亡くなられた日の深夜、二階に横たえられた遺体の枕辺に坐っていて、私は奇妙な連想に襲われていた。金泥にかがやく河童像の眼が、こんなときこそ、いつか昔話に聞いた、異変を告げる村の社の狗犬の眼のように、爛々と血の色に燃えているのではなかろうか。悲しみに平衡を失った心に、ひとたび湧きあがってきた異様な連想は、どうしても鎮めがたい力で、私の胸におおいかぶさってくる。耐えがたくなって、独り階段をきしませて、玄関に下りていってみた。

だが、神棚は、天井から垂らした白紙で、ぴたりと封じられていた。日光の神主の矢島さんかどなたかの、時宜を得た計らいであったろう。

出石の家の整理も大体終ったある日、河童像に魂をお入れになった西角井先生に、その処置について相談した。「魂を入れて先生が長く祀っていられたものだから、よそへ移す前に、まず魂を抜いておかなければいけないでしょう。君も神主の家の生まれなのだから、あなたがなさい」といって、その方法を教えてくださった。その日の夕刻、水を張った器を河童像の前に据えて、その水に霊の移るように念じた。私の後で、矢野さんがひっそりと頭を垂れていられた。

既に魂の移り宿った水をたたえた器を、白紙でおおって、私は外へ出た。馬の足形ほどの水があればそこに宿り、水脈を経て融通無碍に往来するという水の精霊のことだから、家のそばの溝川へその水を放ってもいいわけである。しかし私の心には、この霊を放つべき場所は決まっていた。

大井出石の家の裏から、品川の海にむかって、一筋の水脈が地下にひそんでつづいている。最も海に近い所では、大井水神町に一か所、それが泉となって湧き出していて、水神の祠がある。そこから五百メートルほど溯って、大井庚塚《かのえづか》町の、火の見櫓の下にも泉があり、小さな水神の祠がある。さらに溯って、大井出石町の立てこんだ裏町の家並に囲まれて一つの泉があった。ここにはもう祠も残っていず、まわりを次第に埋め立てられて、水は濁った色で、どろりとたたえられていたけれど、三つの泉をつないで、地の底には清冽な水脈のひそんでいることは明らかであった。器を両手に持って、私はその出石の泉へ歩いていった。薄暗い夕べの光の中で、器をおおった紙の白さが、清々しかった。こういう日の暮れ方、先生とよく散歩した道であった。勿論、三つの泉をつなぐ水脈のことも、そういう散歩の途中で、先生から聞かされたのだった。

器の中の水は、水銀のしたたりのような重さで、光りながら、汚れた泉の面に波紋を描いていった。泉のそばの、葉を落し尽した欅の梢の風音は、この水霊の故郷であった津軽の野づらを渡る風音を、私に思わせた。

河童像は出石の家から移されて、今も、国学院の古代研究所に置かれている。その炯々と光る眼を見ていると、私はまだこの像に残っている魂を、疑うことができない。西角井先生が入魂して、二十年も折口先生の家に祀られていた河童である。私の抜き得た魂は、この像に籠る霊の何分の一かにすぎなかった気がする。

あるとき、角川源義さんから、「出石人《いずしびと》の信仰や移動の跡を調べに、実地へ行って見て感じたのだが、古代の地形や、『みいづし神社』という名の神社の残っていることから考えて、『いづし』ということはどうも水と密接な関係があるらしい。折口先生は何も言われなかっただろうか」といって尋ねられた。

古事記の「出石をとめ」の話については、先生に詳しい講義があるが、出石と水の関係についていは聞いた記憶がない。ただ、角川さんの質問で思いだしたのは、例の出石町の泉のそばを散歩していたとき、「これが出石《いずるし》の名のもとだよ」といわれたことがある。そうすると、先生には、出石と水の関係について、すでにある洞察がついていたのかもしれない。先生が亡くなられて後、あのとき、もう少しつっ込んで聞いておけばよかったものをと悔やむことが、このほかにも数限りなくある。

前にもちょっと触れたけれど、先生が亡くなられて数日のち、台所の隅で誰も気づかないうちに、たった二匹の仔をひっそりと産んでいた猫のあわれさは、その頃の私たちの胸に沁みた。

親子の猫はもう紐でつながれることもなく、やがて先生の祭壇のある部屋にまでも出てくるようになって、座布団の上で日なたぼっこしながら遊んでいた。しかし、どうしたものか、この親子の猫は、そう長くは生きていなかった。つぎつぎに死に絶えてゆく小さなむくろを、沈丁花の根もとに埋めながら、先生の執意の深さをつくづくと思わないではいられなかった。私は、その沈丁花の花が、夜の闇に重い香りを放ちはじめる翌年の春まで、出石の家にいた。

先生が死の間際まで、ひたすら心にかけていられた、恩師三矢重松先生の三十年祭を、武田先生をはじめ、西角井・高崎・今泉教授、松尾理事らが山形県の鶴岡市まで出かけて、執り行なわれたのは、十月十八日であった。

その前々日、夜行列車で鶴岡に発たれる三矢家の御遺族を、元気でいられれば当然行を共にせられたはずの先生に代って、上野駅にお見送りした。夜のホームに埃を巻きたてて、列車が発ってしまったのち、ここ数十日の心の疲れが、一時に押し寄せてきたような思いをこらえかねて、駅を出て池ノ端のほうへ歩いていった。ふと見ると、そばの小さな映画館で、「不思議の国のアリス」を上映しているのが眼についた。私は、幼い頃にむさぼり読んだこの異国の童話の世界に、今、ほんのひとときでもひたりきることができれば、という思いがしきりにした。

まばらな席のいちばん後に坐って、どのくらいの時が経ったのだろうか。私はこの物語の主人公と同様に、寒々とした映画館の椅子の上で、しばらく、浅い眠りを眠ったようである。

水の底に沈んでいるような、あわあわとした冷たさに、はっと眼を開くと、スクリーンいっぱいに、ただ茫々と蒼い空の中を、いいようもなく優美な翼をひろげた白鳥の群が、つぎつぎによぎってゆくのである。どうやらこれは、もうアリスの物語の続きではなさそうである。抜けるように蒼い空と水の間を、飛び去り飛び来り、舞い上り舞い下る鳥の姿態の美しさは、この世の生き物の姿ではなかった。私の心は、次第におののきのようなものを感じながら、いつ果てるともしれぬ妖しい翼のはためきを追いすがっていた。

映画館を出て、深夜の不忍ノ池にむかって立っていると、空も水面も、ひと色に暗かった。その暗さの中で、さっきまで見つづけていた。白鳥の神々しい飛翔の映像が、再び、あざやかに私の眼の前をよぎりはじめた。「先生も、あのようにして天駈ってゆかれるのであろうか」、そうした思いが、ふっとひらめいた。同時にそれはもう確信のように私の心にひろがっていった。夜の空の涯にしろじろと浮いた巨きな翼の、羽ばたきの音を、たしかに私は耳に聞いていた。

私は胸の底に、先生が亡くなられてのち、はじめて知る、不思議に明るい温かさが、ほのぼのと満ち溢れてくるのを感じていた。

先生の御遺骨は、十二月十一日の百日祭の日まで、出石の家でお祭りしていた。百日祭を終った日の夜行列車で、遺骨を抱いた鈴木金太郎さん、斎主の西角井先生をはじめ、私たちは能登一ノ宮の藤井家にむかった。

納骨の日の十三日は、朝から、激しい雨が降っては止み、降っては止みした。午後、藤井家の床の間に設けた祭壇で、納骨の奉告祭を終ってのち、降りしきる冷たい雨の中を、海近い藤井家の墓地のある砂丘の墓に遺骨をお収めした。

もつとも苦しき
たゝかひに
最くるしみ
死にたる
むかしの陸軍中尉
折口春洋
ならびにその
父　信夫
の墓

生前みずから墓碑銘を撰び、みずから築いておかれた父子墓に、このときはじめて先生の魂は春洋さんとともに並び鎮まったのである。

あとがき

わが師、折口信夫の命日の九月三日を中心にして、今年も石川県羽咋市で折口父子をしのぶ行事が行われ、その行事に出席して、帰ったばかりである。

思えば師の没後六十三年、平凡な一教師の生活にも多少の波乱はあった。大学紛争のさ中に、学生部の激務で徹夜のつづく日をぬけ出して、この祭事に参加したこともある。

そしていつの間にか、九十三歳の齢に至ってしまった。今年になってまた、私が師を失った悲しみの中で書いたこの本を、再刊してくださるという。

若い日の著作について、改めて言わねばならぬことは何もないが、新しい刊行に当っての解説を、三浦雅士さんが書いてくださることになった。三浦さんは、五年ほど前から毎月、長谷川櫂さん・三浦さん・私と三人で連句を巻くようになった。

その折々に、若い日の私が師の膝下で暮していながら、師の心深い配慮に気づかないで過ぎたことについて、私の蒙を啓《ひら》かれる示唆を受けることが多い。私は胸のときめく思いで、三浦さんの解説の文章を心待ちしている。

岡野　弘彦

解説　ゆたかにゆだねる

三浦雅士

縁あって、歌人・岡野弘彦、俳人・長谷川櫂と三人で月に一度、歌仙を巻く会を持つようになって五年になる。早いもので、という印象を拭いがたい。この歌仙の会は、初め、一九七〇年に、安東次男、丸谷才一、大岡信の三人で始められたもので、安東が亡くなって岡野が入り、大岡が倒れて長谷川が入り、丸谷が逝って三浦が入ったという経緯をもっている。全員が入れ替わったわけだ。丸谷が逝ったのが二〇一二年十月、その年の暮、丸谷追悼の歌仙を巻いたのが私の歌仙初体験である。会の名称は、会場としている蕎麦屋の名にちなんで三平の会。そもそも蕎麦屋の屋号が丸谷の命名になる。

この会に私が加わることになったのは、一九七〇年代から安東、丸谷、大岡をよく知っていたからでもあるだろう。詩誌「ユリイカ」の編集者として三人の歌仙を活字にもしていたのである。経緯は歌仙『一滴の宇宙』（思潮社）の跋などにもやや詳しく書いたのでこれ以上は繰り返さないが、岡野が連衆のひとりであるからには、折口信夫の話題が多くなるのは自然である。長谷川にしても私にしても、聞いておきたいことは山ほどある。不思議なことに、回を重ねるほどそれが増えていく。事実を知れば知るほど、確認しておきたいことが増えてくるのである。

岡野が折口最後の内弟子であったことは広く知られている。折口の家に入ったのは一九四七年すなわち昭和二十二年四月二十一日。『折口信夫の晩年』は同じ家にあって起居をともにしたその体験をつぶさに描いたものである。岡野は一九二四年七月すなわち大正十三年の生まれだから、時に満二十二歳。岡野はまさに得がたい体験を得たことになるが、歌仙の会に同席すること重なって、私は余人とはかなり違った感想を持つようになった。それは折口の家に入ったことで岡野が得たものと同じほど、あるいはむしろそれ以上のものを、折口自身が得たのではないかという感想である。岡野の存在によって折口は豊かな晩年を過ごし得たのだというのが、私の確信である。

折口にはつねに暗さ寂しさが漂っている。人間の生そのものの底知れぬ哀しさが、暗さ寂しさになって現われているようなところがある。岡野にももちろん哀しさはある。だが、それ以上に、何か根源的な明るさがある。したがって、哀しさといっても、いわば明るい哀しさである。この美質が、いや増しに暗さを増す戦後の折口にどれほどの救いをもたらしたか計り知れないと、私は岡野にじかに接するようになって確信するようになった。

岡野弘彦には、身を人に豊かに委ねるところがある。全面的に受動的になることによって、相手に豊かなものを生み出すように振る舞わせてしまうところがある。これは天稟というほかないものだ。折口は岡野によって豊かになったのだという印象はそこから生じる。

『折口信夫の晩年』は一九六五年六月から六七年十二月まで雑誌「芸能」に連載されたものである。六七年六月には、岡野の先輩にあたる加藤守雄の『わが師　折口信夫』が刊行されている。知られているように、加藤の著書は、執拗に身体を求めてくる同性愛者、折口信夫のことを赤裸々に書いたものである。必死で逃げる加藤と、逃げれば逃げるほど執着を増す折口の関係が生々しく描かれている。よくこれほどあからさまに書いたものだと思われるほどだが、しかしこれは折口の周辺では有名な話だっただろう。

加藤は、折口の同性愛の相手でもあった内弟子・藤井春洋が出征して後に、内弟子になったのであり、それを斡旋したのが春洋自身であったことは、加藤の著作中の「君が家に来てくれてよかった。春洋は、ぼくの好きなひとを良く知っている。だから、君に頼んだんだね」という折口の語から推察できる。だが、加藤は逃げに逃げる。逃げ去ったその後に折口の家に入ったのが、岡野である。

仔細は省くが、加藤の体験は戦中のことであり、岡野の体験は戦後のことである。

一九四七年の春休み、折口に「どうだろう、君が家に来てくれるといいのだが」と改まった口調で誘われた二十二歳の岡野が、そのときどう感じたか、私には想像がつく。折口の同性愛を知らないものはなかったのである。

私は、岡野は覚悟して折口の家に入ったのだと思う。人身御供たらんとして入った。だが、事実として、折口は岡野の身体を求めることはなかった。すでに半世紀以上昔のことである。プライバシーの問題である以上に、文学史上の問題である。私はそう考えて、初めそれとなく、後には無遠慮にはっきりと伺ったが、岡野はそう答えた。

「山本健吉にも同じことを聞かれた。私は覚悟して折口の内弟子になったと答えると、山本さんは、ほーっと嘆息された。が、身体を求められたことはなかった、と続けると、やはりまたほーっと嘆息された。おそらく加藤さんとのことがあって吹っ切れたのではないか。私はほとんど孫の世代だから」。

傍近くその人となりに接する機会を重ねて、私自身、そうではないかと思っていたとおりの答えだった。だが、折口が迫らなかったのは、岡野が述べているような理由によってではない、と私は思う。岡野には、その身を人に豊かに委ねるところがあるからにほかならないと思う。折口にはもうそれで十分だったのではないか。先生に誘われ、父と伯父に相談し、折口の家に入る。そう決心した岡野は、根底には激しさを秘めてはいても、清々しいまでに明るかった。この明るさは、それまでの折口の弟子にはないものだったのではないか。

この資質が重要なのは、折口との関係においてだけではない。岡野の歌の魅力の淵源としても重要なのである。

岡野の歌には、いわく言い難いエロス、激しいエロスがつねに漂っている。まさに色っぽいのである。だが、そのエロスは激しいながらも根源的に明るい。

「その昔、座談会か何かで、大岡信さんに初めてお目にかかった折、『岡野さんはあんな歌を書いていて、よく女子大生の前で講義できるね』と、叱られました」と、おっしゃったことがある。むろん、大岡が、「黒髪を手にたぐりよせ愛《かな》しさの声放つまでしひたげやまず」を始めとする岡野の露骨なまでの愛の讃歌――窮極には悲歌に通じるわけだが――を念頭に置いていたことは疑いない。この歌は一九七〇年代に入ってからのものであり、岡野が大岡に初めて会ったのはそのはるか前だろうから、この歌そのものではありえないが、あからさまではないにせよ、岡野の歌に、その出発の当初から激しいエロスがつねに秘められていることは疑いようがない。

「やはらかき羽交《はがひ》にうなじさしかはし夜を眠るなり二羽の白鳥《しらとり》」、「くるほしき夜ごと思へど現身に触れざりしゆゑ人はすがしき」など、例はいくらでも挙げられる。

岡野はそれを大岡に叱られた、すなわち批判されたと受け取って、長谷川と私に繰り返し語ったのだが、何度目かに私は岡野がほんとうにそう考えていることが分かって、驚いて打ち消したことがある。

「岡野先生、それは違いますよ、それは大岡さんの最大級の賛辞ですよ」

長谷川もむろん同意見である。怪訝そうな顔をする岡野に、私は続けた。

「歌の根本はエロス、それを、女子大生なら頬赤らめるに違いないほどに見事に表現している岡野先生に対する最大級の賛辞です。大岡さんの真意を正しく受け取ってあげなければいけませんよ」

「ああ、そうなんですか」

と、そのとき岡野は初めて大岡の真意を知った顔をしたのである。むろん、長いあいだそうは簡単に真意を受け取らなかったのは、岡野の謙遜が邪魔をしたからに違いない。

誤解を正すことができて私は嬉しく思ったが、大岡の傍近くに長く接していた私の印象では、岡野をからかうようにそう言ったとき、大岡は、人と自然をつねにエロスの次元に接するほど豊かに感受することができる岡野の資質に、讃嘆おく能わざる思いだったのである。大岡がそれを見抜いたのは、これは大岡が意識していたかどうかは別問題だが、自身もまた同じ資質を持っていたからなのだ。

岡野の「さつき野の青葉のうへに夜ごと夜ごと神がしたたらす欲情の白」などその典型だが、岡野はここで、自然＝神を受け入れるのみならず、自然＝神になりきっているのである。縷説しないが、大岡にもそういうところがあった。紀貫之であれ、後白河院であれ、受け入れて共振してしまう。その共振を契機に、彼らの内奥を縦横に論じてゆくのである。歌において、岡野は同じことをしているのだ。自身の敬愛する人に対しても、岡野は同じことをするのである。豊かに身を委ねるとでも形容するほかない。

人であれ自然であれ、その欲情をまるごと受け入れて激しく共鳴板を鳴らす、というところが、岡野にはある。共鳴板を鳴らすというよりは、共鳴板が響いてしまうといったほうがさらに近い。身を豊かに委ねるとはそういう意味である。ちなみに言っておけば、「黒髪を」の歌にしても、必ずしも実景ではない。種子となるある体験をまるごと受け入れたために激しく共鳴板が響いてしまった挙句の、いわば自然＝神に成り代わってしまった男の宇宙的な表白なのである。「黒髪を」の歌が、男女のエロスをはるかに超えて、ほとんど宇宙的なエロスを感じさせてしまうことの、これが理由なのだ。

身を豊かに委ねることの例を挙げる。

『折口信夫の晩年』の第五章に次の一節がある。

医者に対してはきわめて丁重な態度で、我慢強い先生だが、家では我儘なのであった。殊に灸となると、そう早い効果の出るものでもないし、私が「さあ、灸をすえましょう」といって、先生を肌脱ぎにしなければ、自分からすすんで言い出されることはないのだから、私もだんだん、気が重くなってしまって、一年足らずの間しかつづかなかった。そして、指圧術がそれに代わるようになった。

文は、「しかしお灸の跡はずっと消えなかった」と続く。つまり、指圧術の話ではなく、お灸の話が続くのである。岡野はお灸の跡のことで折口に恨まれるわけだが、むろんそれは愛弟子に対する折口の甘えである。この辺り、折口と岡野の性格を浮き彫りにして興味深いが、それはここではおく。ちなみに、灸を勧めたのは柳田国男である。

「指圧術がそれに代わるようになった」と、岡野はまるで他人事のように書いているが、文を素直に読めば明らかなように、施術師は、灸にせよ指圧にせよ、岡野自身なのである。「私は先生に、灸に代えて、指圧をすることにした」という意味なのだ。

その指圧も半端なものではない。

ある程度の年配ならば、「指圧の心は母心、押せば命の泉湧く」の惹句で一世を風靡した指圧師、浪越徳治郎のことを知らないものはいないだろう。一九六〇年代、七〇年代のテレビの人気者の一人だった。岡野は、折口の健康を維持する手段を灸から指圧に代えるために、この浪越の指圧学校に一ヵ月間通って浪越自身から指圧術を学んだのである。一九四八年当時、折口は六十一歳、浪越は四十三歳、岡野は二十四歳。浪越が小石川に指圧学校を創立したのは四〇年だから、初期の卒業生といっていい。むろん、当時すでに知る人ぞ知るであったにせよ、浪越の名が世間に広く知れ渡るはるか前のことである。ちなみに、浪越は今宮中学の卒業生で、担任は折口の親友であった。

献身的とは、まさにこのことではないか。

この事実を岡野からじかに聞いたとき、私は仰天した。そして、同じ第五章に「岡野は処女のように眠るね」という折口の言葉を見出して、驚きをいっそう深め、挙句に合点したのである。

「加藤守雄の『わが師　折口信夫』の中には、二度目の召集で入隊する日も近くなった春洋が、加藤に「ぼくは先生の犠牲なんだから」と言うところがある」と、これは『折口信夫伝』のほうに、岡野は書いている。その文脈にはあえて触れないし、ここでは触れる必要もない。要するに岡野はいわば犠牲たらんとしたのであり、その犠牲に折口は手を触れなかったのだ。

折口は岡野を、神に仕える処女のように遇したかったのだとしか、私には思われない。加藤を襲ったようには襲うことができなかった。この青年すなわち処女は、指圧学校に通ってまで、自分の素肌に触って自分を療治してくれようとしているのである。いわば、まったくの無防備である。いや、身を差し出しているに等しい。これで十分ではないか。

私はここで、折口が手を触れなかった相手が身近にもう一人いたことについて触れないわけにはいかない。柳田国男である。

加藤の『わが師　折口信夫』に次の一節がある。

屋敷の垣根に沿って、とぼとぼ歩いていた先生が、ふと立ちどまった。
「柳田先生のおっしゃった意味が、わからない」悲しそうに首をふった。
「柳田先生は、いつもぼくをいじめなさる。ぼくのだいじにしている弟子を、みんな取ってしまわれる」ほとんど泣きべそをかくような声であった。
私は理由なしに、折口先生が生涯慕いつづけられたのは、柳田先生ではないか、と思った。愛されたくて、愛されたくて、しかもその思いのとどかぬことを、悲しんでいられるのではないかと思った。

これに対応する記述が、『折口信夫の晩年』の第十一章にある。というより、「(昭和)二十五年の十月二十四日から十一月一日まで、九日間にわたって行われた、伊勢から大和、さらに大阪、京都へかけての旅行」を扱った第十一章の全体が、この加藤の直観の正しさを立証するために書かれているようにさえ思われる。いずれにせよ、第十一章は『折口信夫の晩年』の白眉であり、柳田国男と折口信夫という二人の個性を描き浮き彫りにすることにおいて、比類ないと私は思う。

岡野は折口にとって、ある意味で、柳田と同じ位置にあったのではないか、というのが、第十一章を読んでの、私の率直な感想である。岡野には他にも『折口信夫の記』『折口信夫伝』などがあって、いずれもきわめて優れたものだが、それらを読んでも、この印象は深まるばかりである。柳田と岡野の少年時代の写真を眺め比べて考え込んでしまう。ともに美少年、美青年であったことは言うまでもない。

むろん、同じとはいえ、一方は年上の敬愛する先達であり、他方は年下の庇護すべき弟子である。むしろ正反対なのだ。したがって柳田と岡野は折口にあって対偶の位置にあったと言うほうがいいかもしれない。同じでもなければ正反対でもない。正反対でありながら結果的に同じことが言える位置である。禁じられているからこそ思いが募る、と、許されているからこそ思いを抑える、との関係である。正反対だが、手を触れないということでは同じなのだ。

岡野のこのような在り方が折口にとって重要だったのは、口述筆記や講義の口述指導を通して自身の流儀を伝えることができたからだけではない。体験を伝える、体験を目撃させることを通して自身の思想をいわば懐胎させることができたからである。

指圧術の話もそうだが、『折口信夫の晩年』には書かれていないことが少なくない。書けなかったこともあれば、書くには及ばないと思ったこともあるだろう。

第六章に次の一節がある。

先生には桜を見ていると、言いようのないもの寂しい思いに駆られて、どうにも心の収拾のつかなくなってしまうときがあった。それは桜が日本人の心に与える歴史的な背景からくるというより、もっと個性的な、先生の心に早くからひそんだ一つの性情であったという気がする。

この後に、感情移入すること甚だしく、さらにその感情がいっそう大きなものを呼び込んで暗く深くうねってゆく折口の資質が、幼年時、芝居を見た後の感情の揺れ動きの激しさとして家人にも指摘されていたことなどが続くが、私の伺ったことのなかでいえば、折口のお供をして鎌倉比企谷妙本寺を通り過ぎたとき、折口が、

「ほら、ここだよ、小林さんが中原中也と海棠の花が散るのを眺めていたというのは」

と、岡野の注意を喚起した話などが、ここにそのまま引かれてもおかしくないのである。

このことは角川ソフィア文庫の折口信夫『日本文学の発生　序説』の解説「凝視と放心」に少し詳しく書いたので、ここではこれ以上触れないが、要は、折口は自分の資質が、小林や中也の資質と通じ合うものであることを知っていたということである。海棠の花が散るのを眺めていて小林も中也も妖しい気分――要するに狂気――に陥ってしまう、それと同じことが折口にもあったことを、岡野はここで生々しく書いているわけだが、それがどういう文脈にあるのか、折口は岡野の記憶に残るように、妙本寺の通りすがりに岡野に注意していたのである。

あるいは第七章に「夜の会合に独りで出てゆかれて、帰りの遅くなった先生を迎えに出て、山王

口で二時間も三時間も待っていることもたびたびあった」とあるが、その二、三時間も待ったある夜更け、折口が上機嫌で改札を出てきて、「今日は素晴らしい人と出会ったんだよ。吉田首相のご子息で吉田健一という人だよ」と、興奮を隠しきれない調子で話したという逸話があって、私はそれを仔細にわたって伺うことができたが、そのことは『折口信夫の晩年』には書かれていない。

吉田茂の妻・雪子は牧野伸顕の娘である。歌をよくし、佐佐木信綱に師事したが、じつは折口の熱心な読者だった。吉田健一はいうまでもなく吉田茂・雪子夫妻の長男である。吉田健一は、折口の『死者の書』を逸早く評価した数少ない批評家の一人だった。そういう文脈がこの逸話の背後には隠されているのだが、要は、折口はそういうことの全体を、実感をこめて岡野に伝えていたということである。

一九七〇年代、私は雑誌編集者として吉田の謦咳に接することができたが、忘れられないことのひとつに、吉田さんが「日本はギリシアにそっくりなんだ。その最たるものが八百万の神々だよ」と話されたことがあって、私はこの一語で目から鱗が落ちる思いをした。その後、メレジュコフスキーの『背教者ユリアヌス』に対する折口の激しい反応を知って、そこでもまた腑に落ちる体験をした。折口にせよ吉田にせよ、神道の本質をそういうものとして捉えていたのである。名著『英国の文学』の背後にある文学観は、折口の『古代研究』の文学観と遠く隔たってはいないのだ。

岡野に顔を合わせるそのつど、いまなお書いておられないことをとにかく活字にしておかれるようお願いしているが、その一端をここに記して督促の一助としたい。

最後に、今回、岡野の折口論を読み返して、とくに感じたことを書き添えておきたい。それは、折口における沖縄と東北日本たとえば津軽の意味である。

ミトコンドリアＤＮＡの解析そのほかから、いまでは一般に、現生人類の誕生はおよそ十七万年前の東アフリカということになっている。そして三、四万年前に日本列島に到達したというのだ。その後、いわゆる縄文時代が長く続き、わずか二千年、あるいは二千五百年ほど前にいわゆる弥生時代に入る。縄文人は列島の南北両端すなわち沖縄と東北日本、北海道へと押しやられるわけだが、柳田にせよ折口にせよ、この押しやられた先の人々の民俗に強い印象を受けるところからその仕事を始めていると言っていい。それはなぜか、という問題は熟考に値する。

『折口信夫伝』の最終章「日本人の他界観」のなかで、岡野は、折口の「民族史観における他界観念」を引きつつ、「こうして見ると日本の庶物霊の存在のありようがよくわかり、人との関連がはっきりする。未完成であるためいつまでも転生できないでいる霊の他界身的なものとして木や草をはじめ地物・地理に宿っていて、完成を約束されている神の恩寵めでたき「ひと」を憎んで、その生活を邪魔してくるわけだ。そうすると日本の伝説が地名の起源説話的になっている理由や、日本古代の旅の歌が歌枕としての地名や地物に歌いかけているのも、その因由が解けてくる」と述べている。

岡野も神官の出である。それも、必ずしも中央官庁に覚え愛でたい神社ではないようである。伊勢松坂の山奥の、川上山若宮八幡宮。

津軽の岩木山神社の神主が友人で、あるときいわゆる神社本庁なるものに連なる社格のようなことを口にすると、呆れたような顔で、そんなものは相手にしていないと言った。それはそうだろう。岩木山への信仰は数万年をさかのぼるのである。「木や草をはじめ地物・地理に宿って」いる霊の力に比べれば、たかだか飛鳥奈良から明治大正昭和へいたる時の流れなど一瞬にすぎない。岡野の神社も、雲出川水源という地政学上の位置から見て、名称の新しい響きに比してはるかに古いと思われる。

むろん、縄文弥生古墳時代と、考古学から民俗学まで、論者は少なくない。だが、「常民」と「まれびと」という図式を、弥生と縄文という図式に重ね合わせてみると、きわめて意味深長な光景が見えてくる。それはつまり、柳田と折口の差異である。

岡野弘彦の仕事の意味が明瞭になってくるのは、むろん、これからであると思う。

この作品は、昭和四十年六月から、四十二年十二月まで、三十二回にわたり、雑誌「芸能」に連載された後、昭和四十四年六月に中央公論社より四六判・上製・函入装で刊行され、昭和五十二年八月に中公文庫として刊行された。本書は、昭和四十四年版を底本として、著者の修正を加えた。

著者紹介
岡野弘彦（おかの　ひろひこ）
1924年、三重県生れ。歌人。日本芸術院会員、文化功労者、国学院大学名誉教授。国学院大学国文科卒業。昭和22年から28年9月の逝去まで、折口信夫と生活を共にして世話をする。「折口信夫全集」「折口信夫全集ノート編」の編集に参加。
評論・随想・歌論として『折口信夫の記』『折口信夫伝』、『歌を恋ふる歌』『花幾年』『万葉秀歌探訪』など多数。近刊に『歌集　美しく愛しき日本』（角川書店、2012年）、『歌仙　一滴の宇宙』（三浦雅士、長谷川櫂と共著、思潮社、2015年）がある。

折口信夫の晩年

2017年10月31日　初版第1刷発行

著　者――――岡野弘彦
発行者――――古屋正博
発行所――――慶應義塾大学出版会株式会社
〒108-8346　東京都港区三田2-19-30
TEL〔編集部〕03-3451-0931
〔営業部〕03-3451-3584〈ご注文〉
〔　〃　〕03-3451-6926
FAX〔営業部〕03-3451-3122
振替　00190-8-155497
http://www.keio-up.co.jp/
装　丁――――岩橋香月［デザインフォリオ］
装　画――――伊藤彰規「Land 2002-3」
印刷・製本――萩原印刷株式会社
カバー印刷――株式会社太平印刷社

Printed in Japan　ISBN 978-4-7664-2476-8